别相信任何人

Before I go to sleep

[英] S.J.沃森 著　　胡绯 译

中信出版社

北京

图书在版编目（CIP）数据

别相信任何人／（英）沃森著；胡绯译. —北京：中信出版社，2011.10
书名原文：Before I Go To Sleep
ISBN 978-7-5086-2833-2

Ⅰ.别… Ⅱ.①沃… ②胡… Ⅲ.长篇小说－英国－现代
Ⅳ.I561.45

中国版本图书馆 CIP 数据核字（2011）第 102106 号

别相信任何人
BIE XIANGXIN RENHE REN

著　者：【英】S. J. 沃森
译　者：胡　绯
策划推广：中信出版社（China CITIC Press）
出版发行：中信出版集团股份有限公司（北京市朝阳区惠新东街甲 4 号富盛大厦 2 座　邮编 100029）
　　　　　（CITIC Publishing Group）
承 印 者：北京牛山世兴印刷厂
开　本：880mm×1230mm　1/32　　印　张：11　　字　数：236 千字
版　次：2011 年 10 月第 1 版　　印　次：2013 年 1 月第 24 次印刷
京权图字：01-2011-1736
书　号：ISBN 978-7-5086-2833-2/I·223
定　价：29.00 元

Before I
Go To Sleep
目录

BEFORE I
GO TO SLEEP

Chapter 1

我的"第一次"醒来

感觉不对劲，卧室看上去很陌生。我不知道自己是在哪里，不知道自己是怎么到了这个地方的。我不知道怎样才能回家。

但我一定是在这里过的夜。一个女人的声音吵醒了我，刚开始我以为她跟我睡在同一张床上，然后我才意识到她是在念新闻，播报声是从收音机闹钟里传来的。睁开眼我就发现自己躺在这儿，在一间完全陌生的屋子里。

眼睛逐渐适应了环境，我四下张望，周围暗沉沉的。衣柜的门背后挂着一件晨袍——是女式的没错，不过看款式倒适合一个比我老得多的人。几条海军蓝裤子叠得整整齐齐地搭在一把椅子上，椅子紧挨着化妆台，余下的一切在视线里却都显得朦朦胧胧。闹钟的结构似乎很复杂，但我找到了一个最像开关的按钮。好在它的确有效。

正在这时，我听见身后传来一阵断断续续的呼吸声，才发现屋子里还有别人。我扭过头，只看见一大片裸露的皮肤，一头黑发里还散落着星星点点的斑白色。那是个男人。他的左胳膊露在被子外，无名指上戴着一枚金戒指。我心里暗暗呻吟了一声。这么说，眼前这个男人不仅年纪已老，头发已经开始泛白，而且还结婚了——我不仅勾搭上了一个已婚男人，看上去还正躺在他常常跟妻子同睡的那张床上。我往后一仰，努力让自己集中精神。**我该为自己感到羞愧。**

但我仍然忍不住好奇：他的妻子上哪儿去了？要担心她随时可能回来吗？我可以想象她站在屋子的另一头破口大骂，骂我什么都有可能：荡妇、美杜莎、蛇蝎美女。我想知道如果她真的现身的话我该怎么辩解，也不知道到时候我还能不能说出话来。不过，床上的那个男人看上去似乎并不担心，他翻了个身，还打起了呼噜。

我尽量一动不动地躺着。如果遇上这种情况，通常我都记得是怎么回事，但今天实在一点印象都没有。我肯定是参加了什么派对，也说不定是泡了回酒吧或是夜店。不管怎样，我肯定是喝得烂醉如泥，醉得不省人事，才会跟一个手戴婚戒、背上还长体毛的男人回了家。

我尽可能轻手轻脚地掀起被子，坐到了床边。当务之急，我要去趟洗手间。我没有理睬脚边的拖鞋，毕竟，跟人家的丈夫瞎搞是一码事，要穿别的女人的鞋却是绝对不行的。我光着脚蹑手蹑脚地走到楼梯平台上。我明白自己身上一丝不挂，所以生怕进错了门，撞上这屋里别的住客或者主人家正处于青春期的儿子。让人松一口气的是，我看见洗手间的门正虚掩着，便走进去锁上门。

我坐下来解决了内急，冲了马桶，转身洗手。我伸出手拿香皂，却突然意识到事情有些不对劲儿。刚开始我没想通是怎么回事，不过立刻明白了过来。拿香皂的手看上去不像是我的，那双手看上去皱巴巴的，手指也显得浑圆粗壮。指甲没有打理过，一个个被啃得光秃秃的，跟我刚刚离开的床上那个男人一样，这只手上也戴着一枚金质结婚素戒。

我睁大眼睛瞪了一会儿，动了动自己的手指。那只拿香皂的手也动了动手指。我倒抽一口冷气，香皂啪的一声掉到了水池里。我抬头盯着镜子。

镜中回望着我的那张脸不是我自己。头发稀稀拉拉，比我常留的要短许多，脸颊和下巴上的皮肤塌陷下来，双唇单薄，嘴角下垂。我在心里叫了出来，不做声地喘着气——如果压住声音的话，我发出的肯定是一声惊恐的尖叫。接着我注意到了镜中人的眼睛。眼眶四周布满了皱纹，没错，哪怕一切都已经面目全非，我还是能辨认出来：这是我的眼睛。镜子里的那个人是我，不过足足老了二十岁。二十五岁。或者更多。

这不可能。我浑身发抖，伸手抓住了洗手池。嗓子里又涌上了一声尖叫，这一次喘着气出了口，像是脖子被掐住了一样。我从镜子前后退了一步，就在这时，我发现了它们：那些一张张贴在墙上、镜子上的照片。其中夹杂着零星的黄色胶带纸，还有一些磨毛了边的纸条，又卷又湿。

我随便挑了一张。克丽丝，上面这么写道，打了个箭头指着我的照片——那个全新的我，变老了的那个——照片里我坐在一张码头边的长凳上，旁边有个男人。名字似乎有点熟悉，可是记忆又很模糊，仿佛我必须努力才能相信这是我的名字。照片中的两个人都在对着镜头微笑，十指紧扣。男人英俊迷人，细看之下我发现这正是跟我过夜、现在躺在床上的那个男人。照片下写着一个名字——"本"，旁边还有几个字："你的丈夫"。

我吸了一口气，把照片从墙上撕了下来。不，我想，不！怎么会这样……我飞快地扫视着其他的照片。张张都是我和他。其中有一张里我身穿一条难看的裙子正在打开一件礼物，另外一张里我们两人穿着情侣防水夹克站在一道瀑布前，一只小狗在我们脚边嗅来嗅去。旁边一张是我坐在他的身旁小口啜着一杯橙汁，身上所穿的晨袍正是我刚刚在隔壁卧室里见过的那一件。

我又退了几步，一直退到后背贴上了冰冷的瓷砖。这时记忆似乎从深深的水面下露出了一线身影，当我努力想要抓住这缕微光时，它却轻飘飘地飞远了，像散入风中的灰烬，而我意识到我的生命里有个过去——尽管我对那段时间里发生了什么一无所知；我也有个现在——就是这个现在把我带到了这里，带到了他的身边，带到了这所房子里。但在我的过去和现在之间，只有一段漫长无声的空白。

❦

我回到卧室，手里还拿着一张照片——上面是我和今早醒来躺在身边的男人的合影——我把它举到面前。

"这是怎么回事？"我大声尖叫着，泪水一颗颗滚过脸颊。男人从床上坐起来，半眯着眼睛。"你是谁？"我质问道。

"我是你的丈夫。"他说。他还一脸昏昏欲睡的表情，看不出一点生气的样子。他没有正眼看我赤裸的身体。"我们已经结婚很多年了。"

"你这是什么意思？"我想逃跑，但无处可去，"结婚很多年？那是什么意思？"

他站了起来。"给你。"他说着把那件晨袍递过来，我穿衣服的时候他一直在旁边等。他穿着一条过于宽松的睡裤和一件白色背心，这让我想起了我爸爸。

"我们是 1985 年结的婚，"他说，"22 年前。你——"

我打断了他。"什么？"我感觉脸上失去了血色，整个屋子开始旋转。不知道在房间的什么地方有只时钟发出了滴答一声，在我听来却如同雷鸣。"可是——"他朝我走过来一步，我嗫嚅着，"怎么——"

"克丽丝，你现在 47 岁了。"他说。我看着他，这个陌生人正向我露

005

出微笑。我不愿意相信他，甚至都不想听到他在说些什么，但他依然接着说了下去。"你出了场意外。"他说，"一次严重的事故，头部受了伤。你记不起事情来。"

"记不起什么事？"我说。我想说的是，不会25年通通忘得一干二净吧？"什么事？"

他又向我走了几步，小心翼翼地接近我，仿佛我是一只被吓坏了的动物。"一切。"他说，"有时候忘掉的时间段从你20出头开始，有时候甚至还早些。"

我的脑子里思绪纷乱，一个个日期和年龄数飞快地闪过。我不想问，但清楚我必须问。"什么时候……我出意外是什么时候？"

他看着我，脸上的表情既有怜悯也有恐惧。

"在你29岁的时候……"

我闭上了眼睛。尽管想拼命抗拒这个消息，可是我知道——在内心深处——那是真的。我听见自己哭出了声，这时那个叫"本"的男人走到门口，来到我身边。我感觉到他就在旁边，当他双手搂住我的腰时我没有动；当他把我拉进怀里时我没有反抗。他抱着我。我们一起轻轻地摇晃着，我意识到这个动作有点莫名地熟悉，它让我感觉好些了。

"我爱你，克丽丝。"他说。尽管我知道该说我也爱他，我却没有。我一句话也没有说。我怎么能爱他呢？他是一个陌生人。一切都乱套了。我想知道的事情太多了：我是怎么走到这一步的？我又如何挣扎着生存了下来？但我不知道该怎么开口。

"我很害怕。"我说。

"我知道。"他回答说，"我知道。不过别担心，克丽丝。我会照顾你，我会永远照顾你。你会没事的。相信我。"

他说他会带我在房子里四处走走。我安心了一点。我已经穿上了他递给我的一条内裤、一件旧 T 恤，披上长袍。我们走到楼梯平台上。"洗手间你已经见过了。"他说着打开旁边的门，"这间是书房。"

　　屋里有张玻璃书桌，桌上搁着一件东西，我猜那一定是电脑，尽管它看上去小得滑稽，跟一个玩具差不多。它的旁边有个铜灰色的文件柜，上方是一张壁挂进度表。一切都干净整齐、井井有条。"我时不时地在那儿工作。"他说着关上门。我们穿过楼梯平台，他打开了另外一扇门。一张床、一张梳妆台、好几个衣柜。它跟我醒来时看见的房间几乎一模一样。"有时候你会在这儿睡觉。"他说，"当你想的时候。不过通常你不喜欢孤身一个人醒来。如果想不出自己在哪儿的话，你会吓坏的。"我点点头。我感觉像一个来租房子的客户在四下查看着一个新公寓，顺便打量着未来的室友。"我们下楼去吧。"他说。

　　我跟在他身后下了楼。他带我看了客厅——里面有一张棕色沙发和配套的椅子，一块嵌在墙上的纯平屏幕，他告诉我那是一台电视——和餐厅、厨房。没有一个房间让我有点印象，我什么感觉也没有，即使是在一个橱柜上看到一张镜框里装着我们俩的合影之后。"屋后面有个花园。"他说，于是我向通往厨房的玻璃门后张望。天色微明，天空渐渐发亮成墨蓝，我可以辨认出一棵大树的轮廓，小花园远远的另一端摆设着一个小棚，但也仅此而已。我发现自己甚至不知道我们是在世界的哪个角落。

"我们在哪儿？"我说。

他站在我的身后，我可以看到我们两个人在玻璃上的倒影。我，我的丈夫。两个中年人。

"伦敦北部。"他回答说，"伏尾区。"①

我后退了一步。惊恐又涌上来了。"天哪，"我说，"我都不知道自己他妈的住在哪里……"

他握住了我的一只手。"别担心。你会没事的。"我转身面对着他，等他告诉我要怎么样才能没事，但是他没有。"要我帮你弄杯咖啡吗？"

有一瞬间我有点恨他，不过之后我说："好的，多谢。"他灌上了一壶水。"可以的话，黑咖啡，"我说，"不加糖。"

"我知道。"他说着冲我笑了笑，"想要面包吗？"

我说好的。他一定知道很多关于我的事情，但眼前的一切仍然好像是露水情缘过后的一个早晨：与一个陌生人在他家吃早餐，暗自思考要怎么体面地脱身，好回自己家去。

不过不同之处就在于此。他说这就是我的家。

"我想我需要坐一会儿。"我说。他抬头看着我。

"去客厅坐。"他说，"我马上把东西给你端过去。"

我离开了厨房。

过了一会儿本也跟进了客厅。他递给我一本书。"这是一个剪贴簿。"他说。"可能会对你有点儿帮助。"我接过小册子。它是塑胶面装订，本来也许想弄成像旧皮革的模样，可惜没有成功。册子上面扎着一条红色丝带，打了一个歪歪扭扭的蝴蝶结。"我马上回来。"他说着离

---

① 也称顺向失忆。——译者注

开了房间。

我在沙发上坐下来。腿上的剪贴簿很沉,打开它看的感觉像是在窥探谁的隐私。我提醒自己无论里面的内容如何,那都是关于我自己的,是我的丈夫给我看的。

我解开蝴蝶结随意翻开一页。面前是一张我和本的照片,两个人看上去十分年轻。

我啪地合上剪贴簿,摸着封面,翻着书页。*我一定每天都不得不这么做。*

我无法想象。我敢肯定什么地方出了什么大错,可是不可能。证据确凿无误——在楼上的镜子上,在眼前抚摸着剪贴簿的那双手的条条皱纹上——我不是今天早上醒来时自己以为的那个人。

不过那又是谁? 我想。什么时候我才是那个在陌生人的床上醒来、唯一的念头就是脱身的人?我闭上了眼睛,觉得自己仿佛飘浮了起来,无根无本,有迷失的危险。

我需要让自己定定心。我闭上眼睛试图把注意力集中到某件事物上,不管什么事物,只要是实实在在的东西。一件也没有找到。这么多年的生命,凭空消失了,我想。

这本书会告诉我关于我的一切,但我不想打开它。至少现在还不行。我想在这里坐一会儿,带着那个空白的过去,就这么游荡在茫然的旷野,在可能性与现实之间寻求平衡的落点。我害怕去探索自己的过去:害怕知道我已经拥有哪些成就,还有什么有待去成就。

本又来了,在我的面前放下一个餐碟,上面摆着一些面包片、两杯咖啡,还有一壶牛奶。"你没事吧?"他问。我点了点头。

他在我身旁坐下。他已经刮过脸,穿上了长裤、衬衣和领带,看起来再也不像我的父亲了。现在他看上去似乎在银行任职,或者在某办事处工作。不过挺不错的，我想，接着把这个想法从脑子里赶了出去。

"我每天都这样吗？"我问。他搁了一片面包到碟子里，涂上黄油。

"差不多。"他说，"你要一点儿吗？"我摇了摇头，他咬了一口面包。"醒着的时候你似乎能记住信息。"他说，"不过当你一睡着，大多数记忆就不见了。你的咖啡还可以吗？"

我告诉他咖啡还行，他把书从我的手中拿走。"这也算是个剪贴簿了。"他一边说一边打开它，"几年前我们遭了火灾，烧掉了很多旧相片，不过这里还是有些东西的。"他指着第一页。"这是你的学位证书。"他说，"这张是你毕业的那天。"我看着他手指的地方：我正在微笑，在阳光中眯起眼睛，我的身上套着一件黑色长袍，头上戴着一顶带金流苏的毡帽；紧挨我的身后站着一个穿西装打领带的男人，他从镜头前扭开了脸。

"这是你吗？"我说。

他笑了："不是。我跟你不是同时毕业的，当时我还在念书，学化学。"

我抬起头看着他："我们什么时候结的婚？"

他转身面对着我，把我的手握在他的两只手里。他的皮肤粗糙，让我有些惊讶，也许是过去太习惯娇嫩的年轻肌肤了吧。"是在你博士毕业后的第一年。那时我们已经交往了几年，不过你——是我们——我们都想要等到你学业结束的时候再办婚事。"

挺合理的，我觉得，我的行为听上去感觉很理智。可我还是有点好奇自己究竟是否乐意嫁给他。

他仿佛明了我的心思，说："过去我们非常相爱。"接着加上一句，"现在我们还是这样。"

我想不出有什么可说的，便笑了笑。他喝下一大口咖啡，掉回目光看着腿上的书，又翻过几页。

"你学的是英文。"他说，"毕业之后你换了些工作，都是些临时的活儿。文秘，销售。我不确定你真的知道自己想要什么。我拿了一个学士学位就毕业了，之后参加了教师培训。有几年确实挺艰苦的，不过后来我升了职，所以我们搬到了这里。"

我四下打量着客厅。客厅时髦舒适，是平淡无奇的中产阶级风格。壁炉上方的墙壁上挂着一张裱过的林地风景画，炉台时钟旁是一些中国人俑。我好奇当时我有没有帮忙布置过这里的房间。

本继续说话："我在附近的一所中学教书，现在是部门主管。"他的口气里没有一点儿骄傲的意思。

"那我呢？"我问。尽管——说真的——我猜得到那个唯一可能的答案。本捏了捏我的手。

"你只好放弃工作，在出了事故以后。你什么也不做。"他肯定是感觉到了我的失望，"但你不需要做什么。我能挣不少薪水，我们过得下去，没有问题。"

我闭上眼睛，用手按着额头。这一切让人感觉难以承受，我希望他闭上嘴。我觉得自己好像只能消化这么多了，而他如果还要不停加料的话，到最后我会崩溃的。

那么我整天都干些什么呢？我想问，可也害怕听到答案。我一句话也没有说。

他吃完面包片，把餐碟端到厨房去了。再回到客厅时他正在穿外套。

"我要上班去了。"他说。我感觉到自己紧张起来。

"别担心。"他说，"你不会有事的。我会给你打电话，我保证。不要忘了今天跟任何一天都没有什么区别。你不会有事的。"

"可是——"我开口说。

"我得走了。"他说，"抱歉。走之前我会指给你看有些可能会用上的东西。"

在厨房里，他告诉我哪些柜子里有什么东西，给我看了冰箱里的剩菜，说是可以当午饭吃，还有一块用螺丝钉在墙上的白板，旁边是一支系在弹簧绳上的黑色记号笔。"有时我会在这上面给你留言。"他说。我看到上面用整齐匀称的大写字母写着的"星期五"，下面是一排字："洗衣服? 散步? （随身带上手机!）看电视?"在"午饭"一栏下面，他留言说冰箱里有些三文鱼，另外加了一个词"沙拉?"。最后他写着应该会在6点之前到家。"你还有本日记。"他说，"在你的包里。重要的电话号码在日记背面，还写着我们的地址，你迷路的话可以用。另外有一部手机——"

"一部什么?"我说。

"电话。"他说，"无线的。在哪里你都可以用。室外也可以，哪里都行。在你的手提包里。如果出门的话，记得带上它。"

"我会的。"我说。

"好。"他说。我们走向走廊，他拿起门边一个用旧了的皮包。"那我走了。"

"好的。"我不知道还要说些什么。我感觉自己像个没有去上学的小孩，父母上班去了，一个人被留在家里。什么也别碰，我想象着他说，别忘了吃药。

他走到我身边吻了吻我，亲在脸颊上。我没有阻止他，但也没有回吻。他向大门走去，正要打开门，却停了下来。

"噢!"他回头看着我。"我差点忘了!"他的声音突然变得做作，有种装出来的热情。他努力想要作出自然的样子，却表演得有点过于卖力；很明显为了接下来要说的话，他已经暖场一段时间了。

他说出来的话并没有我担心的那么糟糕。"今晚我们要出门。"他说，"过了周末就回来。周末是我们的纪念日，所以我想还是作点安排，没问题吧？"

我点点头："听起来不错。"

他笑了，看上去松了一口气。"值得期待，对吧？吹吹海风？会对我们有好处的。"他转身打开大门。"待会儿我给你打电话，"他说，"看看你情况怎么样。"

"好的。"我说，"别忘了。拜托。"

"我爱你，克丽丝。"他说，"永远不要忘记这一点。"

他离开关上门，我转过身，向屋里走去。

早晨过去了一半，我坐在一张扶手椅上。碗碟已经洗干净，整整齐齐地摆放在碗盘架上，洗衣机里洗着衣服。我一直没让自己歇着。

可是现在我觉得空虚。本说的是真的，我没有记忆，一点儿也没有。这间房子里没有一件我记得起的东西。哪张照片也不能——不管是贴满镜子的那些，还是面前剪贴簿上的这些——让我想起是什么时候拍的；我想不起一点儿跟本共度的时光，除了今早相遇后发生的一切。我的脑子里完全是空荡荡的。

我闭上眼睛努力把精力集中到某样东西上。什么都可以。昨天？去年的圣诞节？任何一个圣诞节？我的婚礼？什么也想不起来。

我站起来在屋里走动，从一个房间到另一个房间，走得很慢，像一个幽灵一样游荡，用手拂过一堵堵墙壁，一张张桌子，一件件家具的背面，却没有真正挨到其中任何一样。*我怎么会落到这步田地？我想。我*看着地毯、花纹小垫子、壁炉台上的中国人俑，还有餐厅里陈列架上精心布置的装饰板。我试着说服自己这些是我的。这些都是我的。我的家，我的丈夫，我的生活。可是这些东西不属于我。它们跟我并非息息相关。在卧室里我打开衣柜门见到一排毫无印象的衣服，摆得整齐有序，像一个我从未见过的、被抹去了面孔和身材的女人，只剩下空荡荡的衣架子。我在这个女人的家里到处游荡，用了她的香皂和香波，扔掉了她的晨袍，脚上穿着她的拖鞋。她像一个幽灵般藏在某处，渺无踪影。今天早晨挑内衣时我颇有负罪感，在内裤里翻了翻——内裤跟紧身裤、袜子团在一起——好像怕被人当场抓住。在抽屉深处发现既美观又实用的丝绸蕾丝内裤时，我屏住了气。我挑了一条淡蓝色的，将其余的内裤摆得跟原状一丝不差。那条小可爱似乎有件配套的胸罩，我把两件都穿上，再穿上一条厚厚的紧身裤，长裤和外套。

我坐到梳妆台旁，小心翼翼地向镜子挪过去，好看清镜子里自己的脸。我凝视着额头上的皱纹、眼睛下打褶的皮肤。我做出微笑的模样，看了看自己的牙齿，还有嘴角一条条已经露出踪迹的鱼尾纹。我注意到皮肤上有些斑点，额头上有块斑像一个还没有完全退掉的淤痕。我找到了一些化妆品，化了个淡妆，稍微上了粉，刷了一刷。我想起了一个女人——现在我意识到她是我的妈妈——在做同样事情的模样，她说这是"战斗妆备"，今天早上当我用纸巾擦掉多余的口红、刷上睫毛膏时，那个词似乎恰如其分。我感觉自己正踏进某个战场，或者战争已经降临到我的面前。

把我送到学校。化妆。我努力回想妈妈还做过些什么别的事情，不管什么事。结果依然一无所获。我只看见在微小零散的记忆之岛之间横亘着一道巨大的、空荡荡的鸿沟——那是多年的空白。

在厨房里我打开了柜子：里面有一包包意大利面，好几袋"Arborio"牌大米，几罐芸豆罐头。这些东西我一样也不熟。我记得吃过涂奶酪的面包，袋装加热鱼类，盐腌牛肉三明治。我拿出一个标记着"鹰嘴豆"的罐头，还有一小袋叫"古斯古斯面"的东西。我压根儿不知道这是什么东西，更不用说怎么个煮法。那作为一个主妇，我怎么活下去呢？

我抬头望着本在离开之前给我看过的白板。白板呈现出某种脏兮兮的灰色，上面草草地涂过不少字，又被擦干净换上新字，改了又改，每次留下些淡淡的印记。我很好奇如果时间能够倒流，白板上曾经有过的字迹都能一层层重现的话，用这种办法深入我的过去，能够发现些什么？但我明白即使一切能够成真，结果也会是徒劳无功。我很确定找到的不过是些留言或者清单，不过写了些要买的东西、要干的活儿而已吧。

这真的就是我的生活吗？我想。这就是我的全部？我拿起记号笔在白板上加了一条。"为今晚出行收拾包裹？"算不上一条提示，不过是我自己写的。

我听见了一阵声音。一阵铃声，是从我的包里传来的。我打开包把里面的东西通通倒在沙发上。钱包、几包纸巾、一些笔、一支口红、一块粉饼、一张买了两杯咖啡的收据。一本小巧玲珑的日记，封面上有花朵装饰，书脊上附了一支铅笔。

我找到了本提过的那种电话——个头很小，塑料质地，上面有个键盘，看上去挺像玩具。它正在响铃，屏幕一闪一闪的。我按了一个按钮，希望没有按错。

"喂？"我说。答话的不是本的声音。

"嘿。"手机里说，"克丽丝？请问是克丽丝·卢卡斯吗？"

我不想回答。我的姓氏听起来跟当初听到自己的名字时一样陌生。我感觉刚刚坚定起来的信念再次烟消云散，像一股流沙。

"克丽丝？你在吗？"

会是谁呢？谁还会知道我在这儿、知道我是谁？我意识到对方可能是任何一个人。我感觉惊恐涌上了心头，手指在那个可以结束通话的按钮上游移。

"克丽丝？是我，纳什医生。拜托请接电话。"

那个名字对我毫无意义，不过我还是说："是谁？"

对方换了一种口气。松了口气？"我是纳什医生。"他说，"你的医生。"

又是一阵恐慌。"我的医生？"我重复道。我想补上一句我没有病，但现在甚至连这个我也不确信。我的思绪混乱极了。

"是的。"他说，"但是别担心，我们不过是一直在为你的记忆想办法。没什么问题。"

我注意到他说话时使用的时态——"一直在"——这么说，这也是个我记不起来的人？

"什么办法？"我说。

"我一直在试着帮你改善状况。"他说，"想找出你的记忆到底出了什么问题，以及我们能为此做些什么。"

听起来很合理，不过我有了另外一个疑问。为什么今天早上本离开之前没有提到这位医生？

"什么方式？"我说，"用什么方式来治疗我？"

"这几个月以来我们一直都在见面。每周几次，或多或少。"

听起来不太可能。又一个经常见到的人，可是我却一点儿印象也没有。

*但我从来没有见过你。*我想说。*你可能是任何人。*

但我一句话也没有说。这个假设对今早醒来睡在我身边的男人来说同样成立，结果发现他竟然是我的丈夫。

"我不记得。"最后我说。

他的语调缓和了下来："别担心。我知道。"如果他说的话是真的，那么了解情况的也有可能是任何一个人。他解释说今天是我们约好的时间。

"今天？"我说。我——回忆今天早上本提过的事，回忆了厨房白板上记着的所有事项。"不过我的丈夫根本没有提过。"我发现这是我第一次如此称呼醒来时躺在身边的男人。

电话里一阵沉默，接着纳什医生说："我不确定本是不是知道我们在见面。"

我注意到他知道我丈夫的名字，但我回应道："真好笑！他怎么会不知道呢？他知道就会告诉我的！"

电话里传来了叹息声："你一定要相信我。"他说，"在我们见面的时候我会解释一切。我们真的有了一些治疗的进展。"

在见面的时候。我们要怎么样才能做到这点？一想到要出门、本又不在身边、他甚至都不知道我在哪里或者跟谁在一起，我就吓坏了。

"对不起。"我说，"我做不到。"

"克丽丝。"他说，"这很重要。如果你看看你的日记，就会知道我说的是真的。你能看到日记吗？应该在你的包里。"

我拿起沙发上的花朵日记本，封面上金字印刷的年份让我无比震惊。2007 年。比应有的时间晚了 20 年。

"我能看到。"

"看看今天的那一栏。"他说，"11 月 30 日。你应该可以看见我们见面的预约？"

我不明白时间怎么可能会是 11 月——明天就 12 月了——但我还是匆

忙翻页（日记的纸张跟面巾纸一样薄），直到翻到今天的日期。两页日记中间夹着一张纸，上面写着"11月30日——与纳什医生会面"，字迹我辨认不出来；下面还有一行字，"不要告诉本。"我不知道本是不是已经读过了，他会查我的东西吗？

我觉得他一定没有读过。其他日期上是空白一片，没有生日，没有夜生活，没有派对。这真的是我生活的写照吗？

"好吧。"我说。他解释说会来接我，而且他知道我住的地方，过一个小时会到。

"不过我的丈夫——"我说。

"没关系。他下班的时候我们早回来了，我保证。相信我。"

壁炉上的时钟到点报了时，我望了它一眼。这是一个装在木盒子里的老式大钟，边上一圈刻着罗马数字。时间显示是11点半。钟旁是一把用来上发条的银钥匙，我想本一定每天早上都会按例上好发条。大钟似乎老得足以称上古董，我有点好奇这样一座钟是怎么来的。可能它并没有什么传奇故事，至少应该和我们无关，也许是某次我们在商店或是市场上看到了它，而我们中的某一个又恰巧喜欢它而已。也许是本，我想。我觉得我不喜欢它。

我只去跟他见这一次面，我想。然后今晚本回家的时候，我会向他坦白。我不敢相信自己竟然瞒着他这种事情。在完全依赖他的时候，我不能这么做。

不过纳什医生的声音奇怪地耳熟。跟本不一样，他似乎并不完全像一个陌生人，我发现相信自己以前认识他几乎比相信认识我的丈夫要容易。

治疗已经有进展了，他说。我得知道他说的是什么样的进展。

"好吧。"我说，"你过来吧。"

纳什医生到达后建议我们去喝杯咖啡。"你渴吗？"他问，"我觉得开老远的路去诊所没什么意思，反正今天我主要是想和你谈谈。"

我点点头答应了。他到的时候我正在卧室里，看着来客停好车锁上，理顺了头发，整理了外套，拿起公文包。不是他，我想——来客正向一辆货车上卸货的技术工点点头。可是那个人走上了通向我家的台阶。他看上去很年轻——对一个医生来说太年轻了——而且，尽管我不知道自己期望他会有什么样的穿着，但至少不是他身上穿的这套运动夹克加灰色灯芯绒裤子。

"这条街走到头是个公园。"他说，"我想那里有个咖啡厅。我们可以去那里吗？"

于是我们一起往外走。外面寒气刺骨，我用围巾裹紧了脖子。我很高兴包里有本给的手提电话，也很高兴纳什医生没有执意要开车去某地。我心里有点信任这个人，可是另外一个声音——这个声音要比前一个大得多——提醒我他可以是任何一个人。一个陌生人。

我是个成年人，却也是个受过创伤的女人。这个人很容易就能把我带到某个地方，虽然我不知道他想借此做什么。我就像一个孩子一样没有抵抗力。

我们走到了街上，等着过马路。没有人说话，沉默让人感觉压抑。我本来打算等到坐定后再问他的，却发现自己已经开了口。"你是个什么医生？"我问，"是做什么的？你怎么找到我的？"

他扭头看着我："我是一个神经心理医生。"他说。他在微笑。我想是不是每次见面时我都问他相同的问题。"我专攻脑部活动失调的患者，尤其对一些新兴的功能性神经影像技术感兴趣。很长一段时间以来我一直在研究记忆的过程和功能。一些这方面的文献里提到了你的情况，然后我追查到了你。不算太难。"

一辆汽车绕过街角转到这条街，朝着我们驶来。"文献？"我有点儿疑惑。

"是的，有几个关于你的病例研究。我联系上了你回家住之前给你做治疗的地方。"

"为什么？为什么你要找我？"

他笑了："因为我以为可以帮上忙。我已经跟患有类似问题的病人打了一段时间的交道，相信他们的状况可以得到改善，但要比通常做法——也就是每周一小时的治疗——投入更多的时间。关于如何真正地改善情况我有一些想法，希望能作些尝试。"他停了下来，"再加上我一直在写一篇研究你的论文。一本权威著作，你可以这么称呼它。"他笑了起来，但一发现我没有附和他，立刻收住了声。他清了清嗓子："你的情况很不寻常。我相信比起已知的记忆运作的方式，在你身上我可以有很多新发现。"

我们穿过马路，身边是川流不息的车流。我感觉越来越焦虑和紧张。**大脑失调。研究。追查到你。**我试着呼吸、放松，却发现自己做不到。现在有两个我在同一个躯壳里；一个是 47 岁的女人，冷静而礼貌，清楚什么该做什么不该做；而另一个则只有 20 多岁，正在大声尖叫。我无法确定哪个才是我，但我听到的唯一的声音是远处的车流和公园里小孩的嬉闹声，因此我猜一定是前者。

走到街道的另一边时，我停下脚步："这是怎么回事？今天早上我在一个从来没有见过的地方醒来，可是显然我住在那儿；躺在一个我从来没有见过的男人旁边，结果他说我们结婚已经很多年了。而且，你似乎比我自己还了解我。"

他点了点头，动作很慢："你有失忆症。"他说着把手放在我的胳膊上。"你得健忘症已经有很长时间了。新的记忆在你这里存不下来，所以整个成年生活中发生的事情你记不起多少。每天你醒来时都像一个年轻女人，甚至有时候你睡醒后跟小孩差不多。"

不知道为什么，当话从他嘴里说出来时，情况听上去似乎更糟了。一个医生的话。"那这是真的了？"我看着他。

"恐怕事实就是这样了。"他说，"你家里的那个人是你的丈夫。本。你嫁给他已经很多年了，早在你得上失忆症之前。"我点点头。"我们继续走吧？"

我答应了，我们走进了公园。公园外侧环绕着一条小路，附近有个儿童游乐场，挨着一间小屋，我看到人们不停地端着一碟碟零食从那里涌出来。我们向小屋走去，纳什医生去点饮料，我则坐到一张缺口的"福米加"桌子旁。

他端着两只装满浓咖啡的塑料杯回来了，给我的是黑咖啡，他的则加了牛奶。他从桌上取了一些糖给自己添上，没有问我要不要。正是这个举动——比什么都有说服力——让我相信我们曾经见过面。他抬起头来问我怎么伤到了额头。

"什么？——"刚开始我不知道要说什么，但接着我记起了早上看到的淤痕。脸上化的妆显然没有盖住它。"那个吗？"我说，"我不清楚。没什么大不了，真的。不疼。"

他没有回答，搅着咖啡。

"你说我刚刚好转一些，本就接手照顾我了？"我说。

他抬起了头。"是的。刚开始你的病情非常严重，需要全天候护理。在情况开始改善以后本才能独自照看你，不过那也几乎跟一份全职工作差不多。"

这么说我此刻的所感所想已经是改善以后的情况。我很高兴记不起状态更糟时的事情。

"他一定非常爱我。"我与其是说给纳什听，不如说是说给自己听。

他点点头，接下来是一阵沉默。我们都小口地喝着饮料。"是的。我想他一定是。"他说。

我笑了笑，低下头看着自己握住热饮料杯的手，看着结婚金戒，短短的指甲，看着我礼貌地交叠着的双腿。我认不出自己的身体。

"为什么我丈夫会不知道我跟你见面的事？"我说。

他叹了口气，闭上了眼睛。"我实话实说。"他说着握起了两只手，身体向前靠，"刚开始是我让你不要告诉本我们见面的事情。"

一阵恐慌立刻席卷了我，但他看起来不像不可信赖的人。

"说下去。"我说。我希望相信他能帮助我。

"过去有几个人———一些医生，精神病学家，心理学家之类———联系过你和本，想对你开展治疗。但他一直非常不愿意让你去见这些专业人士。他说得很明白，你以前已经经历过长时间的治疗，在他看来那没有什么帮助，只会让你更难过。他当然不会让你——也不让他自己——再经历更多让人难过的治疗。

当然，他并不希望鼓动我抱有虚假的希望。"所以你说服我瞒着他让你治疗？"我问。

"是的，我的确是先联系上本的。我们通了电话。我甚至提出跟他见面以便解释我能够帮上什么忙，但他拒绝了，所以我直接与你取得了联系。"

又是一阵恐慌，却不清楚缘由。"怎么联系上我的？"我问。

他低头看着他的饮料："我去找你了，一直等到你从屋里出来，然后作了自我介绍。”

“于是我就答应接受你的治疗了？就这么简单？”

“不，刚开始你没有答应。我不得不说服你相信我。我提议我们应该见一次面，进行一次治疗。如果有必要的话，别让本知道。我说我会向你解释为什么要你来见我，还有我可以帮上什么忙。”

“然后我同意了……”

他抬起头。“是的。”他说，“我告诉你第一次会面之后是否告诉本完全由你来决定，不过如果你决定不告诉他，我会再给你打电话确保你还记得我们定下的日期，以及其他事情。”

“我选择不告诉他。”

“是的，没错。你已经表示过想等治疗有进展以后再告诉他，你觉得这样更好。”

“那我们有吗？”

“什么？”

“有进展吗？”

他又喝了一口，才把咖啡杯放回桌上。“有。我确信我们有了一些改善。尽管准确地量化进展有点困难，但是过去几个星期里你似乎已经恢复了不少记忆——就我们所知的情况来说，有许多回忆的片段都是你第一次想起来的，而且有些事实被记起的频率提高了，以前你不怎么记得住。比如有几次你醒来记得自己已经结了婚。而且——”

他停了下来。“而且什么？”我问。

“而且，嗯，我觉得，你越来越独立了。”

“独立？”

“是的。你不再像过去那样依赖本，或者依赖我。”

就是这一点，我想。这就是他谈到的进展。独立。也许他的意思是我可以不需要陪伴，独自一个人去商店或图书馆，尽管现在我并不知道是不是真的可以做到。不管怎么样，治疗进展还没有大到足以让我在丈夫面前自豪地欢欣雀跃——甚至通常我醒来时都记不起我还有个丈夫。

"没有别的进展了？"

"这很重要。"他说，"不要小看这一点，克丽丝。"

我一句话也没有说，喝了一小口饮料环顾着咖啡厅。咖啡厅里空荡荡的。后面的小厨房中有人说话，一只壶里烧着水，不时发出沸腾的嘎嘎声，远处玩耍的孩子们在吵闹。很难相信这个地方离我家如此之近，我却一点儿也记不起曾经到过这里。

"你说我们已经开始治疗好几个星期了。"我继续问纳什医生，"那我们一直在做什么？

"你还记得我们以前治疗的情况吗？任何事情都行？"

"不。"我说，"什么也不记得。对我来说，今天我是第一次见你。"

"抱歉我问了这个问题。"他说，"我说过了，有时候你会有记忆闪现，似乎在某些日子里你比其他时间记得的东西要多。"

"我不明白。"我说，"我根本不记得曾经见过你，不记得昨天、前天，或者去年发生过什么事情。可我记得很多年前的一些事。我的童年。我的母亲。我记得我还在上大学。我不明白为什么其他的一切通通都被抹得干干净净，这些旧的记忆却保留了下来？"

我提问时他一直在点头。我相信他以前也听过同样的问题。也许我每周都问同样的问题，也许我们每次都要把相同的谈话重复一遍。

"记忆是很复杂的。"他说，"人类有一种短期记忆，可以将事实和信息存储一分钟左右，还有一种长期记忆，其中可以存储大量的信息，并将其保留一段似乎是无限长的时间。现在我们知道这两个功能似乎由大脑的不同部位分管，中间由某些神经连接起来。大脑中还有一部分似乎负责记录短期、瞬间的记忆，将它们转化成长期记忆，以便在很久以后回忆。"

他说得快速流畅，好像胸有成竹。我猜自己也曾经是这副模样：自信十足。

"失忆症主要有两种类型。"他说，"最常见的是患者不能记起发生过的事件，事件发生的时间越近越受影响。举个例子，如果患者出了一场车祸，他们可能不记得出了事故，或者不记得出车祸前的几天或几个星期，但——比方说——对车祸前6个月之前发生的一切却记得清清楚楚。"

我点点头："另一种情况呢？"

"另一种比较罕见。"他说，"有时候短期存储的记忆无法转化成长期储存的记忆，发生这种情况的人只能活在当下，只能回忆起刚刚发生的事情，记忆也只能保持很短一段时间。"

他停下不说话了，仿佛在等我说些什么，仿佛我们两人各有各的台词，经常排练这段谈话。

"两种情况我都有？"我说，"丧失了过去的记忆，加上无法建立新的记忆？"

他清了清嗓子："是的，很不幸。这不常见，但也完全有这个可能。不过你的情况不平常的地方在于你失忆的模式。总的来说，你对幼儿以后的时段没有任何连续的记忆，但你处理新记忆的方式我似乎从来没有遇到过。如果我现在离开这个房间过两分钟再回来，大多数患近事失忆症①的人会完全不记得跟我见过面，至少肯定是记不起今天见过面的。但你似乎记得一大段的时间——长达24小时——然后你会忘掉整段记忆。这很少见。说实话如果考虑到我们所认为的记忆运作方式，

025

你这种情况完全说不通。它说明你完全能够将短期存储转变成长期储存，我不明白你为什么存不下它们。"

也许我过的是一种支离破碎的生活，但至少其碎片大得足以让我保持一种独立的表象。我猜这意味着我很幸运。[①]

"为什么？"我问，"为什么会这样？"

他一句话也没有说。房间变得非常安静。空气似乎僵止了，黏黏稠稠的。当他开口时，声音似乎从墙上弹了回来。"很多原因可能会导致记忆障碍。"他说，"不管是长期的还是短期的。疾病，外伤，药物，都有可能。障碍的确切性质似乎有所不同，取决于大脑受影响的部位。"

"没错。"我说，"那么我的情况是属于哪一种？"

他凝视了我一会儿："本是怎么跟你说的？"

我回想着我们在卧室里的谈话。*一次意外*，他是那么说的。*一场严重的事故*。

"他没有确切地告诉我原因。"我说，"反正没说什么具体的，只说我出了一次意外。"

"是的。"他说着伸手去拿放在桌子下的包，"你的失忆症是由精神创伤引起的。这是真的，至少部分是这样。"他打开包，拿出一本册子。刚开始我好奇他是否要查询他的笔记，可是他把册子从桌上递给了我。"我想你该拿着它。"他说，"它会解释一切，比我解释得好——特别是什么原因造成了你的现在状况，这一点——但也提到了其他的东西。"

我把册子接过来。册子是棕色的，皮革封面，用一条橡皮圈紧紧地

---

① 也称顺向失忆。——译者注

扎了起来。我取下橡皮圈随意翻开一页。纸张质地厚实，隐隐有暗纹，还有红色镶边，纸上布满了密密的字迹。"这是什么？"我问。

"是一本日志。"他说，"过去几个星期以来你一直在上面作记录。"

我很震惊："一本日志？"我想知道为什么会在他那儿。

"是的，上面记录了我们最近一直在做些什么。我想请你留着它。我们已经作了不少努力，试图找出你的记忆究竟是如何运作的，我觉得如果你将我们的活动记录下来，可能会有些帮助。"

我看着面前的册子："所以我写了这个？"

"是的。我告诉你乐意怎么写就怎么写。很多失忆症患者尝试过类似的事情，但通常并不如人们想象中的有用，因为患者的记忆窗口期非常短。不过你可以把有些东西记住整整一天，所以我觉得你完全应该在每天晚上随手记些日志。我认为它可以帮助你将每天的记忆串联起来。另外我还觉得记忆也许像一块肌肉，可以通过锻炼来加强。"

"这么说治疗期间你一直在读我的日志？"

"不。"他说，"日志是你私下写的。"

"但那怎么可能——"我顿了顿，接着说，"是本一直在提醒我记日志吗？"

他摇了摇头："我建议你对他保密。"他说，"你一直把日志藏起来，藏在家里。我会打电话告诉你藏日志的地方。"

"每天？"

"是的。差不多。"

"不是本？"

他沉默了一下，然后说："不，本没有看过。"

我想知道他为什么没有看过，日志里又写了些什么我不想让丈夫看到的事情。我会有什么秘密？甚至连我自己都不知道的秘密？

"不过你已经看过了？"

"几天前你把它给了我。"他说，"你说你想让我读一读，是时候了。"

我盯着那本东西。我很兴奋。一本日志。一条通向失落的过去的纽带，虽然只是最近发生的过去。

"你都读过了吗？"

"是的。"他说，"读了大多数。总之，我想所有重要的部分我都已经看过了。"他停顿了一会儿，转移了目光，挠着后颈。他不好意思，我想。我很想知道他告诉我的是否属实，这本日志里又记了些什么东西。他喝掉了杯里最后一口咖啡，说："我没有强迫你让我看。我想让你知道这点。"

我点点头，一边默不做声地喝光了剩余的咖啡，一边浏览着日志。封面内页是一列日期。"这是什么？"我说。

"是我们以前见面的日期。"他说，"以及计划见面的日子。我们一边进行治疗一边会定好以后的会面日期。我一直会打电话提醒你，让你看你的日志。"

我想起了今天发现的日记中间夹着的那张黄色纸条："可是今天？"

"今天你的日志在我这里，"他说，'所以我们写了一张纸条来代替。"

我点点头，匆匆翻看了其余的日志，上面写满了密密麻麻的字，我辨认不出那种笔迹。一页又一页，一天又一天的心血。

我不知道我怎么会有时间做这些，接着想起了厨房里的白板——答案很明显：我没有别的事情可做。

我又把它放回桌上。一个穿 T 恤牛仔裤的年轻人进到咖啡厅里，向我们所在的地方看了一眼，点了饮料，拿着报纸在一张桌边坐了下来。他没有再抬头看我，20 岁的那个我有点难过。我觉得自己仿佛隐身了。

"我们走吧？"我提议。

我们沿着原路往回走。天空中乌云密布，四周萦绕着薄薄的雾气。脚下的地面感觉起来湿透了；我们像是走在流沙上。我看见运动场上有只旋转木马正在缓缓转动，虽然上面空无一人。

"一般我们不在这里见面吧？"走到路上时，我开口问，"我是说在咖啡馆里？"

"不。我们通常在我的诊所里见面。做些练习、测试和其他事情。"

"那今天为什么会约在这里？"

"我真的只是想把日志还给你。"他说，"你没有它我很担心。"

"我已经很依赖它了？"我说。

"从某种意义上说，是的。"

我们穿过街道走回我和本的房子。我可以看到纳什医生的车停在原来的位置，旁边就是我家窗外的小花园、不长的小路和整洁的花床，我还是不敢置信这就是我住的地方。

"你要进来吗？"我说，"再喝一杯？"

他摇了摇头："不，不喝了，谢谢。我得走了。茱莉和我今天晚上有安排。"

他站了一会儿，望着我。我注意到他的头发剪得很短，整齐地分开，他的衬衫上有一行竖条纹正好跟套衫上的横条纹交叉。我意识到他只比我今早醒来自以为的年龄大上几岁："茱莉是你太太？"

他笑着摇了摇头："不，是我的女朋友。事实上，她是我的未婚妻。我们订婚了。我总是忘掉这一点。"

我回了他一个微笑。这些细节我应该记住，我想。细碎的事情。也许我一直在日志里记录的正是这些琐事，正是这些小小的挂钩维系住了我的整整一生。

"恭喜你。"我说，他谢了我。

我觉得应该再多问些问题，应该再表现出更大的兴趣，但那没有什么意义。无论他告诉我什么，在明早醒来之前我都会忘记。我所拥有的一切就是今天。"嗯，好吧，我也该走了。"我说，"周末我们要出门去海边。待会我还得去收拾行李……"

他笑了："再见，克丽丝。"他说，转身准备离开，却又回头看着我。"你的日志里记着我的号码。"他说，"就在扉页上。如果你想再见面的话，打电话给我。我是说，那样我们就可以继续进行你的治疗，好吗？"

"如果我想见面的话？"我有点儿诧异。我记得日志中用铅笔写着从现在到年底的见面日期，"我还以为我们已经定了其他的治疗日期呢？"

"等你看完日志，你会明白的。"他说，"到时候就都说得通了。我保证。"

"好吧。"我说。我意识到自己信任他，这让我很开心，因为我不仅仅只有丈夫可以依赖了。

"一切由你决定，克丽丝。只要你愿意，随时打电话给我。"

"我会的。"我说。他挥手作别，一边钻进汽车一边回头张望。他的车开到街道上，很快消失了踪影。

我泡上一杯咖啡端进客厅里。窗外传来了口哨声，夹杂着重型钻井的巨大声响和一阵断断续续的笑声，但当我在扶手椅上坐下时，声响都消退了，变成轻柔的嗡嗡声。淡淡的阳光透过百叶窗，我感觉到隐隐的暖意落在手臂和双腿上。我从包里拿出了日志。

我觉得有些紧张。我不知道这本东西里写了些什么：会有什么样的冲击和惊喜和什么样的奇闻怪事。我看见了咖啡桌上的剪贴簿。那是本为我选择的版本，记录了我的一种过去。手上这本里会有另外一个版本吗? 我打开了日志。

第一页上没有横线。我在正中用黑墨水写上了自己的名字。克丽丝·卢卡斯。真是个奇迹,名字下面我竟然没有写上保密! 或者请勿偷看!

不过多了一些字。一些意想不到的可怕的字。比今天我所见过的任何东西都可怕。在那儿,就在我的名字下面,用蓝色墨水和大写字母这样写着:

不要相信本。

但我没有别的选择,我翻到了下一页。

我开始阅读自己的过去。

BEFORE I
GO TO SLEEP

Chapter 2

克丽丝的秘密日志

11月9日，星期五

　　我的名字叫克丽丝·卢卡斯。47岁，是一个失忆症患者。我坐在这里，在这张陌生的床上写自己的故事，身穿一件真丝睡袍，它显然是楼下的男人——那个男人说他是我的丈夫，名字叫做本——买给我的46岁生日礼物。屋里很安静，唯一的光亮来自床头的台灯，是柔和的橘黄色光。我感觉好像浮在半空中，在一池光亮里。

　　我已经关上了卧室的门，偷偷摸摸地开始写日志。我能听见我的丈夫在客厅里——他前倾或者站起来时沙发发出轻微的声响，偶尔的咳嗽声出了口又被客气地憋住——不过如果他上楼的话，我会把这本东西藏起来。我会把它放在床底或者枕头下面。我不想让他看到我在上面写字。我不想告诉他这本日志是怎么来的。

　　我看着床边桌上的时钟。快要11点了；我必须快点写。我想象着没多久就会听见电视安静下来，本穿过房间踩得地板吱吱作响，灯开关轻轻地发出咔哒一声。他会进厨房给自己做上一个三明治或者倒上一杯水吗？还是他会直接来睡觉？我不知道。我不知道他的习惯。我不知道我自己的习惯。

因为我没有记忆。本和今天下午遇见的医生都说，今晚睡着时我的大脑会把今天我知道的一切抹去，把今天我做的一切全部抹掉。明天醒来时我会跟今天早上一样。以为自己还是个小孩，以为还有一生的时间去作出各种选择。

然后我会再一次地发现我错了。我早已作出了选择，前半生已经过去了。

医生的名字叫做纳什。今天早上他打电话给我，开车来接我去了一间诊所。他问我，我告诉他我从来没有见过他；他露出了微笑——并不是恶意的笑——打开了他桌上那台电脑的盖子。

他给我放了一段影片，一个视频剪辑。内容是关于我和他，穿着跟今天式样不同的衣服坐在相同的椅子上，在同一间办公室里。影片中他递给我一支铅笔叫我在一张纸上画图，但眼睛只看着镜子，这样一切都是反着的。我看得出影片中的我觉得很困难，但现在从这段影片里我只看到自己满是皱纹的手指和左手上闪闪发亮的结婚戒指。我画完图后他似乎很高兴。"你越来越快了。"影片里的他说，然后加了一句说即使记不住训练本身，在某个地方——在内心深处的某个地方——我一定是记住了几个星期以来训练的成果。"这意味着你的长期记忆在一定程度上起了作用。"他说。影片中的我笑了，但看上去并不开心。电影在这里结束。

纳什医生关了电脑。他说最近几个星期以来我们一直在见面，我身上一种叫"情景记忆"的功能严重受损。他解释说这意味着我记不起事件或亲身经历的"生平细节"，并告诉我这种情况通常是由某种神经性问题引起的。结构性或化学性都有可能，或者是荷尔蒙失衡，他说。这种案例非常罕见，而我的病情似乎格外严重。当我问他有多严重时，他告诉我某些日子里我对自幼儿时期以后的事情都不太记得住。我想到了今天早上，醒来时我完全没有成年以后的记忆。

"某些日子里？"我问。他没有回答，他的沉默让我明白了他真正的意思：

大多数日子。

针对持续性失忆症有一些治疗方法，他说——比如药物，催眠——但在我身上大多数已经试过了。"但你自己能够起特殊的作用来帮助自己，克丽丝。"他说。当我询问原因，他说我跟大多数失忆症者不一样。

"你的症状表明你的记忆并非永久遗失。"他说，"你可以恢复记事好几个小时，甚至小睡一会儿后醒来还能记住事情，只要你不陷入熟睡。这非常少见。大多数失忆症患者不到几秒钟就会失去新的记忆……"

"结论是？"我说。他将一本褐色封面的笔记本从桌上滑过来给我。

"我想也许应该记下你的治疗过程、你的感受、任何想起的印象或者回忆。记在这个上面。"

我探身向前接过笔记本。里面一个字也没有写。

这就是我的治疗？我想。写日志？我想记起事情来，而不仅仅是记录。

他一定感觉到了我的失望。"我还希望写下记忆的这种举动会起到其他效果。"他说，"效果可能是累积的。"

我沉默了片刻。说真的，我还有什么选择？要不就记日志，要不就永远保持现在的状态。

"好吧。"我说，"我会记的。"

"好。"他说，"我的号码已经写在日志的扉页上了。如果有什么不明白，打电话给我。"

我接过日志，答应说我会的。沉默了好一会儿，他说："最近我们就你幼儿时期的记忆作了些不错的工作。我们一直在看照片，还有诸如此类的东西。"我一句话也没有说，他从面前的文件夹里抽出一张相片。"今天我想让你看看这个，"他说，"你认得出吗？"

照片里是一所房子。刚开始它似乎全然陌生，但当后来看到前门处破旧的台阶时，我突然明白过来。我在这所房子里长大，今天早上醒来时我还以为自己就在这所房子里。它的模样看上去有些变化，不那么真实，但绝对没有错。我使劲咽了一口："这是我小时候住的房子。"

他点点头，说我早期的记忆大多数没有受到影响。他让我描述屋里的情况。

我告诉他我的记忆：打开前门即是客厅，向房子深处走有个小餐室，屋外的小路直接通往房屋后部的厨房：小路把我们的房子和邻居隔开。

"还有吗？"他说，"楼上呢？"

"有两间卧室。"我说，"前面一间，后面一间。浴室和卫生间比厨房更远，在房子的尽头。它们一直位于房子外面另修的一所建筑里，后来加了两堵砖墙和一个波形塑料顶棚，才把它们并了进来。"

"还有呢？"

我不知道他在找什么。"我不知道……"我说。

他问我能不能记起某些微小的细节。

于是我想起来了。"我的母亲在储藏室里放了一个写着'糖果'字样的罐子。"我说，"以前她把钱放在里面。她把罐子藏在最上面的一格，那一格上还放着果酱。她自己做的。以前我们会开车去一片树林里摘浆果。我不记得树林在哪里了。我们三个会一起去森林深处摘些黑莓，摘了一袋又一袋，然后我的母亲会把它们做成果酱。"

"好。"他说着点点头，"好极了！"他在他面前的文件上记录着。"这些呢？"他又问。

他手上拿着几张照片。一张是一个女人，过了一会儿我认出她是我的母亲。有一张是我。我告诉他我可以认出哪些，认完后他把照片拿开。"很好。比起平时你能想起的童年记忆要多得多了。我想是因为这些照片。"他停顿了片刻，"下次我想让你看更多相片。"

我答应了。我很好奇他从哪里找到了这些相片，他对我自己都一无所知的生活又知道多少。

"我能留着吗？"我说，"这张老房子的照片？"

他笑了："当然！"他递过来照片，我把它夹在日志页里。

他开车送我回家。他已经解释过本不知道我们在见面，但现在他告诉我应该好好想想我是否要把开始记日志一事告诉本。"你可能会有受限的感觉。"他说，"因此记录时会想避开某些东西。而我认为让你感觉可以畅所欲言是非常重要的。再说本如果发现你又决定尝试进行治疗的话，可能会不开心。"他顿了一下："你可能得把它藏起来。"

"但我怎么记得要写日志呢？"我问。他一句话也没有说。我突然想到一个主意："你可以提醒我吗？"

他告诉我他会的。"但你必须告诉我你会把它藏在哪里。"他说。我们在一所房子前停了车。马达熄火后过了一会儿我才意识到这是我自己的家。

"衣柜。"我说，"我会把它放在衣柜深处。"

"好主意。"他说，"不过今晚你必须记日志，在睡觉之前。不然明天它又只会是一个空白的笔记本，你不会知道它是做什么用的。"

我说我会的，我明白。我下了车。

"保重，克丽丝。"他说。

现在我坐在床上，等我的丈夫。我看着照片里自己的家：我在那儿长大。它看上去如此平常，又如此熟悉。

我是怎么从那时变成现在这种境况的？我想。发生了什么事？我有什么样的过去？

我听见客厅里的自鸣钟报了一次时。午夜了。本正在上楼梯。我会把日志藏进一个刚找到的鞋盒里，再把它藏进衣柜，就是我告诉纳什医生的地方。明天，如果他打电话来，我会在日志上记更多东西。

11 月 10 日，星期六

今天记日志的时间是中午。本在楼下读什么东西。他以为我在休息，不过尽管我很累，却没有歇下来。我没有时间。在忘记之前，我必须把它写下来。我必须记日志。

我看了看手表上的时间。本提议下午一起去散散步，我还有一个小时多一点儿的时间。

今天早上我醒来时不知道自己是谁。睁开眼睛时我以为会看到床头柜坚硬的棱角、一盏黄灯、房间角落里四四方方的衣柜、有隐隐羊齿草花纹的壁纸。我以为会听见妈妈在楼下煎培根，或者爸爸在花园里一边吹口哨一边修剪树篱。我以为自己会躺在一张单人床上，床上除了一个被扯坏了一只耳朵的玩具兔子什么也没有。

我错了。我在父母的房间里，刚开始我想，然后才意识到屋里的东西我一件也不认识。卧室是完全陌生的。我倒回床上。**出错了，我想。非常非常可怕的错误。**

下楼前我已经看见了贴在镜子上的照片，读过了上面的标记。我知道我不是一个小孩，甚至已经不是少女，并明白过来现在我听见的、那个一边做早餐一边向广播大吹口哨的男人不是我的父亲，也不是室友或男朋友，他叫做本，是我的丈夫。

在厨房外我犹豫了。我很害怕。我马上要见到他，仿佛是第一次见面。他会是什么样子？跟照片里的样子一样吗？或者相片也很失真？他会老些，胖些，还是秃一些？他的声音听起来怎么样？他会有什么举动？我嫁得好吗？

突然一种幻觉不知道从哪里冒了出来。一个女人——我的母亲？——告诉我要小心。**别草率结婚……**

我推开了门。本背对着我，正用铲子翻着平底锅里"呲呲"作响的培根。他没有听见我进来。

"本？"我说。他一下子转过身来。

"克丽丝？你没事吧？"

我不知道怎么回答，于是说："没事。我想没事。"

然后他笑了，一副松了口气的模样，我也一样。他看上去比楼上的照片要老——脸上有更多的皱纹，头发已经开始发灰，在太阳穴的地方稍稍有些掉发——但这些非但无损他的魅力，反而让他更加迷人。他的下巴有力，适合年长的男人；眼睛闪烁着调皮的光芒。我意识到他有些像是年龄稍大的我父亲。我本可能嫁个比这糟糕的人，我想。糟糕得多。

"你看过照片了？"他说。我点点头。"别担心。我会解释一切的。你为什么不到走廊那边找个地方坐？"他对走廊做了个手势，"穿过去

041

就是餐室。我马上就来。给你，拿着这个。"

他递给我一个胡椒磨，我去了餐室。几分钟后他端着两个碟子跟了进来。油里浸着一条泛白的培根，煎过的面包和一个鸡蛋摆在碟子边上。我一边吃，一边听他解释我是如何生活的。

今天是周六，他说。他在工作日上班；是一名教师。他解释了我包里的那个电话和钉在厨房墙上的一个白板。他告诉我应急的钱放在什么地方——两张20英镑的纸币，卷得紧紧地塞在壁炉上的时钟后面——又给我看了那个剪贴簿，从中我可以粗略地了解自己生活的多个瞬间。他告诉我，只要齐心协力，我们应付得来。我不确定自己相信他，但我必须相信。

我们吃完饭，我帮他收拾干净早餐的东西。"待会我们该去散散步。"他说，"如果你愿意的话？"我答应了，他看来很高兴。"我读一读报纸就来，"他说，"可以吗？"

我上了楼。一旦等到独处，我的头脑便开始天旋地转，装得满满当当却又空空荡荡。我感觉什么也抓不住，似乎没有一件东西是真实的。看着现在所在的房子——现在我知道这是我的家了——我的目光却是全然陌生的。有一会儿我甚至想逃跑；可我必须让自己冷静下来。

我坐在昨晚睡过的那张床边上。我应该铺好床，我想。或者去打扫，让自己忙起来。我拿起枕头拍松，这时传来了一阵嗡嗡声。

我不清楚那是什么。声音低沉，时断时续。是细细的、微弱的铃声。我的包在我的脚下，当拿起它时，我意识到嗡嗡声似乎是从那里面传来的。我想起了本说过的手机。

找到手机的时候它在发亮。我瞪着它看了好一会儿。隐隐约约地——在内心深处，或者记忆的边缘——我清楚地知道这个来电意味着什么。我接起了电话。

是个男人的声音。"喂？"他说，"克丽丝？克丽丝？你在吗？"

我告诉他我在。

"我是你的医生。你没事吧？本在旁边吗？"

"不。"我说，"他不在——你有什么事？"

他告诉我他的名字，还说我们已经在一起进行了几个星期的治疗。"针对你的记忆。"他解释说。我没有回答，他说："我希望你相信我。我想让你看看卧室里的衣柜。"我们又沉默了一阵，然后他接着说，"衣柜里有个鞋盒，往里面看一眼，应该有一个笔记本。"

我望了一眼房间角落里的衣柜。

"你怎么知道这些的？"

"你告诉我的。"他说，"昨天我们见面了，我们说好你应该记日志，你告诉我会把日志藏在那里。"

我不相信你，我想说，但这似乎既不礼貌又不全是真话。

"你能不能去看一眼？"他说。我告诉他我会的，接着他加了几句，"现在就去。一个字也不要和本提。现在就去。"

我没有挂电话，而是走到了衣柜旁。他是对的。衣柜的底板上是个鞋盒——一个蓝色的盒子，盖不严实的盒盖上写着"爽健"牌字样一里面是一本用棉纸裹着的小簿子。

"找到了吗？"纳什医生说。

我取出小簿子拿掉棉纸。它是棕色的皮革封面，看起来价格不菲。

"克丽丝？"

"是的，我拿到了。"

"好。你在上面写过东西了吗？"

我翻开第一页。我发现我已经记过日志。*我的名字叫克丽丝·卢卡*

斯。日志开头说。47岁，是一个失忆症患者。我感觉又紧张又兴奋，像是在窥视谁的隐私，不过窥视的对象是我自己。

"我记过了。"我说。

"好极了！"他说明天他会打电话给我，我们结束了通话。

我没有动。蹲在打开的衣柜边的地板上，放着床没有整理，我开始读日志。

刚开始我感到很失望。日志里写的那些东西我一样也记不起来，想不起纳什医生，想不起我声称他带我去过的诊所，也想不起我说我们做过的测验。尽管刚刚听过他的声音，我却想象不出他的样子，也想不出我跟他在一起的场景。日志读起来像一本小说，但接着在日志快要结束的两页中间，我发现了一张相片。我在照片里的房子里长大，今天早上我醒来时以为自己置身其中。是真的，这就是我的证据。我见过纳什医生，他给了我这张照片，一块来自过去的碎片。

我闭上了眼睛。昨天我描述过我的旧房子，储藏室里的糖罐，在树林里采浆果。那些回忆还在吗？我能想起更多吗？我想着我的母亲和父亲，希望能记起别的东西。一幅幅画面悄悄地浮现了。一张晦暗的橙色地毯，一个橄榄绿色花瓶，一条粗毛地毯，一件胸部织有粉色鸭子、上衣正中有排暗扣的连衫裤，一个海军蓝色的塑料车座和一只退色的粉红便壶。

色彩与图形，却没有一样是关于活生生的生命。什么也没有。*我希望见见我的父母*，我想。正在那时我第一次意识到，尽管不知道为什么但我明白他们已经不在了。

我叹了一口气，在没有整理的床边坐下来。日志中间夹着一支笔，几乎想也没想我就把它拿了出来，打算再写些东西。我拿着笔悬在纸面上，闭上眼睛集聚精神。

事情就是在那个时候发生的。我不知道是不是刚刚意识到一个事实——我的父母已经过世——因此触发了连锁反应，但感觉好像我的意识从一场又长又深的睡眠里醒了过来。它活了过来，但不是一步一步活过来的；而是突然一下子，火花一闪。突然间我不再是坐在一间卧室里、面前有一本空白待写的日记本，而是到了别的地方。回到了过去——我以为丢失了的过去——我能够摸到、感觉到、尝到一切。我意识到我陷入了回忆。

我看见自己回到了家，回到了我生长的地方。我在 13 岁或者 14 岁左右，急着要继续写一个还没有完工的故事，却发现厨房的桌子上有张纸条。*我们必须得出门一趟*，纸条上说。*泰德叔叔 6 点会来接你*。我弄了杯饮料和一个三明治，拿着笔记本坐下来。罗伊斯太太说我的故事有力且感人；她认为我以后可以从事这一行。但我想不出要写什么，没有办法集中注意力。我默不做声地生着气。这是他们的错。*他们在哪儿？在干什么？为什么没有带上我？*我把纸揉成一团扔掉。

画面消失了，但立刻换成了另一幅。更有力，更真实。爸爸正开车载我们回家。我坐在车后座上，盯着挡风玻璃上的一个斑点。一只死苍蝇。一粒沙子。我认不出来。我开始说话，却不知道自己要说些什么。

"你们打算什么时候告诉我？"

没有人回答。

"妈妈？"

"克丽丝。"我的母亲说，"别这样。"

"爸爸？你打算什么时候告诉我？"沉默。"你会死吗？"我的眼睛还盯着车窗上的斑点，"爸爸？你，会死吗？"

他回头向我露出微笑："当然不会，我的天使。当然不会。要等到我变得很老很老，有很多很多孙子孙女的时候才那样！"

我知道他在说谎。

"我们会打赢这一仗的。"他说，"我答应你。"

抽了一口气。我睁开了眼睛。幻觉消失了，不见了。我坐在卧室里，今天早上我在这间卧室里醒来，但有一会儿它看上去不一样了。完全是平的，没有颜色，没有活力，仿佛我看见的是一张在阳光下失了色的照片，仿佛生气勃勃的过去使此时失去了生命力。

我低下头看着手里的日志本。笔已经滑脱了我的手指，落到地板前在纸面上划了一道细细的蓝线。我的心在胸口狂跳起来。我已经想起了一些事，一些非常重要的事情。它没有被忘掉。我从地板上捡起笔开始把它记下来。

我在这里停笔。当闭上眼睛试着再次回忆那幅画面时，我仍然能够想得起来。我自己。我的父母。驾车回家的场景。它还在。不再那么生动，仿佛随着时间的推移已经逐渐退色，但还在那儿。尽管这样，我还是很高兴我已经把它记下来了。我知道它最终将会消失，不过至少现在还有迹可循。

本肯定已经读完了报纸。他对着楼上叫了几句，问我是不是准备好出门了。我告诉他是的。我会把日志藏在衣柜里，找件夹克和靴子穿上。待会我会记下更多的东西，如果我记得的话。

上面的日志是几小时前写的。我们出去了整整一个下午，但现在已经回到了家里。本在厨房里做晚餐吃的鱼。他打开了电台，爵士乐的声音飘到卧室：我正坐在这里记这篇日志。我没有主动提出要去做晚饭——我急着上楼来记录今天下午看到的东西——可是他似乎并

046

不介意。

"你去睡一会儿吧。"他说,"吃饭还要等大概45分钟呢。"我点了点头。"做好以后我会叫你的。"他笑着说。

我看了看手表。如果写得快我应该还有时间。

快到1点时我们出的门。我们没有走多远,把车停在一栋又矮又宽的建筑旁。屋子看上去没有什么人住;一只孤零零的灰鸽子在每扇用木板覆盖的窗户上都稍微停留了一会儿,建筑的大门藏在波纹铁后面。"这是露天游泳池。"本从车里钻出来说,"夏季开放,我猜。我们走吗?"

一条水泥小路蜿蜒着爬上山巅。我们默默地走着,只听见空空的足球场上落着的乌鸦群里有一只偶尔会突然尖啼,远处一只狗在哀伤地吠叫,还有孩子们的声音、城市的嗡嗡声。我想到了我的父亲和他的去世,想到至少这件事我已经记起了一点点。一个独自慢跑的人沿着一条跑道前进,我盯着她看了一会儿,直到脚下的小路越过了一道高高的树篱把我们领向山顶。在山顶我看得见有血有肉的生命:一个小男孩在放风筝,他的父亲站在他身后,一个女孩遛着一只系着长狗绳的小狗。

"这是国会山。"本说,"我们常来这儿。"

我没有说话。低矮的云层下,城市在我们的面前铺开,貌似一片宁静。它比我想象中要小;我可以一眼越过整个城市望见远处低矮的山峦。我可以看到电信塔的尖刺顶、圣保罗教堂的圆顶,巴特西发电站,看到一些认识——虽然只是隐约认出且不知为何——的事物;也有一些不那么熟悉的标志性景观:一栋像胖雪茄一般的玻璃房、离得非常远的一个巨轮。跟我自己的脸一样,景色似乎有点陌生,却又莫名的熟悉。

"我觉得我认识这个地方。"我说。

"是的。"本说，"是的。我们有一段时间常来这里，虽然景色一直在变。"

我们继续向前走。大部分长凳上都有人，有独自一人的，也有成双成对的。我们走到山顶近旁的一张长凳旁坐了下去。我闻到了番茄酱的味道；长凳下的一个纸箱里扔了一个吃了一半的汉堡。

本小心地捡起三明治丢进一个垃圾箱，再坐回我身边。他又指了指一些标志性景观。"这是金丝雀码头。"他说着指向一个建筑。即使隔得很远，它也显得无比高大。"是上世纪90年代初建成的，我想。全是些办公室之类的东西。"

90年代。听到有人用几个词就轻轻松松地概括了我经历过却毫无印象的十年，我感觉颇为奇怪。我一定错过了很多。那么多音乐，那么多电影和书，那么多新闻。灾难，悲剧，战争。当失去记忆的我日复一日地迷失时，有些国家可能已经整个分崩离析了。

我也错过了那么多自己的生活。有这么多我认不出的景色，哪怕它们每天都在我眼皮底下。

"本？"我说，"跟我说说关于我们的事情。"

"我们？"他说，"你的意思是？"

我转身面对着他。山顶上吹过一阵大风，寒意迎面扑来，有只狗在某处吠叫。我不知道该说什么；他明白关于他的事情我一点儿也不记得。

"对不起。"我说，"我和你的事我一点儿也不知道。我甚至不知道我们是怎么认识的、什么时候结的婚，还有其他任何东西都记不得。"

他露出了微笑，沿着长凳蹭过来挨着我，搂着我的肩膀。我刚刚开始退缩，却记起他不是个陌生人，而是我嫁的人。"你想知道些什么？"

他温和地问。

"我不知道。"我说，"我们是怎么认识的？"

"好吧，那个时候我们都在念大学。"他说，"你刚开始读博士，还记得吗？"

我摇摇头："不记得。我学的什么？"

"你的学位是英文。"他说，这时一幅图像在我的面前一闪而过，又快又突然。我看见自己在一所图书馆里，并模模糊糊地记起当时正在写一篇关于女性主义理论和 20 世纪初文学的论文，尽管实际上论文只是我在写小说之外可能投入的余事；这些论文我的母亲可能理解不了，但她至少认为是正道。那幅闪闪发光的场景停留了一会儿，真实得几乎可以触到，但这时本说话了，画面就此消失不见。

"我在念我的学位。"他说，"化学。我总是看到你。在图书馆，在酒吧，所有地方。我总是惊讶你有多美，但我一直没有办法开口跟你说话。"

我大笑起来："真的吗？"我想不出自己让人一见钟情的样子。

"你似乎总是那么自信，还很认真。你会坐上好几个小时，周围堆满了书，一心埋头阅读、记笔记，偶尔喝上几口咖啡。你看上去那么美。我从来没有想到你会对我感兴趣。可有一天在图书馆我碰巧坐在了你旁边，你不小心碰翻了杯子，咖啡洒得我的书上全是。你抱歉得很，尽管其实没什么要紧的，我们拖干净了咖啡，然后我坚持要给你再买一杯。你说应该是你给我买一杯才对，应该说对不起的人是你，于是我说好吧，我们便一起去喝了咖啡。就是这样。"

我试图想象那个场景，回忆年轻的我们同在一个图书馆里，身边全是湿漉漉的纸张，笑着。可是想不起来。我感到悲伤的刀锋冰冷地刺中了我。我猜想每对情人都十分喜爱他们相遇的故事——谁先向谁说了

第一句话，说了些什么——可是我一点儿也不记得我们的故事。风刮着小男孩的风筝尾巴，好像有人垂死时发出的喉音。

"那后来呢？"我说。

"好吧，我们约会了，很平常的，你知道的，我读完了学位，你拿到了博士，然后我们就结婚了。"

"怎么结的？谁向谁求的婚？"

"噢。"他说，"我向你求的婚。"

"在哪儿？告诉我事情的经过吧。"

"我们非常相爱。"他说。他掉开目光望着远方："我们总是在一起。你跟人合住一栋房子，但你根本很少在那儿，大部分时间你会陪着我。顺理成章地我们想要生活在一起，也想要结婚。于是在一个情人节，我给你买了一块香皂。昂贵的香皂，你真正喜欢的那种，我拿掉玻璃纸包装，在香皂里压了一枚订婚戒指，包好后送给你。当晚准备睡觉时你发现了戒指，于是你答应了。"

我偷偷地笑了。听起来有点乱糟糟的，又是戒指又是压在香皂里，还很有可能好几个星期我都不会用那块香皂或者发现不了戒指。但尽管如此，这还不失为一个浪漫的故事。

"跟我合住一所房子的是谁？"我说。

"噢。"他说，"我记不清了，一个朋友。不管怎么样，第二年我们结了婚。在曼彻斯特的一间教堂里，离你妈妈住的地方不远。那天天气很晴朗。那时候我还在进行教师培训，所以我们没有太多钱，但仍然很好。阳光灿烂，每个人都很开心。接着我们去度了蜜月，去的是意大利。湖区。十分美妙。"

我试着想象教堂、我的结婚礼服、从酒店房间观赏到的景色。什么也没有。

“我一点儿也不记得。”我说，“抱歉。”

他转移目光，扭过头不让我看见他的脸：“没关系。我明白。”

“照片不多。”我说，“剪贴簿里的，我是说。没有一张我们婚礼的照片。”

“我们遭遇过一次火灾。”他说，“在我们之前住的地方。”

“火灾？”

“是的。”他说，“几乎把我们的房子烧光了，我们丢了很多东西。”

我叹了一口气。事情似乎很不公平，我已经失去了记忆，过去的见证也没有留下。

“然后呢？”

“然后？”

“是的。”我说，“然后发生了什么事？结婚后，蜜月过后？”

“我们搬到了一起。我们非常开心。”

“再然后呢？”

他叹了口气，一句话也没有说。*不可能*，我想。*我的整个生活不可能就这样说完了。那不可能是我的全部。一场婚礼，蜜月，婚姻。可是除此以外我还期待些什么？还能有什么？*

答案突然冒了出来。儿女。孩子。我打了个冷战，意识到这正是我生命里、我们的家庭里似乎缺失了的那一块。壁炉上没有儿子或者女儿的照片——捧着学位证书、去漂流，甚至只是百无聊赖地为照相摆着姿势——我没有生过孩子。

我感到失望狠狠地击中了我。没有满足的欲望已经深深地植根在我的潜意识里。尽管每天醒来时连自己的年龄也不知道，但我隐隐地清楚自己一定想要个孩子。

突然间我看见自己的母亲在说生物钟的事情，仿佛它是一个炸弹。

"赶紧去成就生命里你想要成就的东西吧，"她说，"因为今天你还好好的呢，也许第二天就……"

我明白她的意思：嘭！我的野心会消失得无影无踪，唯一想做的就是生儿育女。"我就遇上了，"她说，"你也会遇上。每个人都会遇上。"

但我没有遇上，我想。或者我遇上了别的什么事情。我看着我的丈夫。

"本，"我说，"然后呢？"

他看着我，捏了捏我的手。

"然后你失去了记忆。"他说。

我的记忆。最终还是绕回来了，总是逃不开。

我仰望着城市上空。太阳低悬在半空中，透过云层隐约地闪耀着，在草地上拖出长长的影子，我意识到天马上就要黑了。太阳最终会落下山去，月亮即将升上天空。又一天要结束了。又是迷失的一天。

"我们从来没有过孩子。"我说。这句话不是一个疑问。

他没有回答，却扭头望着我。他握住我的手搓着，好像在抵挡寒意。

"是。"他说，"是。我们没有。"

哀伤刻在他的脸上。是为了他自己，还是为了我？我不知道。我让他搓着我的手，把我的手指握在他的手里。我意识到尽管有许多迷惑，跟这个男人在一起时我却感觉很安心。我看得出他很善良，周到，而且耐心。即使我的处境现在多么糟糕，可它原本有可能要糟糕得多。

"为什么？"我说。

他一句话也没有说。他看着我，脸上是痛苦的表情，痛苦和失望。

"怎么会这样，本？"我说，"我怎么会变成这样？"

我觉得他紧张了起来。"你确定你想知道吗？"他说。

我盯着远处一个骑脚踏车的小女孩。我知道这不可能是我第一次问他这个问题，不是他第一次不得不向我解释这些事情，也许我每天都在问他。

"是的。"我说。我意识到这一次有所不同，这一次我会把他告诉我的写下来。

他深吸了一口气："那是 12 月，结冰的天气。你在外面工作了一整天，在回家的路上，其实是一段很短的距离。没有目击者。我们不知道那时是你在穿过街道还是那辆撞你的车冲上了人行道，但不管怎么样你一定是撞上了汽车引擎盖。你的伤非常严重，两条腿都断了，还断了一条手臂和锁骨。"

他不再说话。我可以听到城市响着低沉的节拍。车流声，头顶一架飞机的声音，风刮过树林的低语。本捏了捏我的手。

"他们说一定是你的头先撞到了地面，因此你失去了记忆。"

我闭上了眼睛。那场车祸我根本记不得，所以并不感到愤怒，甚至也不难过，相反我心里满是无声的遗憾。一种空虚感，一道从记忆的湖面上掠过的涟漪。

他紧紧地握住我的一只手，我用另一只握住他，感觉到他手上的寒意和硬邦邦的结婚戒指。"你很幸运地活了下来。"他说。

我觉得身上涌起了寒意："司机呢？"

"他没有停车，是肇事逃逸。我们不知道是谁撞了你。"

"但谁会这么做啊？"我说，"谁会撞了人，然后自顾自地把车开走了呢？"

他一句话也没有说。我不知道我原本期待的是什么。我回想着从日志中读到的、跟纳什医生的会面。一种神经系统问题，他告诉我。结构性或化学性都有可能。或者是荷尔蒙失衡。我猜他指的是一种病。是那种突如其来、毫无缘由的事情，天灾。

可是眼前的原因似乎更糟：是别人对我犯下了错误，原本是可以避免的。如果那天晚上我挑另外一条路回家——或者如果撞我的司机挑了另外一条路——我本来可以不出事的。我甚至有可能已经做了祖母。

"为什么？"我说，"为什么？"

这不是一个他可以回答的问题，因此本没有说话。我们默默地坐了一会儿，两双手紧紧地握在一起。天渐渐黑了下来。城市却是亮闪闪的，一座座建筑都开了灯。冬天即将到来，我想。11月已经快过去一半了，随后是12月，圣诞节。我无法想象我将如何从此时此刻到达那些日子，我无法想象一直活在一连串相同的日子里。

"我们走吗？"本说，"回家？"

我没有回答他。"我在哪儿？"我说，"被车撞的那天。我在做什么？"

"你在下班回家的路上。"他说。

"什么工作？我在做什么？"

"噢。"他说，"你有个秘书的临时工作——其实是私人助理——在一个律所，我想。"

"可是为什么——"这句话我没有说完。

"你需要工作，我们才付得起月供。"他说，"日子很艰难，不过只有一段时间。"

这并不是我的意思。我想说的是，你告诉我我有个博士学位。为什么我会接受一份秘书工作？

"可是为什么我会做秘书呢？"我说。

"这是你唯一可以找到的工作，那段时间不景气。"

我记起了早前的感觉。"我在写东西吗？"我说，"写书？"

他摇了摇头："没有。"

这么说写作只是一个短暂的梦想。或者我可能试过，但失败了。当我转身问他时，云朵亮了起来，片刻之后传来巨大的轰隆声。吃了一惊的我放眼看去，遥远的天空闪着火花，星星点点地落到脚下的城市里。

"那是什么？"我说。

"是烟花。"本说，"马上就是'篝火之夜'了。"

过了一会儿另一抹烟花照亮了天空，又是一声巨响。

"看起来会有个烟花秀。"他说，"我们去看吗？"

我点了点头。这不会有什么害处，虽然我有点想赶紧回家写日志，记下本告诉我的事情；不过我又有点想留下来，希望他会告诉我更多东西。"好的。"我说，"我们去看烟花吧。"

他笑着搂住我的肩膀。天空黑了一会儿，接着传来噼啪声、咝咝声，然后一点小小的火花带着尖细的哨声窜上了高空。它在空中停留了片刻，嘭一声炸成了一个灿烂的橙色光团，非常绚丽。

"通常我们会去一个烟花秀的现场观看。"本说，"那是大规模观赏点中的一个。但我忘了是在今天晚上。"他用下巴蹭了蹭我的脖子。"现在这样还好吗？"

"很好。"我说。我放眼望着城市，望着城市上空炸开的团团色彩，望着灿烂的光亮："很好。这样我们能看到所有的烟花秀。"

他叹了口气。我们的呼吸在面前结成了雾气，交织在一起，我们默默地坐着，望着天空变成五彩的亮色。烟雾从城中的花园升起来，被各色光照得透亮——红与橙，蓝与紫——夜色变得雾蒙蒙的，渗透着干燥、铿锵的火药味。我舔了舔嘴唇，尝出了硫黄的味道，这时又一幕记忆突然浮现出来。

它跟针尖一般锐利。声音太响了，颜色太亮了，我觉得自己不像在一旁观看，反而仿佛置身其中。我有种正在向后倒的感觉，于是抓住了本的手。

我看见自己跟一个女人在一起。她长着一头红发，我们站在屋顶上，看烟花。我可以听到脚下房间里音乐跳动的节拍，一阵冷风吹过，把刺鼻的烟雾吹到我们的上空。尽管只穿着一条薄薄的裙子，我却感觉很暖和，因为酒精和还夹在指缝里的大麻烟卷而格外兴奋。我感觉到脚底下有沙子，才想起已经将鞋留在这个女孩楼下的卧室里了。她转脸朝着我，我看着她，只觉得活力十足，晕头晕脑的高兴。

"克丽丝，"她说着拿走烟卷，"想不想来个药丸？"

我不明白她的意思，一脸茫然。

她大笑起来。"你知道的！"她说，"药丸。迷幻药。我敢肯定尼格带了些来。他告诉我他会带的。"

"我不知道。"我说。

"来吧！很好玩的！"

我笑了，拿回大麻烟卷深深地吸了一口，仿佛要证明我不是无趣的人。我们答应过自己永远也不会变成无趣的人。

"我不这么认为。"我说，"那不是我。我想我还是守着这个，还有啤酒。好吧？"

"我想是的。"她一边说一边从栏杆后回过头。我可以看出她有些失望，尽管没有生我的气，我有点好奇没有我陪，她是不是还是会去。

我不信。我从来没有过像她这样的朋友。一个知道我一切的人，一个我信任的人，有时甚至比我自己更可信赖。现在我看着她，她的红头发随风翻飞，大麻烟卷的尾稍在黑暗中发着光。她对渐渐定型的人生满意吗？还是现在言之过早？

"看那个！"她指着一个罗马焰火筒炸开的地方，它的红色光照出了附近树木的影子。"真他妈的漂亮，不是吗？"

我大笑起来，同意了她的说法，我们沉默地站了几分钟，互相递着烟卷。最后她给了我一个湿漉漉的烟蒂，我没要，她用靴子把它在柏油地面上碾碎。

"我们该下楼去。"她说着抓住我的手臂，"有个人我想让你见见。"

"又来了！"我说，但我还是去了。我们从在楼梯上接吻的一对情侣身边经过。"不会又是一个跟你上同一门课的蠢蛋吧？"

"滚！"她说着快步下了楼梯，"我还以为你喜欢艾伦呢！"

"我是喜欢他没错！"我说，"直到他告诉我他爱上了一个叫克里斯蒂安的男人。"

"是啊，好吧。"她大笑起来，"我怎么想得到艾伦会选你听他的出柜宣言呢？这一个可不一样，你会爱他的，我知道。只是去打个招呼。别担心。"

"好吧。"我说。我推开了门，我们加入派对中。

房间很大，四面是水泥墙，从天花板上吊下来些没有灯罩的灯泡。我们走到吃东西的地方拿上啤酒，找到一个靠窗的位置。"那家伙在哪儿呢？"我说，但她没有听见。酒精和大麻的作用让我难以自控，跳起舞来。屋里挤满了人，大多数穿着黑衣服。*他妈的艺术生，我想*。

有个人走过来站在我们的前面。我认得他。基斯。我们以前在另一个派对上见过面，最后在那里的一间卧室里接过吻。但现在他正在跟我的朋友讲话，手指着客厅墙上挂着的她的一幅画。我不知道他是决定不理睬我呢，还是不记得我们见过面。不管是哪种情况，我都觉得他是个浑蛋。我喝光了啤酒。

"还想来一点儿吗？"我说。

"好啊。"我的朋友说，"我留下来对付基斯，你去拿点啤酒？然后我会给你介绍刚说过的那个家伙。好吧？"

我笑了："好啊！随便。"我晃荡着去了食品区。

有个人在说话，接下来。在我的耳朵边大声说话。"克丽丝！克丽丝！你没事吧？"我觉得很迷茫；声音听起来有些耳熟。我睁开了眼睛，惊讶地发现自己在屋外，在国会山的夜幕中，本叫着我的名字，面前的烟花把天空染成了血色。"你闭上了眼睛。"他说，"怎么回事？出了什么事吗？"

"没什么。"我说。我的脑子非常混乱，几乎不能呼吸。我扭过脸避开我的丈夫，假装在看余下的烟花秀。"我很抱歉。没什么事。我很好。我很好。"

"你在发抖。"他说，"你冷吗？想回家吗？"

我意识到我想回家。我的确想回家，我想记下刚刚看到的东西。

"是的。"我说，"你介意吗？"

回家的路上我回想着看烟花时见到的幻觉。它清晰的质地和分明的棱角让我震惊。它完全吸引了我，仿佛我又一次身临其境。我感受到了一切，尝到了一切。冷空气和啤酒泡。在我喉咙深处灼烧的大麻。我舌头上暖暖的基斯的唾液。那个画面感觉真实，几乎比它消失时我睁开眼见到的生活还要真实。

我不确定画面发生在什么时候。大学或刚刚毕业的时候，我猜是。我看到的那个派对是学生喜欢的那种。没有责任感，无忧无虑，轻松。

而且，尽管我不记得她的名字，这个女人对我很重要。我最好的朋友。永远都会是，我曾经认为，而且尽管我不知道她是谁，但跟她在一起我有一种安全感。

我心里闪过个疑问，有点好奇我们的关系是不是还很亲近。开车回家时我试着对本提起这幕幻觉。他很安静——不是不高兴，而是有点心不在焉。有一会儿我想告诉他关于那幅画面的一切，但相反我问他我们相遇时我有些什么朋友。

"你有些朋友。"他说，"你很有人缘。"

"我有最好的朋友吗？什么特别的人？"

接着他望了我一眼。"不。"他说，"我不这么认为，没有什么特别的印象。"

我不知道为什么我不记得这个女人的名字，却想起了基斯，还有艾伦。

"你确定吗？"我说。

"是的。"他说，"我敢肯定。"他转身看着路面。开始下雨了，商店里发出的光和头顶霓虹招牌的光亮映在路面上。我有许多事情要问他，可是我一句话也没有说，几分钟过后为时已晚。我们到了家，他已经开始做饭。太晚了。

我刚刚写完，本叫我下楼去吃晚餐。他已经摆好了餐桌，倒上了白葡萄酒，但我不饿，鱼也很干。我剩了很多菜。然后——因为晚饭是本做的——我主动提出来收拾。我拿走碗碟，在水池里放上热水，一直希望着待会儿能找个借口去楼上看我的日志，也许再写上一些。但我不能——大多数时间都独自一人待在我们的房间会引起怀疑——因此我们把晚上花在了电视机前面。

我放松不下来。我想着我的日志，看着炉台上的时钟指针慢慢从 9 点指到 10 点，指到 10 点半。当它们快指到 11 点时，我意识到今晚我没有太多时间了，于是说："我想我要去睡觉了。今天忙了一天。"

他笑着歪了歪头。"好的，亲爱的。"他说，"我马上就来。"

我点点头答应，但刚刚离开房间，恐惧便让我后背发凉。这个人是我的丈夫，我告诉自己，我嫁给了他，但我还是觉得跟他睡觉是错的。我不记得以前这样做过，也不知道会发生什么事情。

在浴室里我上了厕所刷了牙，全程没有看镜子，也没有看镜子周围的照片。我走进卧室发现我的睡衣叠好放在了枕头上，便开始脱衣服。我想在他进来之前就做好准备，钻到被子里。有一会儿我冒出了一个荒唐的想法，觉得自己可以装睡。

我脱下套衫照着镜子。我看见今早穿上的米色胸罩，这时一幅小时候的画面一闪而过，我正在问妈妈为什么她穿了一件胸罩而我没有，她告诉我总有一天我会穿的。现在这一天已经到了，它不是一步一步来的，而是突然降临了。在这儿，比我脸上和手上的皱纹还要明显的是我不再是个小女孩，而是个女人。在这儿，这个事实在我柔软丰满的胸部上。

我把睡衣穿上，理平整。我伸手到睡衣里解开胸罩，感觉到自己沉甸甸的胸部，然后解开长裤拉链脱了下来。我不想再细看自己的身体了，至少今晚不行。于是脱下今早穿上的紧身裤和短裤后，我悄悄地钻进被子里闭上眼睛侧躺着。

我听见楼下的钟报了时，过了一会儿本就进了房间。我没有动，但听着他脱衣服，他坐到床边时床往下一沉。有一会儿他没有动，然后我感觉到他的手沉甸甸地放在我的臀上。

"克丽丝？"他说，几乎是小声私语，"你还醒着吗？"我低声回答说是的。"今天你想起了一个朋友？"他说。我睁开眼睛，翻身仰面朝着天。我可以看到他宽阔赤裸的后背和肩膀上散布的细毛。

"是的。"我说。他转身面对着我。

"你想起了什么？"

我告诉了他，尽管只含糊说了两句。"一个派对。"我说，"我们都是学生，我想。"

他站起来转身上床。我看见他全身赤裸着。他的阴茎从它毛茸茸的黑色巢穴里垂下来，我只好压住咯咯发笑的冲动。我不记得以前曾见过男性的生殖器，甚至在书上也没有见过，但它们对我来说并不陌生。我不知道对它们我究竟了解多少，有过些什么经验。几乎不由自主地，我扭开了头。

"以前你想起过那个派对。"他一边说一边拉开被子，"我想你经常想起它。你的某些记忆似乎定期突然出现。"

我叹了一口气。没有什么新奇的，他似乎在说。没什么可兴奋的。他躺在我的身边，拉过被子盖着我们两个人。他没有关灯。

"我经常想起事情吗？"我问。

"是的，有些事情。在大多数日子里。"

"同样的事情？"

他转身面对着我，用手肘撑着身体。"有时候。"他说，"通常是的。很少有特例的时候。"

我从他的脸上转开目光望着天花板："我想起过你吗？"

他向我转过身来。"没有。"他说。他握着我的手，紧紧地捏着它：

"不过没有关系。我爱你。没关系。"

"我对你来说肯定是一个可怕的包袱。"我说。

他伸出手摸起我的胳膊来。静电发出噼啪一声响。我缩了缩。"不。"他说，"完全不是。我爱你。"

他探过身来挨着我，吻了吻我的嘴唇。

我闭上了眼睛，有点迷茫。他是想做爱？对我来说他是个陌生人，虽然理智上我知道我们每天晚上同床共枕，自从结婚以来我们天天如此，可是我的身体认识他还不到一天。

"我很累，本。"我说。

他压低了声音，开始小声说话。"我知道，亲爱的。"他说，轻轻地亲了我的脸颊、我的嘴唇、我的眼睛。"我知道。"他的手在被子里向下滑，我感到身上涌起了一阵不安，几近恐慌。

"本。"我说，"我很抱歉。"我抓住他的手不让它下滑。我忍住扔开那只手——仿佛它是什么讨厌的东西——的冲动，反而抚摸着它。"我累了。"我说，"今晚不行。好吗？"

他一句话也没有说，抽回了手仰天躺下。他身上一阵阵流露出失望。我不知道该说些什么。我有点儿觉得应该道歉，但更加觉得自己没有做错任何事。因此我们沉默地躺着，同在一张床上但不挨近，我有些好奇这种情况多久发生一次。他上床来渴望做爱的时候频繁吗？我是否有过自己想做爱的情况或者觉得可以回应他的时候？如果不回应他的话，是不是总有现在这种令人尴尬的沉默出现？

"晚安，亲爱的。"过了几分钟后，他说，紧张气氛消失了。我一直等到他发出轻轻的鼾声再溜下床到这里，在这个空房间里坐下来写这篇东西。

我想记住他，哪怕只有一次。

11月12日，星期一

时钟刚刚报过 4 点，天开始黑了。现在本还不会回家，但我一边坐着写日志一边还是留意着他的汽车声。鞋盒放在我脚边的地板上，里面包裹这本日志的棉纸掉了出来。如果他回家的话我会把日志放进衣柜告诉他我一直在休息。这的确是说谎，不过也不是什么弥天大谎，而且想要为自己的日志内容保密没有什么错。我必须写下见到的、了解到的。但那并不表示我想让别人——不管是谁——读到它。

今天我跟纳什医生见面了。我们面对面地坐着，中间隔着他的书桌。他的身后是一个文件柜，柜顶放着一个塑料的大脑模型，从中间切开，像一个橙子一样分开。他问我进展得怎么样。

"还好吧。"我说，"我想。"这是一个很难回答的问题——从今早醒来开始的几个小时是我可以清楚记得的唯一一段时间。我遇到了我的丈夫，仿佛是初遇，虽然我知道那不是事实；接到了我的医生的电话，他告诉我这本日记本的事情。接着午饭后他来接我，驱车带我来到他的这个诊所。

"我写了日志。"我说，"在你打过电话以后。上周六。"

他似乎很高兴："你觉得有点用吗？"

"我觉得是的。"我说。我告诉他我记起的回忆：派对里的女人、知道父亲病情的那一幕。我一边说话他一边做笔记。

"现在你还记得这些东西吗？"他说，"今天早上醒来记得这些东西吗？"

我犹豫着。实情是我不记得，或只记得其中一些。今天早上我读了星期六的记录——读到了我和丈夫一起吃的早餐，还有国会山之行。它感觉和小说一样不真实，跟我毫无关系，而且我发现自己在一遍又一遍地读同一节，试图把它在我的脑子里粘牢，修补好它，整个过程花了我不止一个小时的时间。

我读着本告诉我的事情：我们是怎么相识怎么结婚怎么生活的，可我什么感觉也没有。不过其他一些东西留了下来。比如说那个女人——我的朋友。我不记得细节——不管是烟火派对，还是在屋顶跟她在一起、遇见一个叫基斯的人——但对她的记忆仍然存在，今早当我一遍又一遍地读着周六的记录时，更多的细节浮现了。她活力四射的红头发、她偏爱的黑色衣服、打上装饰钉的皮带、猩红唇膏，还有她抽烟的模样——仿佛那是世界上最酷的事。我记不起她的名字，但现在回忆起了我们相识的那天晚上，是在一个笼罩着香雾的房间里，屋里满是口哨声、弹球机的"嘣嘣"声和点唱机尖细的声音。我问她要火，她给了我一根火柴，然后做了自我介绍并建议我加入她和她的朋友。我们喝了伏特加和啤酒，后来当我把这些东西几乎全吐出来时，她抓着我的头发不让它掉进马桶里。"我想我们现在绝对是朋友了！"当我勉强站稳的时候，她大笑着说，"我才不会为随便一个人这么做呢，知道吧？"

我谢了她，仿佛为了解释刚才做的事情，我没头没脑地告诉她我的父亲死了。"他妈的……"她说，她不再醉醺醺地发傻，而是迅速变得充满了同情心——这是她第一次在我面前体现出这种转变，以后她又做过许多次——她带我回到她的房间，我们吃着面包喝着黑咖啡，一直听着唱片，谈着我们的生活，直到天蒙蒙亮。

她的画在墙上和床尾堆得到处都是，素描册乱七八糟地散在房间里。"你是个艺术家？"我说，她点了点头。"这就是为什么我会在大学里。"她说。我记得她告诉我她正在学艺术。"当然最后我只能当个老师，不过人是要做梦的。对吧？"我笑了。"你呢？你学什么？"我告诉了她我学英文。"啊！"她说，"那你是想写小说呢还是教书呢？"她笑了，并非不友善，但我没有提到来这儿之前我还在房间里写的故事。"不知道。"我反而说，"我猜我跟你一样。"她又笑了，说："好吧，敬我们！"我们用咖啡干杯，我感觉——好几个月来第一次感到——事情终于好起来了。

我想起了这一切，费尽心力地搜寻那个记忆的空洞，试图找到任何可能引发回忆的微小细节，这让我筋疲力尽。可是跟我的丈夫在一起的回忆呢？它们已经不见了。那些叙述连一点儿残留的记忆的火花都没有打燃，仿佛不仅国会山之行没有发生过，而且他告诉我的事情也没有发生过。

"我记得一些事情。"我对纳什医生说，"年轻时候的事情，昨天想起来的，它们还在，而且我可以记起更多的细节了。可是我完全不记得我们昨天做过的事情。星期六发生的也不记得。我可以试着营造一个我在日记里描述过的场景，但我知道那不是记忆，我知道只是我想象出

065

来的。"

他点了点头："你还记得前天的什么事吗？记得任何一个你写下来的小细节吗？那天晚上，比如说？"

我想起了我记下的睡前的一幕。我意识到自己感到内疚，内疚的是尽管他善良体贴，我却没有办法回应我的丈夫。"不。"我说谎道，"什么也没有。"

我不知道他要采取什么别的做法我才会想抱他在怀里，让他爱抚我？送花？巧克力？是不是每次他想做爱都需要来一个浪漫的开场，仿佛是第一次？我意识到了诱惑的大道对他是如何大门紧闭。他甚至没有办法放我们婚礼上一起跳的第一支舞曲，或者按我们第一次约会外出时吃的菜单重新摆上一遍，因为我不记得。在任何情况下我都是他的妻子；当他想发生关系时他不该不得不勾引我，仿佛我们刚刚第一次遇见。

但是不是曾经有一次我同意了他的要求，甚至想跟他做爱呢？有没有过我醒来时残留的记忆足够支撑欲望，因此心甘情愿的时候呢？

"我甚至不记得本。"我说，"今天早上我完全不知道他是谁。"

他点了点头："你想记得吗？"

我几乎笑了起来。"当然！"我说，"我想记起我的过去。我想知道我是谁、跟谁结了婚。这些都是同一件事——"

"当然。"他说。他停顿了一下，把手肘搁在书桌上用手捂着脸，似乎在仔细考虑该说些什么或者怎么说，"你告诉我的事情很让人鼓舞，这表明记忆没有完全丧失，问题不在于存储，而在于读取。"

我想了一会儿，然后说："你是说我的记忆在那儿，只是我没有办法触及它们？"

他笑了。"如果你这么理解的话，"他说，"的确就是那样。"

我感到又沮丧又心急："那我要怎么做才能记起来更多东西？"

他向后仰，看着面前的文件。"上周，"他说，"在我给你日志的那天，你记下我给你看了你小时候的家的照片吗？我把它给你了，我想。"

"是的。"我说，"我记了。"

"看到那张照片之后，比起刚开始我没有给你看照片前问你以前住的地方，你似乎又记起了许多东西。"他停顿了一下。"这没有什么好奇怪的。不过我想看看如果给你一些你不记得的时期的照片会发生什么事。我想看看你能想起什么。"

我有点犹豫，不确定这条路会通向哪里，但这无疑是一条我必须走的路，别无选择。

"好吧。"我说。

"好！今天我们只看一张照片。"他从卷宗的背面取出一张照片，绕过书桌坐到我的身边，"在看照片之前，关于你的婚礼你还记得什么吗？"

我已经知道那儿什么也没有。就我而言，我和今早醒来睡在身边的那个男人的婚姻根本没有发生过。

"不。"我说，"没有。"

"你确定吗？"

我点点头。"是的。"

他把照片放在我前面的书桌上。"你是在这里结的婚。"他说着用手指敲敲它。相片上是一座教堂，小巧玲珑，有个矮矮的屋顶和一个小尖顶。全然陌生。

"想起了什么？"

我闭上眼睛努力清空脑海。看到了水。我的朋友。一个瓷砖铺的地面，黑白相间。没有别的了。

"不。我不记得曾经见过它。"

他看上去有点失望："你确定吗？"

我又闭上了眼睛。黑暗。我努力回想我的婚礼当天，想象本和我，一个穿着西装一个穿着结婚礼服站在教堂门前的草地上，可是什么事情也没有发生。没有记忆。悲伤涌上了我的心头。跟所有新娘一样，我一定花了好几个星期策划我的婚礼，挑我的礼服、焦急地等待着改好尺寸，找好发型师，考虑怎么化妆。我想象自己苦苦地思考着菜单，挑选圣歌和鲜花，一直希望那天能够达到我高得不得了的期望。可是现在我却无法知道它是否满足了我的期望。它被夺走了，每一丝痕迹都被擦干净了。除了我嫁的男人，一切都没有留下来。

"不。"我说，"什么也没有。"

他拿走了照片。"根据你早期进行的治疗的记录，你是在曼彻斯特结的婚。"他说，"那个教堂叫圣马可。这是一张最近的照片——是我唯一能够找到的一张——但我想它现在的样子跟当时差不多。"

"我们没有婚礼的照片。"我说。这句话既是一个疑问，又是陈述一个事实。

"是的，丢了。显然丢在你家的火灾里了。"

我点点头。听他这么说似乎让这番话变得可信了，让它更加真实，仿佛他医生的身份令他的话比我丈夫的更具权威。

"我什么时候结婚的？"我问。

"上世纪 80 年代中期。"

"在我的意外之前——"我说。

纳什博士看上去有些不自在。我不知道我是否跟他谈过让我失忆的那场意外。

"你知道你的失忆症是怎么引起的吗？"他说。

"是的。"我说，"那天我跟本谈过。他告诉了我一切，我记在日志里了。"

他点了点头："你有什么感觉？"

"我不知道。"我说。事实是我不记得那场意外，因此它似乎并不真实。我所拥有的不过是它留下的结果、它把我变成的模样。"我觉得我应该恨那个对我做了这些的人。"我说，"尤其是因为他们至今还没有被抓到，没有因为让我变成这样而受到惩罚，没有为毁了我的生活付出代价。可奇怪的是我不恨，真的。我恨不起来。我无法想象他们的样子，就像他们甚至不存在一样。"

他流露出失望的表情。"你是这么想的吗？"他说，"你的生活被毁了？"

"是的。"过了一会儿我说，"是的。这就是我的想法。"他沉默了。"不是吗？"

我不知道自己期望他怎么做或说些什么。我猜我有点想让他告诉我我错得多么厉害，让他试图说服我我的生活是有价值的。但他没有，他只是直直地凝视着我。我注意到他的一双眼睛是多么惊人。蓝色，带着灰色的斑点。

"我很抱歉，克丽丝。"他说，"我很抱歉。但我在尽我所能，而且我想我可以帮到你，真的。你必须相信这一点。"

"是的。"我说，"我相信。"

他把手放在我的手上，在我们中间的书桌上。感觉沉甸甸的，温暖。他捏了捏我的手指，有那么一秒钟我感到尴尬，为他，也为我自己，但后来我看着他的脸，看见了悲伤的表情，随即意识到他的动作是一个年轻的男人在安慰一个年长的女人，仅此而已。

"对不起。"我说，"我要去洗手间。"

我回来时他已经冲上了咖啡，我们坐在桌子的两边小口喝着饮料。他似乎不愿意对上我的目光，转而翻起桌上的文件，狼狈地把它们叠在一起。起初我以为他对捏了我的手不好意思，但接着他抬起头说："克丽丝。我想求你一些事。两件事，实际上是。"我点点头。"首先，我已经决定写下你的病例。它在这个领域非常不寻常，而且我认为把病例细节让医学界更多的人知道是真正有益的。你介意吗？"

我看着办公室书架上随意摆成堆的期刊。他是打算这样推进他的职业生涯吗，或者让其更加稳妥？*这就是为什么我会在这里的原因？*有一会儿我想过告诉他我希望他不用我的故事，但最后我只是摇摇头说："不介意。没问题。"

他露出了微笑。"好的，谢谢你。现在，我有一个问题。其实更像是个主意，有些事我想试试。你介意吗？"

"你打算做什么？"我说，感到有些紧张，但终于松了一口气：他终于要告诉我他的想法了。

"嗯，"他说，"根据你的档案，你和本结婚后你们继续一起住在伦敦东部你跟人合租的房子里。"他停下了。这时不知道从哪里冒出来了一个人的说话声，那个人一定是我的母亲。*生活在罪恶中*——她发出一句啧啧声，摇摇头，这个动作已经说明了她没有说出口的一切。"然后过了大概一年，你们搬了家。你们在那儿几乎待到了你入院。"他顿了一下，"这所房子跟你现在住的地方很近。"我开始明白他暗示的提议了。"我想我们可以现在动身，在回家的路上去看看。你怎么想？"

我怎么想？我不知道。这几乎是一个无法回答的问题。我知道这是一个明智的做法，它可能以一种难以确定的、我们两人现在都无法理解的方式会帮到我，但我仍然有点不情愿。仿佛我的过去突然变得危险了，走访这样一个地方可能是做傻事。

"我不知道。"我说。

"你在那儿住了好些年。"他说。

"我知道，不过——"

"我们可以只去看看，不一定要进去。"

"进去？"我说，"怎么——？"

"是这样的。"他说，"我写了信给现在住在那儿的一对夫妻。我们通过电话，他们说如果能帮上忙的话，很乐意让你四处看看。"

我吃了一惊："真的吗？"

他略微地移开了目光——动作很快，但已经足以表明那很尴尬。我想知道他是否隐瞒了些什么。"是的。"他接着说，"我并不是为所有的病人都这么费事的。"我什么也没有说。他露出了微笑："我真的认为这可能有帮助，克丽丝。"

我还能怎么办？

去那所房子的路上我本来打算记日志，可是路途并不长，当我们停在一栋屋子外面时我几乎还没有读完最后一条记录。我合上日志抬起了头。屋子跟今天早上我们驶离的那一所差不多——我不得不提醒自己现在正住在那儿——有着红砖和漆过的木器，还有同样的凸肚窗和修剪整齐的花园。如果非要说不同之处的话，这所房子看上去更大些，屋顶处的一扇窗户意味着它有一个阁楼——我现在的家里则没有。我无法理解为什么我们会离开这栋屋子搬到仅仅几英里开外的、几乎一模一样的一所房子里。过了一会儿我反应了过来：记忆。对于美好时光的记忆，关于那些在我发生事故之前的时光、我们幸福地过着平常日子的时刻。本能够保留这些记忆，即使我不能。

突然间我确信这所房子会向我揭露一些真相，关于我的过去。

"我想进去。"我说。

我停笔了。我想把余下部分记下来，但它非常重要——太重要了，所以不能草草对待——而本很快就会到家。他已经比平常晚些了，天现在黑了下来，街上回荡着人们下班到家后重重地关门的声音。屋外一辆辆汽车在慢慢地行进着——很快中间会有一辆是本的车，他会回家来。我最好现在停笔，收起日志好好地藏在衣柜里。

待会我会继续写。

当听到本的钥匙在门锁里转动时，我正在盖鞋盒的盖子。他进屋时喊我的名字，我告诉他我很快就下来，虽然我完全无须掩饰自己是在衣橱里藏东西。我轻轻地关上衣柜门，下楼去见我的丈夫。

整个傍晚过得很零散。日志在心里召唤我。晚餐时我在想是否能够在收拾东西之前写日志，收拾餐碟时我在想做完家务后是否该装做头痛好去记录。可是当我收拾完厨房里的活儿时，本却说有点事情要做，走进了他的办公室。我叹了口气，心里轻松起来，并告诉他我会去睡觉。

现在我就在这里。我可以听到本——他一下下地敲着键盘——我承认那声音很让人心安。我已经读过本回家之前我所写的日志，现在可以再次记起今天下午的情形：站在一所我曾经住过的房子外面。我可以开始记我的故事了。

事情发生在厨房里。

一个女人——阿曼达——在门铃嗡嗡响了一阵后开了门，跟纳什医生握了个手表示欢迎，用来欢迎我的却是一个夹杂了怜悯和好奇的眼神。"你一定是克丽丝，"她说着歪歪头，伸出一只指甲修剪得漂漂亮亮的手，"快进来！"

我们进屋后她关上了门。她穿着一件米色的衬衫，戴着金首饰。她做了自我介绍，然后说："你们想待多久待多久，只要你需要，好吗？"

我点点头，望了望四周。我们站在一个明亮的、铺着地毯的走廊上。阳光从玻璃窗流进来，照亮了长桌上一瓶红色的郁金香。很久没有人说话，让人有些不自在。"这房子很不错。"阿曼达终于说，一时间我感觉纳什医生和我仿佛是来看房子的租客，而她是个急于谈成一桩生意的房地产代理。"我们10年前买的。我们非常喜欢它。房子很亮。你们想进客厅吗？"

我们跟着她进了客厅。厅里空间很大，品位不错。我没有什么感觉，甚至连隐隐的熟悉感也没有；面前的可能是随便一个城市随便一座屋子里的随便一个房间。

"谢谢您让我们随便看。"纳什医生说。

"噢，那没什么！"她说着发出了一个奇怪的鼻音。我想象着她骑马或者插花的样子。

"你到这儿来以后做了很多装修吗？"他说。

"噢，是有一些。"她说，"你看得出来吧？"

我看了看四周打磨过的地板和白色的墙壁、米色沙发、挂在墙上的现代艺术绘画。我想起了今天上午我离开的那所房子；那所房子跟面前这所完全大相径庭。

"你还记得你刚搬进来时的样子吗？"纳什医生说。

她叹了一口气："恐怕记不太清楚了。当时铺着地毯，我想应该是饼干的那种颜色。还有壁纸。似乎有条纹，如果我没记错的话。"我努力按她说的模样想象着房间：什么也没有。"我们还填掉了一个壁炉。

现在我倒希望当时没那么做，那个东西很独特。"

"克丽丝？"纳什医生说，"想起什么了吗？"我摇摇头："我们可以到房子的其他地方看看吗？"

我们上了楼，楼上有两间卧室。"吉尔斯经常在家工作。"当我们走进位于房子前面的一间卧室时，她说。屋子被一张办公桌、一些文件柜和书籍占去了主要空间。"我想前一个业主肯定是把这间当做他们的卧室。"她看着我，但我没有说话。"这间比另外一间要大一点儿，可是吉尔斯在这儿睡不着，街上太吵了。"屋子里一阵沉默。"他是个建筑师。"我还是没有说什么。"事情很巧合，"她接着说，"因为卖给我们房子的人也是个建筑师。我们来看房子的时候遇上了他。他们处得很愉快。我想就因为这点关联我们让他降了几千块钱。"又是一阵沉默。我好奇她是不是等着让人恭喜她。"吉尔斯正在准备自己开业。"

一个建筑师，我想。不是一个老师，跟本一样。他转手卖给的不可能是这一家子。我试着想象房间的另外一种模样：用床代替玻璃面书桌，地毯和壁纸代替条纹板和白色的墙壁。

纳什医生转身朝着我："想起什么了吗？"

我摇摇头："没有。一样也没有，我什么都不记得。"

我们看了另外一间卧室、浴室。我什么也没有想起来，于是我们下楼到了厨房。"你确定你不想喝杯茶吗？"阿曼达说，"一点儿也不麻烦，已经冲好了。"

"不，谢谢你。"我说。房间很刺眼，棱角分明。厨房组件是白色金属铬，工作面看上去像是水泥浇成的。一碗酸橙成了房间里唯一的彩色。"我想我们很快就会告辞了。"我说。

"当然。"阿曼达说。她的活泼劲头似乎已经消失，换成了一副失望的神情。我感到内疚；她显然希望到她家一访会奇迹般地治好我。"我可以喝杯水吗？"我说。

她立刻开心起来。"当然！"她说，"让我给你拿一杯！"她递给我一杯水，正在那时，从她手里接过水的时候，我看见了它。

阿曼达和纳什医生都消失了。我独自一个人。在工作台上我看见一条还没有煮的鱼，湿漉漉地闪着光，放在一个椭圆盘子里。我听到有人说话。一个男人在说话。这是本的声音，但比现在多多少少年轻些。"白葡萄酒？"那个声音说，"还是红葡萄酒？"我转过身看见他走进一间厨房，是同一间厨房——我正跟纳什医生和阿曼达站在这个厨房里——但它的墙壁上刷的不是同样颜色的漆。本的两只手各拿着一瓶酒，这是同一个本，但更瘦些，灰头发少些，而且蓄着胡子。他全身赤裸，阴茎半立着，在他走动时滑稽地上下跳跃。他的皮肤光滑，紧紧地裹在手臂和胸部的肌肉上，我感觉到了高涨的欲望的浪潮。我看见自己吸了一口气，但我在笑。

"白的，我想？"他说着跟我一起笑起来，在桌上放下两只酒瓶，走到我站的地方。他用手臂绕着我，我闭上眼睛张开了嘴，仿佛不由自主地，我吻了他，他也回吻了我，我感觉到他的阴茎抵着我的下身，我的手向它伸了过去。尽管我正吻着他，我却还在想我必须记住这个，这种感觉。我必须把它写进我的书里。这就是我想写的。

我倒进他的怀中贴着他的身体，他的手开始扯我的衣服，摸索着找拉链。"住手！"我说，"别这样——"可是尽管我嘴里说着不，要他住手，我却感觉好像从来没有如此渴望过一个人。"到楼上去，"我说，"快。"然后我们离开了厨房，一边走一边撕扯着衣服，向楼上有灰色地毯和蓝色图案壁纸的卧室走去，一路上我在想，是的，这是下一部小说我该写的东西，这是我想捕捉的感觉。

我绊了一跤。传来了玻璃打碎的声音，我面前的图像消失了，仿佛胶片的卷轴走到了尽头，屏幕上的图像变成了闪烁的光和飞舞的尘粒。我睁开眼睛。

我还在那儿，在那个厨房里，但现在纳什医生站在我的面前，阿曼达离他只有几步，他们都看着我，一脸担心和不安的表情。我意识到我打碎了玻璃杯。

"克丽丝。"纳什医生说，"克丽丝，你没事吧？"

我没有回答。我不知道是什么感觉。这是第一次——根据我的记忆——我记起我的丈夫。

我闭上眼睛试图再次回想那幅画面。我试着看见鱼、葡萄酒，看见我的丈夫蓄着胡须，全身赤裸，他的阴茎上下摆动，但什么也没有。记忆已经蒸发得无影无踪，仿佛从未存在过或者被现实烧成了一道轻烟。

"是的。"我说，"我没事。我——"

"出了什么事？"阿曼达说，"你没事吧？"

"我想起了什么。"我说。我看见阿曼达的手飞快地捂在了嘴上，她脸上的表情变得十分开心。

"真的吗？"她说，"太好了！什么？你想起了什么？"

"别着急。"纳什医生说着走过来扶住我的手臂，碎玻璃在他脚下踩得嘎吱嘎吱的。

"我的丈夫。"我说，"在这儿。我想起了我的丈夫——"

阿曼达的脸拉了下来。就这些？她似乎在说。

"纳什医生？"我说，"我想起了本！"我开始发抖。

"好的。"纳什医生说，"好！非常好！"

他们一起领着我去了客厅。我坐在沙发上，阿曼达递给我一杯热茶、一块放在碟子上的饼干。她不明白，我想。她不可能明白。我记起了本，记起了年轻时候的自己，记起了我们两人在一起。我知道我们很相爱，我再也不用靠他的话来相信这一点了。这很重要，她不会明白这有多么重要。

　　回家的路上我感觉很兴奋，因为又紧张又有活力而容光焕发。我看着窗外的世界——那个陌生、神秘、不熟悉的世界——在这个世界里我没有看到威胁，却看见了机遇。纳什医生告诉我他认为我们真的有突破了。他似乎很兴奋。这很好，他不停地说。这很好。我不知道他是说这对我很好还是对他很好，对他的事业来说当然很好。他说他想安排一次扫描，我几乎不假思索地答应了。他也给了我一部手机，告诉我这手机他的女朋友曾经用过。它看上去与本给我的那个不一样。这一款要小一些，翻盖打开后露出键盘和屏幕。反正闲置着也没有人用，他说。你可以随时打电话给我，任何重要的时候都行。把它带在身上，我会打电话到这个手机上给你，提醒你日志的事情。那是几个小时以前。现在我意识到他送手机给我是为了不让本知道他给我打电话。要是有天我给你打电话，是本接的，场面可能会很尴尬。这会让事情容易一些。我没有多问，接过了手机。

　　我记起了本，记起了我爱他。他很快会回到家。也许待会儿，当我们去睡觉的时候，我会补偿昨晚的生分。我感觉活力十足，充满可能性。

11月13日，星期二

这是下午。不久本会结束又一天的工作下班回家。我面前放着日志坐着。有个人——纳什医生——在午餐时间打电话给我，告诉我在哪里可以找到它。他打电话时我坐在客厅里，刚开始不相信他知道我是谁。*看看衣柜里的鞋盒*，他终于说。*你会发现一个本子*。我不相信他，但我翻鞋盒的时候他一直没有挂机，而且他是对的。我的日志本在那儿，用棉纸包裹着。我把它取出来，仿佛捧着一件易碎的东西。刚刚跟纳什医生说了再见，我就跪在衣柜边读了起来。每一个字。

我很紧张，虽然我不知道为什么。在我的意识中这本日志是违禁的、危险的，尽管也许只是因为我藏它的时候显然非常小心的缘故。我不时地一遍遍从日志上抬起头来看时间，只要屋外传来汽车声便飞快地合上日志放回绵纸里。但现在我很平静，我坐在卧室的凸肚窗台上写日志。不知道怎么回事，这里有种熟悉的感觉，仿佛我经常坐在这个地方。我可以往下看见街道，街道的一端通向一排高大的树，能隐约看见树后的公园，另一端通向一排房屋和一条更加繁忙的街。我意识到尽管我决定将日志的事情对本保密，但如果他发现的话也不会发生什么可怕的事。他是我的丈夫。我可以信任他。

我又读了一遍日志里描述昨天回家路上的一段，当时感觉到的那种兴奋已经消失了。现在我觉得满足、平静。汽车川流而过。偶尔有人走过，一会儿是一个吹着口哨的男人，或者是一位年轻的母亲带着她的孩子去公园，过了一会儿又离开。远处有架飞机正在降落到地面，看上去几乎一动不动。

对面的房子空荡荡的，除了那个吹口哨的人和一只不高兴的狗在叫，街道上安安静静。随着门一扇扇关上、人们一声声道别、引擎发动交织而成的交响乐，清晨的骚动渐渐消失。我觉得一个人孤零零的。

开始下雨了。大大的雨滴溅在我面前的窗口上，悬了一会儿，后来的雨滴跟它们裹成一团，开始慢慢地沿着窗格向下滑。我把一只手放在冰冷的玻璃上。

我与世界上其他的一切已经隔绝得够久的了。

我读了拜访我和丈夫曾住过的房子的一段。这些东西真的是昨天才写的吗？它们看上去不像是出自我的手。我还读了我记起的那一天。亲吻我的丈夫——在很久以前我们一起买下的房子里——闭上眼睛时我可以再看到它。刚开始画面晦暗而散乱，但随后图像开始发光并消散，突然变成几乎让人难以承受的清晰。我丈夫和我扯着衣服。本搂着我，他的吻变得越来越急，越来越深。我记起我们既没有吃鱼也没有喝酒；相反，做爱之后我们一直赖在床上，我们的腿缠在一起，我的头放在他的胸口上，他摸着我的头发，精液在我的肚子上慢慢变干。我们没有说话。幸福像云朵一样包围了我们。

"我爱你。"他说。他的声音很轻，仿佛这些话他从来没有说过。尽管他一定已经说过很多遍了，这些话听起来仍然新鲜。违禁而且危险。

我抬起头看着他，看着他下巴上的短须，嘴唇和鼻梁的轮廓。"我也爱你。"我对着他的胸口小声说，好像这些话无法大声说出来。他把我的身体搂近他，接着轻轻地吻了我，吻了我的额头，我的眉毛。我闭上眼睛，他继续吻我的眼睑，几乎是用他的嘴唇在上面轻轻一刷。我感到安全，有家的感觉。我觉得好像在这儿，挨着他的身体，是我唯一有归属感的地方、我唯一想要停留的地方。我们沉默着躺了一会儿，互相搂抱着，身体黏着身体，呼吸交织在一起。我感觉沉默也许能让此刻永远延续下去，虽然那样仍然是不够的。

本打破了魔咒。"我必须走了。"他说，我睁开眼睛握住了他的手，感觉温暖、柔软。我把它放到嘴边吻了一下，上面有玻璃和泥土的味道。

"现在就走？"我说。

他又吻了我："是的。现在比你想的时间要晚。我会错过火车的。"

我感觉我的身体震了一下。分离似乎是不可想象的、让人难以忍受。"再多待一会儿？"我说，"坐下一班火车？"

他笑了："我不能，克丽丝。"他说，"你知道的。"

我又吻了他。"我知道。"我说，"我知道。"

他离开以后我洗了个澡。我洗得很慢，徐徐地涂上香皂，感觉水从皮肤上流过，好像那是一种全新的感觉。在卧室里我喷上香水穿上睡衣和睡袍，下楼走进餐室。

屋子里很暗。我打开灯，面前的桌子上是一台打字机，装好了空白纸，它的旁边是薄薄的一叠纸，面朝下。我坐到机器的前面开始打字。第二章。

这时我停了下来。我想不出接下来要写些什么、怎么开头。我叹了口气，把手指放在键盘上。手底下的键盘感觉自然、清凉且光滑，跟我的手指尖很相配。我闭上眼睛又开始打字。

我的手指自动地在键盘上跳跃，几乎不假思索。再次睁开眼睛时我已经打完了一个单句。

丽兹不知道她做下了些什么，也不知道怎样才可以抹掉已经做过的事。

我看着这句话。实实在在、白纸黑字地在那儿。

垃圾，我想。我感到很恼火。我知道我可以写得更好。以前我这么做过，两年前的夏天，词句从我的手指下涌出来，故事像碎纸屑一样泼到纸上。可是现在呢？现在有问题了。语言已变得坚硬、僵硬。

我拿起一支笔在句子上画了一条线。删掉它后我感觉好了一点儿，但现在我又再次一无所有了；没法开头。

我站起身从本在桌子上留下的一包香烟里取了一根点燃，深深地吸了一口，含着它，吐出去。一时间我希望它是大麻，想知道下次能从哪里弄点来。我给自己倒上一杯喝的——威士忌杯里倒上纯伏特加——喝了一大口。它一定不能失效。作家的鸦片，我想。我他妈的怎么变成了这么个老套的家伙？

上一次。上一次我是怎么做到的？我走到餐室墙壁前一排排的书架旁，嘴上叼着香烟，从最上面的一格取下一本书。一定有什么线索，在这本书里。对吧？

我放下伏特加，翻起了书。我把手指尖搁在封面上，仿佛那本书又脆弱又易碎，然后轻轻地摸着书名：致早起的鸟儿们，上面作者署名：克丽丝·卢卡斯。我打开封面翻阅着书。

图像消失了。我睁开了眼睛。所在的房间看上去单调而灰暗，但我的呼吸起伏不平。我隐约记得惊讶地发现自己一度是个烟鬼，但烟瘾已经被别的东西所取代。是真的吗？我写过一本小说？它出版了吗？我站起身；日志从我的腿上滑了下去。如果是真的话，那我曾经有过有意义的生活，有目标有野心，有成就。我跑下了楼梯。

是真的吗？今天早上本一个字也没有对我说，压根儿没有提过作家的事。今天早上我在日志里读了我们的国会山之行，在那儿他告诉我，出车祸时我在干一份秘书的活儿。

我仔细看过了客厅里的书架：字典、地图册、一本 DIY 指南。一些精装本小说，从它们的状况来看，我猜没有读过。但没有我写的任何东西，没有任何蛛丝马迹显示我出版过一部小说。我到处找来找去，几近疯狂。它一定在这儿，我想。必须在这儿。但接着我冒出了另一个想法。也许我幻觉里的图像不是回忆，而是一种想象。也许，在无法回忆和依存一个真正的过去时，我的意识自己造了一个过去。也许我的潜意识决定要让我当一个作家，因为这正是我一直想要的。

我跑回楼上。书房的书架上放满了文件盒和电脑手册，而今天早上探查这所房子时我在两间卧室里都没有发现书本。我站了一会儿，接着看到了放在面前的电脑。它沉默着，黑屏。我知道该怎么做，尽管我不知道我怎么会知道的。我打开电脑，它在书桌下被激活了，过了一会儿屏幕亮了起来。从屏幕旁的音箱传出一阵音乐，接着出现了一个图像。一张本和我的照片，两人都在笑。一个对话框正好穿过我们的脸。用户名，上面说。下面还有一个对话框。密码。

刚刚看到的幻觉里我在盲打,我的手指仿佛本能地在键盘上跳跃。我把闪烁的光标定在标着"用户名"的对话框里,双手放在键盘上。是真的吗?我学过打字?我把手指放在凸起的字母上。它们毫不费力地移动着,我的小手指在寻找它们所属的按键,其他手指各自就位。我闭上眼睛不假思索地开始打字,只听着自己的呼吸声和塑料键盘的咔哒声。打完以后我看着自己的成果,看着对话框里的东西。我原本以为会见到些瞎话,但看到的东西吓了我一跳。

那只灵巧的棕色狐狸从懒惰的狗身上一跃而过。

我盯着屏幕。是真的,我可以盲打。也许我在幻觉中看到的不是想象,而是回忆。

也许我真的写过一本小说。

我跑进了卧室。这说不通。有那么一会儿我几乎无比确信自己快要疯了。那部小说似乎存在,同时又似乎不存在;似乎是真的,又像是完全出于想象。我一点儿也想不起它,想不起情节和人物,甚至想不起为什么会取那么一个书名,但它仍然感觉真实,好像它在我的体内如同心脏一样跳动着。

可是为什么本没有告诉我?没有留下一本摆在房间里?我想象它藏在房子里,用绵纸包着藏在顶楼或地窖的一个盒子里。为什么?

我有了一个解释。本早就告诉我我做过秘书。也许这正是为什么我可以打字的原因:只可能是这个理由。

我从包里取出手机,也不管是哪一个,甚至都不太关心是打给了谁。我的丈夫还是我的医生?两人对我来说似乎都同样陌生。我啪地打开手机翻阅菜单,在发现一个认识的名字后按下了呼叫键。

"纳什医生?"有人接起电话,我说,"我是克丽丝。"他开始说话,但我打断了他。"听着,我曾经写过什么东西吗?"

"你说什么？"他说。他听起来很困惑，一时间我有种感觉：我犯了很可怕的错。我不知道他甚至是不是清楚我是谁，但接着他说："克丽丝？"

我把刚才的话又说了一遍："我刚刚想起了什么。我在写东西，是很多年以前的事，我想是我刚刚认识本的时候。一本小说。我写过一本小说吗？"

他似乎没有明白我的意思："一本小说？"

"是的。"我说，"我似乎记得想当一个作家，在我很小的时候。我只是想知道我是不是写过什么东西。本告诉我我是个秘书，但我只是在想——"

"他没有告诉你吗？"接着他说，"你失去记忆的时候正在写你的第二本书。你的第一本书已经出版了，是一次成功的尝试。我很难说是一本畅销书，但它肯定是成功的。"

那些话互相碰撞着。一本小说。一次成功的出版。是真的，我的记忆是真实的。我不知道该说些什么、该怎么想。

我挂了电话，来到楼上写日志。

床边的钟显示是晚上 10 点半。我猜本马上会来睡觉，但我仍然坐在床边，写日志。晚饭后我跟他谈了谈。下午我很烦躁，不停地从一间屋走到另一间，仿佛第一次见到一般打量所有的东西，同时猜想他为什么不放过这个小小的成功，为什么会如此彻底地消除所有的证据？这件事说不过去。他是感到丢脸吗？或者尴尬？我是不是写了他、写了我们在一起的生活？还是因为别的更糟糕的原因？一些我现在还看不出来的阴

暗的东西？

他到家之前我已经下定决心要直接质问他，可是现在呢？现在似乎不可能。那样做感觉像是我在指责他撒谎。

我尽量换上一副随意的口气。"本，"我说，"过去我是靠什么谋生的呢？"他从报纸上抬起头。"我有工作吗？"

"是的。"他说，"你做了一阵子秘书。那时候我们刚刚结婚。"

我试着让声音保持平静："真的吗？我有一种感觉，觉得我曾经想写东西，你知道吗？"

他把报纸合在一起，注意力全部放到了我身上。

"一种感觉？"

"是的。我清楚地记得小时候很爱书，而且似乎模糊地记得想当一个作家。"他从餐桌上伸过手来握住我的手。他的眼神似乎有些悲伤、失望。太糟糕了，它们似乎在说。很不走运。我觉得你再也做不到了。"你确定吗？"我坚持说下去，"我似乎记得——"

他打断了我："克丽丝。"他说，"拜托，你只是在想象……"

从那以后我整晚没有说话，只听着自己脑子里回荡的声音。他为什么要这么做？为什么他要假装我从来没有写过一个字？为什么？我听着他睡在沙发上轻轻的鼾声。为什么我没有告诉他我知道自己写过一本小说？我真的如此不相信他吗？我已经记起我们曾经躺在对方的怀里，在天色渐暗时小声倾诉着对彼此的爱，可我们怎么会从那种甜蜜走到了这一步呢？

但接着我开始想象如果真从柜子或者某个放得高高的架子深处翻出了一本自己的小说会怎么样。那对我有什么意义？除了它会对我说：看看你跌得有多惨。看看一辆汽车在结冰的路上把一切夺走之前你原本可以做到的事情，现在你变得连一个废人都不如。

那不会是一个快乐的时刻。我看见自己变得歇斯底里——程度远远超过了今天下午，因为今天的醒悟至少是一步一步的，至少我还带着对记忆的渴望——尖叫着，哭泣着。结果可能是一场灾难。

难怪本可能想要瞒着我。现在我想象着他把那些书搬走，扔进金属烧烤架里，然后决定该怎么跟我说：如何才能好好地重塑我的过去，让它不那么难以忍受；在我的余生里应该相信什么样的故事。

可是现在已经结束了。我知道了真相。被隐瞒的、但被重新记起来的、关于我自己的真相。而且现在它已经清楚地记在了日志里，不再只存在于我的记忆中，而是被永远地留下来了。

我发现自己现在正在写的这本书、这本日志——我自豪地认识到它已经是我的第二本——可能是危险的，也是不可逃避的。它不是一本小说。它可能泄露了一些最好不要被发现的事、不能见光的秘密。

可是我的笔还在纸上写着。

11 月 14 日，星期三

今天早上我问本他是否蓄过须。我仍然感到困惑，不知道哪些是事实哪些不是。我醒得很早。不像前几天，醒来时我不觉得自己还是个孩子。我感觉自己是成年人。性感的成年女子。脑子里盘旋的问题不是我*为什么会跟一个男人同床? 而是他是谁? 还有我们做了什么?* 在浴室里我惊恐地看着镜子里的自己，但它周围的图片似乎印证了事实。我看见那个男人的名字——本——不知道什么原因它似乎有点熟悉。我的年龄，我的婚姻——似乎是有人提醒了我这些事实的存在，而不是我第一次知道。它们被埋在某处，但埋得不深。

本刚去上班，纳什医生就打来了电话。他提醒我日志的事情，然后——等纳什医生说完他会开车来接我做扫描之类的话后——我读了日志。里面有些事情我也许能够记起，还有几大段我也许记得写过，似

087

乎带着一些残留的记忆熬过了一夜。

也许这就是为什么我必须确保日志的内容是真实的。我打了个电话给本。

"本。"他刚刚接起电话说他不忙，我便说，"你蓄过胡子吗？"

"这真是个奇怪的问题！"他说。我听到勺子敲在杯子上叮当作响，想象着他正把糖舀到咖啡里、面前摊着报纸。我感到有点尴尬，不知道该说多少。

"我——"我开始说，"我有一段回忆。我想。"

一阵沉默。"回忆？"

"是的。"我说，"我想是的。"脑海里闪现出那天在日志里记下的一幕——他的胡须、他赤裸的身体、勃起的下体——还有昨天记起的。我们俩在床上接吻。图像短暂地发着光，又沉入思绪深处。突然间我感到害怕："我只是似乎记得你有胡须的模样。"

他笑了，我听到他放下饮料。我觉得脚下原本坚实的地面开始动摇。也许我写的一切是个谎言，毕竟我是个小说家，我想。或者说我曾经是。

突然我想到了我的整套逻辑是多么无力。我以前是写虚构故事的，因此我自称是个小说家的说法可能不过是个虚构，那样的话我没有写过小说。我的思路混乱起来。

可是那个说法感觉很真实，我告诉自己。再说我会打字，至少日志上说我会打……

"你蓄过吗？"我拼命想要抓住救命稻草，"这件事只是……很重要……"

"让我想想。"他说。我想象着他闭上眼睛，似乎一副聚精会神的模样咬着下唇。"我想我可能留过一次。"他说，"留了很短时间，是很多年前。我忘了……"沉默了一会儿，他接着说，"是的。没错，是的。我想我留过，一个星期左右。在很久以前。"

"谢谢你。"我说着松了一口气。脚底的地面感觉牢固一些了。

"你没事吧？"他问，我回答说我没事。

中午时分纳什医生来接我。在这之前他让我先吃点午饭，但我不饿。我猜我是有点儿紧张。"我们要去见我的一个同事。"他在车里说，"帕克斯顿医生。"我一句话也没有说。"他是功能成像领域的专家，专治有你这种问题的病人。我们一直在一起工作。"

"好吧。"我说。现在我们坐在他的车里，在被堵得水泄不通的车流里一动不动。"我昨天打电话给你了？"我问。他说我打过。

"你看过你的日志了？"他问。

我承认我看过："大部分，我跳过了一些。它已经很长了。"

他似乎很感兴趣："你跳过了哪些部分？"

我想了一会儿。"有几个地方似乎有点熟悉。我觉得它们好像只是提醒了我已经知道的事情，已经记得的……"

"那太好了。"他说着向我坐的地方看了一眼，"非常好。"

我感到一阵喜悦："那我昨天打电话干什么？"

"你想知道你是不是真的写过小说。"他说。

"我有吗？"我说，"写过吗？"

他转身看着我，脸上在微笑。"是的。"他说，"是的，你写过。"

车流再次开始行进，我们启动了。我放下了心。我知道日志里说的是真的，便放松地投入了旅途。

帕克斯顿医生比我预想的要老一些。他穿着一件花呢夹克，没有修剪的白发从耳朵和鼻子里支出来，看上去好像已经过了该退休的年龄。

"欢迎您到文森特馆影像中心。"纳什医生刚刚给我们做了介绍，他便说。他一直望着我的眼睛,眨眨眼然后握了握我的手。"别担心。"他加了一句,"没有听起来那么大排场。这儿,进来,让我带你到处看看。"

我们进了屋。"我们跟医院和学校都有联系,朝这边走,"我们穿过大门时他说,"既是好事,也是麻烦。"我不明白他的意思,正等他说个明白他却没有说话。我笑了。

"真的?"我说。他在试着帮助我,我想表现得礼貌一点儿。

"所有人都希望我们干所有的活。"他放声笑了起来,"但没人愿意给我们付账单。"

我们走进一间候诊室,里面点缀着一些空椅子,几本杂志和本为我留在家里的一样——《广播时代》,《乡村生活》和《玛丽·嘉尔》——还有用过的塑料杯,看上去这里好像刚刚办过一个派对,所有人都急匆匆地离开了。帕克斯顿医生停在了另一道门口:"你想看看控制室吗?"

"是的。"我说,"让我看看吧。"

"功能磁共振成像(MRI)是一门相当新的技术。"走进控制室后他说,"你听说过 MRI 吗?磁共振成像?"

我们站在一个小房间里,室内只有一排电脑显示器发出幽幽的光亮,有扇窗户占了一面墙,旁边是另外一间房,房间内的一个大圆筒状机器十分显眼,从机器里伸出的一张床像一只舌头。我感到害怕起来。我对这台机器一无所知。没有记忆的我怎么可能知道呢?

"没有听过。"我说。

他露出了微笑:"我很抱歉。你当然不可能熟悉这些。MRI 是个相当规范的程序,有点儿像给身体照 x 射线。我们用的是一些相同的技术,不过实际上是在查看大脑如何工作,就功能来讲。"

纳什医生这时说话了——他有一会儿没有开口了——他的声音听起来很小，几乎有些胆怯。我不知道他是慑于帕克斯顿医生的权威还是不顾一切地想要给他留个好印象。

"如果你有一个脑瘤，那我们需要扫描你的头部找出肿瘤所在、找到它影响了大脑的哪个部分。这是在查看大脑的结构。功能性 MRI 可以让我们看到你执行某些任务时使用的是大脑的哪个部分，我们想看看你的大脑如何处理记忆。"

"哪些地方亮起来，"帕克斯顿说，"液体就是在向哪里流。"

"这有帮助吗？"我说。

"我们希望这将帮助我们确定损害在哪里。"纳什医生说，"看看出了什么问题、是哪些地方没有正常工作。"

"这会让我恢复记忆？"

他顿了一下，然后说："我们希望如此。"

我脱下结婚戒指和耳环放在一个塑料托盘上。"你还需要把包放在这里。"帕克斯顿医生说，然后他问我是不是还在身上打过别的洞。"你会吃惊的，亲爱的。"当我摇摇头时他说，"现在她是一只有点吵的老野兽，你会用到这些。"他递给我一对黄色耳塞。"准备好了吗？"他说。

我有些犹豫。"我不知道。"我说。恐惧在身上游动。房间似乎小了暗了，隔着玻璃看过去扫描仪本身显得阴森森的。我有种感觉，我以前见过它，或者见过一架类似的机器。"我不是很确定。"我说。

纳什医生走到了我的身边，把手放在我的胳膊上。

"这是完全无痛的。"他说，"只是有点吵。"

"安全吗？"我说。

"非常安全。我会在这儿，就隔着一面玻璃。我们可以全程看着你。"

我的神情看上去一定还有点犹豫，因为这时帕克斯顿医生说："别担心。我们会照顾好你，亲爱的。不会出什么事。"我看着他，他笑着说："你只要这么想：你的记忆藏在了意识的某个地方，我们要用这台机器做的，就是找出它们在哪里。"

这里有点冷，尽管他们已经给我裹上了毛毯；这里还很黑，只有一盏红灯在房间某处闪烁，一面镜子从我头顶几英寸的架子上挂下来，摆成的角度可以反射屋里某处的电脑屏幕。除了耳塞我还戴着一副耳机，他们说会用它跟我说话，可是现在他们都一声不吭。我只听见遥远的嗡嗡声、自己又粗又重的呼吸声和单调的怦怦心跳声。

我的右手抓着一个塑料球，里面充满了气。"如果你有什么要告诉我们的，捏捏它。"帕克斯顿医生说，"你说话我们听不见。"我抚摸着它的橡胶表面，等着。我想闭上眼睛，但他们告诉我要睁着看屏幕。泡沫楔子牢牢地固定住了我的头；即使我想动也动不了。我身上盖着一条毛毯，像一件保护罩。

安静了片刻，传来了咔哒一声。尽管戴着耳塞，声音还是大得吓了我一跳，接着又是一声，第三声。一个低沉的响声，来自机器内部或者我的头部。我不知道。一只行动迟缓的野兽正在醒来，停在发起进攻前的沉默中。我抓住橡胶球，下定决心不去捏它，接着一个声音——像警报又像钻床——一遍又一遍地响起，大得不可思议，每响一次我的整个身体就抖动一次。我闭上了眼睛。

我的耳边有人说话。"克丽丝。"声音说，"你能睁开眼睛吗？"不知道怎么的，他们可以看到我。"别担心，一切都很好。"

很好？我想。他们知道什么叫做很好？他们知道我是什么感觉吗？躺在这儿，在一个不记得的城市里，身边都是从未见过的人。我想我在四处飘浮，是完全无根的浮萍，任凭风的摆布。

另外一个人的声音，是纳什医生的声音："你能看看照片吗？想想它们是什么，说出来，不过只对你自己说。不要大声说出来是什么。"

我睁开了眼睛。在我头顶的小镜子里是一些图画，一张接着一张的黑色底白色图案。一个男人、一张梯子、一把椅子、一把锤子。每出现一张我便说出名字，然后镜子里闪出谢谢你! 现在放松! 的字样，我把这些话对自己重复一遍好让自己忙起来，同时也有点好奇人在一架机器的肚子里要如何放松。

屏幕上出现了更多指令。回想一个过去发生的事件，它说，然后下面出现了几个词：一个派对。

我闭上了眼睛。

我试着回想和本一起看烟花时我记起的派对。我想象自己在屋顶上紧挨着我的朋友，听到脚下派对吵闹的声音，尝出空气里焰火的味道。

图像一幅又一幅地出现了，但它们似乎并不真实。我可以断定我并非在回忆，而是在想象。

我试着看到基斯，记起他不理睬我，但什么都想不起来。我又一次失去了这些记忆。它们被埋了起来，仿佛永远不会露面，但至少现在我知道它们存在，它们在那里，锁在某个地方。

我的思绪转向儿时的派对。跟我的母亲、姨妈和表妹露西一起过的生日。玩绕口令。击鼓传花。"抢座位"游戏。"唱跳停"游戏。我的母亲把糖果包成小袋作为奖品。夹罐头肉和鱼酱的三文治，去了硬面包皮。松糕和果冻。

我想起一件袖子有褶边的白裙，荷叶边袜子，黑鞋。我的头发还是金色的，坐在一张放着蛋糕和蜡烛的桌子前面。我深吸一口气向前倾，吹蜡烛。空气里升起了烟雾。

这时另外一个派对的回忆涌了进来。我看到自己在家里，望着卧室的窗外。我光着身子，大约17岁。街上有些排成长队的的搁板桌，上面放着一盘盘香肠卷和三明治，一壶壶鲜橙汁。到处挂满英国国旗，每一个窗口都飘扬着彩旗。蓝、红、白。

街上有穿奇装异服的孩子——海盗服，巫师装，维京人——大人们正努力把他们组成队，好开始一个汤匙运鸡蛋比赛。我能看见妈妈站在街道另一侧，把一条围巾系在马修·索珀的脖子上，就在我的窗口下方，爸爸端着一杯果汁坐在躺椅里。

"回床上来。"有人说。我转过头。戴夫·索珀坐在我的单人床上，头顶是我的"The Slits"乐队海报。白床单在他的周围皱成一团，溅着鲜血。我没有告诉他那是我的第一次。

"不。"我说，"起来！你必须在我父母回来前穿上衣服！"

他大笑起来，虽然没有什么恶意："过来！"

我穿上牛仔裤。"不。"我说着伸手去拿 T 恤，"起来。拜托！"

他看上去有点失望。我没有想到会发生这种情况——并不表示我不希望它发生——现在我想一个人待着。这事跟他一点儿关系也没有。

"好吧。"他说着站起来。他的身体看上去苍白消瘦，阴茎几乎有点可笑。他穿衣服的时候我扭开了头看着窗外。我的世界已经变了，我想。我越过了一条界线，现在我回不去了。"那么，再见。"他说，但我没有答话，一直到他离开我都没有回头。

耳边一个声音把我带回了现实。"很好。现在有更多的照片，克丽丝。"帕克斯顿医生说，"只要一张张地看，告诉自己是什么或者是谁，好吗？准备好了吗？"

我使劲吞了一口唾沫。他们会给我看什么呢？我想。是谁？情况能有多糟糕？

好的，我心想。我们开始吧。

第一张照片是黑白的。一个孩子——一名四五岁的女孩——躺在一个女人的怀里。这个女孩指着什么东西，她们两人都笑着，在背景处稍微模糊的地方是一道栏杆，围栏后一只老虎正在休息。一个母亲，我心想。一个女儿。在动物园里。我看着女孩的脸，突然惊讶地恍然意识到那女孩是我，另外一个人是我自己的母亲。呼吸凝滞在我的喉咙里。我不记得去过动物园，但照片就在面前，这是我们曾去过的证明。想起两位医生的话，我默默地说：我。母亲。我盯着屏幕，想要把她的形象刻进我的记忆里，可是画面退了色，被换成了另外一幅。照片上还是我的母亲，现在老了一些，但似乎还没有老到需要挂着相片中她使用的拐杖的时候。她的脸上挂着微笑，但看上去精疲力竭，眼睛在瘦削的脸上深陷了进去。我的母亲，我再次想，这时心里冒出了几个不请自来的字：受着痛苦。我不由自主地闭上眼睛，不得不努力再次睁开。我开始握住手里的球。

接着图像很快被换了，我只认得其中的几张。一张是我在回忆中见过的朋友，一阵激动后我几乎马上就认出了她。她看上去就像我想象的模样，穿着旧的蓝色牛仔裤和一件 T 恤，抽着烟，红头发松散凌乱。另一张照片是她剪短了头发染成黑色，一副墨镜被高高地推在她的头顶上。接下来一张是我父亲的照片——我是个小女孩时候的他，快活地笑着，在我们的前室读报纸——然后是我和本的合影，与另一对不认识的夫妇站在一起。

其他照片上是陌生人。一个穿护士制服的黑皮肤女人，另一个身穿套装的女人坐在一个书架前面，从半月形眼镜上探出目光盯着镜头，脸上的表情非常庄重。一个有圆脸和栗色头发的男人，另外一个蓄须的男人。一个六七岁的孩子，一个在吃冰激凌的男孩，接着又是同一个男孩坐在桌子前画画。一群人，东一个西一个地看着相机。一个迷人的男人，头发黑而略长，细长的眼睛前架着一副深色框眼镜，一边侧脸上拉下了一道疤。照片没完没了地出现，我看着它们，想把它们放进脑海、想要记起它们如何——或者它们是否——跟我生命的锦缎交织在一起。我按医生的吩咐去做。我的状态良好，可接着我觉得自己开始恐慌起来。机器的呼呼声似乎变尖变大了，直到变成了警报声，抓紧了我的胃不肯放手。我不能呼吸、闭上了眼睛，沉甸甸的毛毯开始在我身上往下压，像一块大理石板一般沉重，让我觉得自己快要被压死了。

我捏了捏右手，可是它握成了一个拳头，什么也没有捏到。指甲捏进了手掌心里：我弄丢了球。我大叫出声，发出了无声的哭喊。

"克丽丝。"我的耳边响起一个声音，"克丽丝。"

我不知道那是谁，也不知道他们要我做什么，于是我又叫了出来，把毛毯从身上踢开。

"克丽丝！"

声音现在更大了，警报声拖着尾音停了下来，一扇门砰地打开，房间里有人说话，把手放在我的胳膊、腿上和胸前，我睁开了眼睛。

"没事了。"纳什医生在我耳边说，"你会没事的。我在这里。"

他们保证一切都会好的，让我平静了下来——还把我的手提包、耳环和结婚戒指都还了回来——纳什医生和我便去了一个咖啡吧。它就在走廊里，规模不大，有橙色塑料椅子和黄色福米加桌子，摆着一盘盘不再新鲜的糕点和三明治，在耀眼的光线下看上去不太精神。我的钱包里没有钱，但我让纳什医生给我买了一杯咖啡和一块胡萝卜蛋糕，在他付账端东西时挑了一个靠窗的座位。屋外阳光灿烂，院子里的青草拖下长长的阴影，草坪上点缀着紫色的花朵。

纳什医生的椅子在桌子底下发出刮擦声。现在我们两人单独在一起，他看上去轻松多了。"给你。"他说着把托盘放在我的面前，"希望这没有什么问题。"

我发现他给自己点了茶，他从桌子正中取糖加进杯子时茶袋还浮在糖浆一样的水里。我喝了一口咖啡，做了个鬼脸。咖啡太苦也太烫。

"很好。"我说，"谢谢你。"

"我很抱歉。"过了一会儿他说。刚开始我还以为他指的是咖啡。"我没有想到这里让你这么难受。"

"是很压抑。"我说，"还吵。"

"是的，当然。"

"我弄丢了紧急按钮。"

他没有说什么，反而搅起了饮料。他捞起茶包放在托盘上，喝了一口茶。

"出了什么事？"我说。

"很难说，你吓着了。这种情况并不少见。在那里面不舒服，就像你说的。"

我低头看着我的蛋糕。还没有碰过，干巴巴的。"那些照片。那些人是谁？你从哪里拿到的照片？"

"是好些照片混在一起。其中有一些我是从你的医疗档案里取的，几年前本把它们捐了出去。为了这次练习我让你从家里带了几张照片——你说它们贴在你的镜子旁边。有些是我找来的——一些你从来没有见过的人，也就是我们所说的对照组。我们把照片混在一起。其中一些是你在很年轻的时候认识的人，你应该、或者可能记得的人。家人、学校里认识的朋友。其余的人来自你生活中那些绝对不记得的时段。帕克斯顿医生和我在试图查看你读取这些不同时段的记忆时是否有不一样的地方。当然，最强烈的反应是针对你的丈夫，但你对别人也有反应。尽管你不记得过去的人，但神经兴奋的模式绝对存在。"

"红头发的女人是谁？"我问。

他笑了："也许是一位老朋友？"

"你知道她的名字吗？"

"恐怕我不知道。这些照片在你的档案里，没有标注。"

我点点头。*一个老朋友*。我当然知道这个——我想要的是她的名字。

"不过你说我对照片有反应？"

"其中一些，是的。"

"这很好吗？"

"我们需要对结果作更详细的研究才能真正确定可以得出什么结论。这项技术很新，"他说，"具有实验性。"

"我明白了。"我切掉胡萝卜蛋糕的一块角。蛋糕有点苦，糖霜又太甜。我们沉默地坐了一会儿。我问他要不要蛋糕，他拍着肚子拒绝了。"得小心这个！"他说，尽管我认为他还完全不用担心。他的肚子现在看上去还很平，虽然看起来它是会长出一个大肚皮的那种类型。不过至少现在他还年轻，岁月还没有在他身上留下痕迹。

我想到了自己的身体。我不胖，体重甚至没有超标，但它仍然让我吃惊。我坐下时它露出的模样跟我期望的不一样。我的臀松松垮垮，叠起腿时两条粗糙的大腿互相摩擦着。我前倾身体去取杯子，乳房在内衣里摇晃，仿佛在提醒我它们的存在。淋浴时我感到手臂下的皮肤轻微地晃荡，几乎难以察觉。我比想象中要胖，占去了更多的空间。我不是一个小女孩，体格紧凑，皮肤紧紧地裹在骨架上，甚至不是一个十几岁的少女，我的身体开始分离出脂肪了。

我看着碰也没有碰的蛋糕，好奇未来会怎么样。也许我会继续发胖，我会变得矮矮肥肥，像一个派对气球一样越来越鼓。也有可能我会保持现在的体型，但一直都对它无法接受，眼睁睁地看着脸上的皱纹变深、手上的皮肤变得跟洋葱皮一样薄，我在浴室里的镜子里一步一步地变成一个老女人。

纳什医生低下头挠他的头顶。透过他的头发我可以看到头皮，顶心的一圈头皮格外明显。我想，他现在还不会注意到，不过有一天他会的。他会看到从后背角度照的自己的照片，或者在更衣室把自己吓一跳，还有可能他的理发师或女朋友会说上几句。岁月不会饶过任何一个人，只不过方式不同而已，当他抬起头时我想。

"噢。"他用一种强装出来的开心口吻说，"我给你带了些东西。一份礼物。嗯，不算是礼物，只不过是一件你可能想要的东西。"他弯腰从地上拿起他的公文包。"可能你已经有一本了。"他说着打开公文包拿出一个包裹，"给你。"

我拿到的时候就知道里面是什么。还能是什么呢？它在我的手里沉甸甸的。他用一个加厚软垫信封把它裹了起来，用胶带封了口，上面用粗粗的黑色记号笔写着我的名字。克丽丝。"这是你的小说。"他说，"你写的那本。"

我不知道是什么感觉。证据，我想。可以证明我写的日志是真的，如果明天我需要证据的话。

信封里是一本小说，我把它拿了出来。是个平装本，不新了。封面上有个咖啡杯印痕，书页的边缘老旧泛黄。我挺好奇纳什医生是不是给了我他自己的书、现在这书市面上还能不能买得到。拿着手里的书我又一次看见那天看见的自己：年轻，非常年轻，努力伸手想要拿到这本书，靠它找到写下一本的办法。不知道为什么我知道那没有成功——第二本小说一直都没有完成。

"谢谢你。"我说，"谢谢你。"

他笑了："不要客气。"

我把它放在大衣下，回家的一路上，它在那儿像一颗心脏一样跳动。

我回到家便打开了自己的小说，但只翻了翻。我想在本回家之前在日志里尽量多记一些记得的事，但等一写完我就匆忙下楼仔细察看纳什医生给我的东西。

我把书翻了一面。封面上用蜡笔画了一张书桌，桌上放着一台打字机。一只乌鸦蹲在打字机的托架上，头歪到一边，仿佛是在读夹在机器里的纸。乌鸦的头顶写着我的名字，再上面是书名。

致早起的鸟儿们，书名如是写道。作者署名克丽丝·卢卡斯。

打开书时我的手开始颤抖。里面是扉页，有题词。**致我的父亲**，然后是，**我想念你**。

我闭上了眼睛。一幕回忆突然闪现。我看见父亲躺在床上，在明亮的白色灯光下，他的皮肤透亮，渗出的汗水几乎让他闪闪发光。我看见他手臂上插着的一根管子、从一个输液瓶架上吊下来的一包透明液体、一个纸板托盘和一缸药丸。一名护士正在量他的脉搏和血压，他没有醒。坐在床另一边的母亲努力不让自己哭出声，而我在试着把眼泪逼出来。

一股味道传了过来。新鲜的花朵和又低洼又肮脏的泥土。香甜而又恶心。我看见我们火化他的那一天。我穿着黑色衣服——不知道为什么我知道这么穿对我并不少见——但这次没有化妆。我的母亲挨在我的祖母旁边坐着。重幔打开，棺木走远了，我哭着想象我的父亲变成尘粒和灰烬。母亲紧紧地握住我的手，然后我们回了家，在太阳下山时喝着便宜的、咝咝冒泡的酒、吃着三明治，她在暮色中痛哭起来。

我叹了口气。图像消失了，我睁开了眼睛，面前是我的小说。

我翻到首页开头的句子。就在那时，我写的是，发动机哀鸣着，她的右脚死死地踩在油门踏板上，她放开方向盘闭上了眼睛。她知道一定会这样。她知道结局。她一直都知道。

我翻到了小说的中间。我在那儿读了一段，然后读了接近结尾的一段。

我写的是一个名叫"露"的女人和一个叫"乔治"的男人（我猜是她的丈夫），小说起源于一场战争。我感到有点失望。我不知道我原本在期待什么——也许是自传？——但似乎这本小说能够提供的答案是有限的。

不过，当翻过书看着封底时我想，至少我写完了、出版了。

该放作家照片的地方什么都没有，取而代之的是一个作者简介。

克丽丝·卢卡斯1960年出生于英格兰北部，她于伦敦大学文学院获得英文学位，现居住于伦敦。这是她的第一部小说。

我暗暗微笑，感觉到一阵幸福和骄傲。这是我写的。我想读它、想解开它的秘密，但又不想。我担心现实也许会击碎我的快乐。要么我会喜欢这部小说，于是觉得很难过我再也写不出第二本了；要么我不喜欢，为自己从来没有发挥过才智感到沮丧。我不知道哪种情况更有可能，但我知道有一天，因为无法抗拒自己唯一的成就的吸引，我会找到答案，我会去发掘。

但不是今天。今天我有别的东西要去发掘，比悲伤糟糕得多的东西，比纯粹的沮丧更具破坏力。一些可能撕裂我的东西。

我试着把书塞进信封，里面有别的东西。一张纸条，叠了四叠，规规整整。纳什医生在上面写着：我想你可能对它感兴趣！

我打开了纸条。在顶端他写着《旗帜，1988 年》，下面是一篇报纸文章，旁边有张照片。我盯着那张纸看了一两秒钟才意识到这篇文章是关于我的小说的评论，照片里的人是我。

我拿着纸发起了抖。我不知道为什么。这是多年前的古董了；无论是好是坏，影响早已不复存在。现在这已经成为历史，它的涟漪已经完全平复。但它对我很重要。多年以前我的成果获得了什么样的评价，当时我成功吗？

我匆匆地扫了一遍文章，希望在不得不分析细节之前了解大致的基调。词语一个接一个向我蹦来，正面的居多。考究。富有洞察力。有技巧。人文精神。冷酷。

我看着照片。它是黑白的，照片里的我坐在一张桌子旁，身体对着相机，动作别扭地抱着自己。有什么事情让我颇觉不舒服，我不知道是照相机镜头后面的人还是我坐的姿势。除此之外我在微笑。我的头发长而松软，虽然照片是黑白的，但它的颜色似乎比现在更深，好像我染过头发或者它当时还没有干。我的身后有通向露台的门，门后照片角落处隐约可见一棵光秃秃的树。相片下面有一句说明：克丽丝·卢卡斯，摄于她伦敦北部的家。

我意识到这一定是我与纳什医生曾经拜访过的那所房子。有一瞬间我几乎无比渴望想要回到那里，带上这张照片对自己说是的，是真的；我曾经存在过，在这里，那是我。

但当然我已经知道了。尽管我再也记不得它，我知道站在厨房里我记起了本。本，和他上下摆动的、勃起的下身。

102

我笑了，用手指尖抚摸着照片，像一个盲人一般寻找着隐藏的线索。我的目光追随着照片中自己的发尾，手指摸索着相中人的面容。在照片里我看起来不是很舒服，但又莫名其妙地容光焕发，仿佛我正保守着一个秘密，像怀揣一个咒语一样揣着它。是的，我的小说已经出版了，但还有什么别的事，不止这些。

我仔细看着照片。我可以看到宽松衣服下自己胀鼓鼓的胸部、我用一只手抱着肚子的模样。一幕记忆突然气泡一般冒了出来——我正坐着拍这张照片，面前的摄影师站在三脚架后面，刚刚跟我谈过我的作品的记者在厨房走来走去。她大声喊着问拍得怎么样了，我和摄影师都兴高采烈地回答，"很好！"便笑了起来。"马上就好了。"他说着换了胶片。记者点上一支烟又喊起来——问的不是我是否介意——而是问我家是不是有烟灰缸。我有点恼火，但也不太生气。事实是我自己非常想抽上一支，但我已经戒烟了，自从我发现——

我又看了看照片，然后明白了过来。在照片里，我怀着孕。

我的思维停顿了一会儿，接着开始飞转。刚刚意识到的事实逐渐伸出清晰的棱角，把我的思维绊了一跤：坐在餐室里拍照片的时候，我不仅曾经怀过孩子，而且我知道这件事，为此还很高兴。

这说不通。发生了什么事？这个孩子现在该有——多大了？ 18？19？ 20？

但孩子现在不在了，我想。我的儿子在哪里？

我觉得我的世界再次颠覆。那个词：儿子。我曾经这样想过，曾经肯定地自言自语过。不知何故在内心深处，我知道怀的是个男孩。

我握住椅子边试着不让自己跌倒，这时另一个词冒出了记忆的水面，炸开。亚当。我感觉我的世界滑出了一道车轨，跌上了另一道。

我曾经有过孩子。我们叫他亚当。

我站起身，放着小说的包裹滑到了地板上。我的思绪像呼呼作响的引擎一样疯转，一股劲儿在体内左突右奔，仿佛拼命想要找到出口。客厅的剪贴簿里也没有他。我知道。如果今天早上翻到过一张自己孩子的照片，我会记得的。我会问本那是谁，我会在日志里记下来。我把纸条跟书一起塞进信封里跑上楼。在浴室里我站在镜子前面。我根本没有看自己的脸一眼，而是看着镜子周围那些过去的照片，那些我失去记忆时用以构建自身的照片。

我和本。我的单身照，还有本的单身照。我们两人与另一对年纪比我们大的夫妇的合影，我觉得那是他的父母。年轻得多的我，系着一条围巾，轻抚着一条狗，脸上呈现出快活的微笑。但没有亚当。没有婴儿，没有蹒跚学步的孩子。没有他上学第一天拍的照片，也没有运动日或假期。没有他在沙滩上建筑城堡的相片。什么也没有。

这说不通。这些肯定是每个父母都会拍、没有人会丢掉的照片吧？

它们一定在这儿，我想。我揭起照片看它们下面是否还粘着一些别的照片，就像地层一般一层层地重叠着历史。什么也没有，只有墙上淡蓝色的瓷砖和镜子的光滑玻璃。一片空白。

亚当。这个词在我的脑子里旋转着。我闭着眼睛，又有更多回忆出现了，每一幕都带着巨大的冲击，闪着光停留一会儿，然后消失，带来下一幅。我看见了亚当，看见了他的金发，我知道有一天它会变成棕色，看见了他死活要穿的蜘蛛侠T恤，他一直穿到它变得实在太小，不得不扔掉；我看见他在一个婴儿车里睡觉，记起我曾经想他是我见过最完美的宝贝、最完美的东西；我看见他骑着一辆蓝色的脚踏车——一辆塑料三轮车——不知怎么我知道那是我们买给他的生日礼物，他会骑着它到所有我们让他去的地方；我看见他在公园里，在车把上抬着头，一边笑一边下了一个斜坡向我骑过来，眨眼间脚踏车撞上了路上的什么东西歪了一歪，他向前翻滚着啪嗒倒在了地上；我看到他在哭，我抱起他，擦掉他脸上的鲜血，从一个还在旋转的车轮旁的地面上找到了他的一颗牙齿；我看见他给我看一张他画的画——蓝色的一条是天空，绿色的是地面，它们之间有三个小团和一栋小小的房子——我还看见他到哪里都带着的玩具兔子。

突然我回到了现实，回到了我站的浴室里，但又闭上了眼睛。我想要记起他在学校的时候那副少年的模样，或者想象他与我或他的父亲在一起。但我不能。每当我试着引出回忆，它们便抖动飘浮着消失了，像一片风中的羽毛，每次有一只手伸出去够它，它便改变了方向。相反我看见他拿着一个正在滴水的冰激凌，接着是他脸上有甘草霜的一幕，再下来是他在汽车后座上睡觉的情景。我所能做的只是看着这些记忆来来去去，速度飞快。

我费了全身的力气才压住去撕面前照片的冲动。我想把它们从墙上撕下来，寻找有关我儿子的证据。恰恰相反，仿佛担心任何一个小小的动作都可能让我的手脚背叛理智，我站在镜子前一动不动，身上的每一块肌肉都绷得紧紧的。

壁炉上没有照片。没有墙上挂明星海报的少年卧室。洗衣房和要熨烫的衣服里没有T恤。楼梯下的柜子里没有破破烂烂的训练鞋。即使他只是离开了家，还是会有一些证据表明他的存在，对吧？一些线索？

但是没有，他不在这所房子里。我打了一个冷战，意识到仿佛他不存在、他从来没有出现过。

我不知道我在洗手间里站了多久，就这样看着没有他的地方。10分钟？20分钟？1个小时？不知道什么时候我听到前门传来钥匙声响和本在垫子上擦鞋的声音。我没有动。他走进厨房，走到餐室，然后对着楼上喊，问是不是一切都好。他听上去有点不安，声音里有今天早上我没有听到的紧张语气，但我只是含糊地说是的，我没事。我听见他进了客厅，啪的一声打开电视。

时间停止了。我的头脑里一片空白，唯一的想法是一定要知道我的儿子发生了什么事，却又担心可能会找到的答案。这两者完美地糅合在了一起。

我把日志藏在衣柜里下了楼。

我站在客厅的大门外。我试着放慢自己的呼吸，但做不到；我发出的是一阵阵沉重的喘息。我不知道该对本说什么：我怎么告诉他我知道亚当的事了？他会问我是怎么知道的，那我又该怎么说？

不过没有关系。什么也不重要，什么也没有比了解我儿子重要。我闭上了眼睛，当觉得已经尽可能地平静下来时我轻轻地推开了门，感觉到门滑过了粗糙的地毯。

本没有听见。他坐在沙发上看电视，腿上放着一个碟子，里面有半块饼干。我感到一阵怒火。他看上去这么轻松愉快，脸上挂着笑容。他哈哈大笑起来。我想冲过去抓住他大声叫喊，直到他告诉我一切，告诉我为什么他瞒着我不提小说，为什么把关于我儿子的证据藏了起来。我想命令他把失去的一切还给我。

但我知道这没有什么好处，相反我咳嗽了一声。一声轻轻的、微微的咳嗽，意思是说我不想打扰你，但是……

他看见了我，露出了微笑。"亲爱的！"他说，"你来了！"

我走进了房间。"本。"我说。我的声音紧绷绷的，听起来很陌生。"本，我要和你谈谈。"

他的笑容消失了，变成了一脸不安。他起身向我走来，餐碟滑到了地上。"出了什么事？亲爱的，你没事吧？"

"有事。"我说。他停在离我大约1米远处，伸出双臂让我投入他的怀抱，但我没有过去。

"出了什么事？"

我看着我的丈夫，看着他的脸。他似乎并不慌乱，似乎他已经经历过这种场面，对这种歇斯底里的时刻并不陌生。

我再也压不住我儿子的名字了。"亚当在哪里？"我喘着气说，"他在哪儿？"

本的表情变了。惊讶？还是震惊？他吞了一口唾沫。

"告诉我！"我说。

他抱住了我。我想把他推开，却没有动手。"克丽丝。"他说，"拜托，冷静下来。一切都很好。我可以解释一切。好吗？"

我想对他说不，事情并不好，但我什么也没有说。我掉转头不看他，把脸埋进他的衬衫的褶皱里。

我发起了抖。"告诉我。"我说，"拜托，现在就告诉我。"

我们坐在沙发上。我坐在一头，他在另一头，这是我所能接受的两人间的最近距离。

我不想他说话，但他说了。

他又说了一遍。

"亚当死了。"

我觉得自己缩紧了身体，像一只软体动物一样紧绷绷的。他的话像铁丝网一样锋利。

我想到了从奶奶那里回家时看到的挡风玻璃上的那只苍蝇。

他又开口说话："克丽丝，亲爱的。我很抱歉。"

我感到愤怒，生他的气。浑蛋，我想，即使我知道那不是他的错。

我强迫自己开口："怎么会？"

他叹了口气："亚当参军了。"

107

我哑口无言。一切都消退了，除了痛苦什么也没有剩下。疼痛浓缩到一个点上。

一个我甚至不知道有过的儿子，他成了一名士兵。我突然冒出了一个念头。荒谬。**我的母亲会怎么想？**

本又开始讲话，断断续续地冒出一些词："他曾经是一名皇家海军。驻扎在阿富汗。他被杀害了。就在去年。"

我吞了一口唾沫。喉咙很干。

"为什么？"我说，"怎么会这样？"

"克丽丝——"

"我想知道。"我说，"我一定要知道。"

他伸出手握住我的手，我让他握了，他身体没有靠近让我松了一口气。

"你并不想知道全部，对吧？"

我的怒火喷涌了。我忍不住。愤怒，还有恐惧。"他是我的儿子！"

他扭开头，眼睛盯着窗口。

"他在一辆装甲车里。"他说。语速很慢，几乎是低声细语。"他们在护送部队。路边有个炸弹。一个士兵活下来了，亚当和另外一个却没有。"

我闭上了眼睛，声音也变成小声的低语："他当场就死了吗？他有没有受折磨？"

本叹了口气。"没有。"过了一会儿他说，"他没有受苦。他们觉得过程一定很快。"

我看着他坐的地方。他没有看我。

你在撒谎，我想。

我看到了亚当，他在路边流血至死，我把这个念头赶出脑海，转而用虚无充塞了思维，一片空白。

我的脑海里开始天旋地转。一个个问题。我不敢问的问题，怕答案会让我无法忍受。他还是孩子的时候是什么样子，少年时候呢，成人之后呢？我们亲密吗？我们吵架吗？他幸福吗？我是个好妈妈吗？

而且，那个骑着塑料三轮车的小男孩最终怎么会在地球的另一端被杀害？

"他在阿富汗做什么？"我说，"为什么会在那儿？"

本告诉我那时我们在打仗。反恐战争，他说，尽管我不知道这意味着什么。他说在美国发生了一次非常可怕的袭击，导致数以千计的人死亡。

"结果我的孩子死在阿富汗了？"我说，"我不明白……"

"这很复杂。"他说，"他一直想参军，他以为他在尽他的责任。"

"他的责任？你觉得这是他在做的？他的职责？你为什么不劝他做点别的？什么都行？"

"克丽丝，这正是他想要的。"

有那么一个糟糕的时刻，我几乎笑了起来："让自己送命？这就是他想要的？为什么呢？我甚至从来不认识他。"

本沉默了。他紧紧地握住我的手，一滴又热又咸的眼泪淌过了我的脸，接着是另一滴，后来越来越多。我抹去眼泪，生怕一开始哭就永远停不下来。

我觉得我的脑子开始关闭，它要清空自己，退回到虚无。"我甚至从来不认识他。"我说。

过了一会儿，本拿来一个盒子摆在我们面前的茶几上。

"我把这些放在了楼上。"他说，"为了安全起见。"

提防什么？我想。这是个金属质地的灰色盒子，人们可能会用这种

109

盒子放钱或者重要文件。

不管里面放了些什么东西，一定很危险。我想象着野生动物，蝎子和蛇，饥饿的老鼠，有毒的蟾蜍。或者是无形的病毒，带放射性的东西。

"为了安全起见？"我说。

他叹了一口气："这里有些东西，如果你自己偶然发现的话对你不好。"他说，"最好是让我向你解释清楚。"

他坐到我身边打开了盒子，除了文件我什么也没有看到。

"这是婴儿时候的亚当。"他说着拿出一沓照片，递给我一张。

照片上是我，在大街上。我正向着镜头走来，一个婴儿——亚当——被袋子绑在我的胸前。他的身体朝向我，但他正扭头看着拍照片的人，脸上的笑容跟没有牙的我差不多。

"你拍的？"

本点了点头。我又看了一遍。它已经被磨损了，边缘染上了色，颜色退得好像它正被慢慢地漂白。

我。一个婴儿。这似乎并不真实。我努力告诉自己我曾是一个母亲。

"什么时候？"我说。

本的目光越过我的肩膀落在照片上。"他有大约 6 个月大了，那么，"他说，"让我们来看看，这一定是 1987 年左右。"

那时我 27 岁。现在已经过了一辈子。

我儿子的一辈子。

"他是什么时候生的？"

他把手又伸进箱子里，递给我一张纸。"1 月。"他说。纸是黄色的，有点脆。是一张出生证明。我默默地读着它。他的名字在上面，亚当。

"亚当·韦勒。"我大声念了出来,念给我自己听,也是念给本听。

"韦勒是我的姓。"他说,"我们决定他跟我姓。"

"当然。"我说。我把文件捧到面前。虽然蕴涵了这么多含义,它却是如此之轻。我想一口气把它吸进来,让它成为我的一部分。

"这儿。"本说。他从我手上拿走出生证明叠起来。"还有其他照片。"他说,"如果你想看的话?"

他递给我更多照片。

"我们没有太多。"我在看照片时说,"丢了不少。"

他的话听起来仿佛它们是留在火车上或交给陌生人保管了。

"是的。"我说,"我记得,我们遭过一次火灾。"我不假思索地说出了口。

他奇怪地看着我,眯起眼睛紧紧地抿住。

"你记得?"他说。

突然间我不太确定。是他今天早上告诉我关于火灾的事还是我记起哪天他告诉我的?还只是我早饭后在日志里读到过?

"嗯,你告诉我的。"

"我有吗?"他说。

"是的。"

"什么时候?"

什么时候?是今天早晨,还是几天前?我想到了我的日志,记起了在他上班后读它的情景。他告诉我关于火灾的事情是在我们坐在国会山的时候。

我可以告诉他我的日志,可是某些事情让我没有办法开口。对于我已经起一些事情他似乎并不开心。"在你去上班之前?"我说,"在

111

我们翻剪贴簿的时候。你一定说过,我想。"

他皱起了眉。向他撒谎的感觉十分糟糕,可是今天暴露的真相已经太多,我实在无力承受更多了。"不然我怎么会知道?"我说。

他直直地凝视着我:"我想是的。"

我顿了一会儿,看着手里的照片。它们少得可怜,而且可以看到盒子里的也不多。难道我所拥有的、记录我儿子一生的就只有这些?

"火灾是怎么开始的?"我说。

壁炉上的钟报了时。"是几年前,在我们的老房子里,来这里之前我们住的地方。"我不知道他指的是不是我去过的那一所房子。"我们丢了很多东西。书,文件。全都丢了。"

"但火是怎么起的?"我说。

有一会儿他什么都没有说。他的嘴张了又开,然后他说:"那是个意外,只是一个意外。"

我想知道他在瞒着我什么。是我忘了掐灭香烟、忘了拔熨斗插头,还是熬干了壶?我想象着自己在那间前天拜访过的厨房里,有着水泥台面和白色组件的那一个,不过是在多年以前。我看见自己站在一个咝咝作响的煎锅旁抖着一只金属丝网篮——篮子里装着要做菜用的切片马铃薯——看着马铃薯翻翻滚滚沉到油面下。我看见自己听到电话铃声响了起来,在腰上系着的围裙上擦干手,走进了大厅。

然后呢?是我接电话时热油燃成了火苗,还是我晃晃悠悠走回了客厅或上楼去了洗手间,却压根儿忘了饭已经做上了?

我不知道,也永远不可能知道。但本告诉我是个意外,他是好意。家庭生活对一个失去记忆的人来说埋伏着无数危险,换一个丈夫可能已经指出了我的错误和不足,可能已经难以自控地占据了理应属于他的道德制高点。我碰了碰他的胳膊,他露出了微笑。

我翻看着那些照片。其中一张上戴着塑料牛仔帽和黄色围巾的亚当在用塑料来复枪瞄准拍照人，另外一张上他大了几岁；他的脸瘦下去了一些，头发开始变黑。他穿着一件衬衫，纽扣扣到了脖子，戴着一条儿童领带。

"这是在学校照的。"本说，"正式的肖像照。"他指着照片大笑起来："看。真丢脸，照片都给毁了！"

领带的橡皮圈没有塞好，从领带下露了出来。我摸着相片。它没有毁掉，我想，它十分完美。

我试着记起我的儿子，试着看见自己拿着一条松紧领带跪在他面前、梳理他的头发、或者从擦伤的膝盖上抹掉已经凝结的血。

没有记起什么东西。照片里的男孩有着跟我一模一样的嘴，眼睛隐约跟我的母亲相像，但除此之外他可以算作是个毫不相干的人。

本拿出另一张照片给我。这张里面亚当的年纪大了一些——大约是五六岁。"你觉得他像我吗？"他说。

他拿着一个足球，穿着短裤和白色 T 恤。他的头发很短，上面的汗水让它结成了一个尖角。"有点。"我说，"也许。"

本笑了，我们一起看着照片。大部分是我和亚当的合影，偶尔有一张他的单人照；一定大多数照片是本照的。其中有一些是亚当与几个朋友在一起，还有几张照的是他在一个派对上，穿着海盗服、手持纸板剑，有一张上面他举着一只小黑狗。

照片里塞着一封信，用蓝色蜡笔写的，寄给圣诞老人，歪歪扭扭的字写得满纸都是。他说他想要一辆自行车或者一只小狗，并保证会乖。信件落了款，他还加上了他的年龄。4 岁。

不知道为什么，读这封信时我的世界好像崩塌了。悲痛像一颗手榴弹一般在我的胸前炸开。原本我感到宁静——不是幸福，甚至不是克制，而是宁静——可这份宁静已经云雾一般消散，在那层面纱之下是刺痛。

"我很抱歉。"我说着把一捆照片还给他，"我做不到。现在不行。"

他拥抱了我。我觉得嗓子里泛上一阵恶心，却又把它吞了下去。他告诉我不要担心，告诉我会没事的，提醒我说他在这里陪着我，他一直都会在这儿。我紧紧地抓住他，我们坐在那儿，一起摇晃着。我感觉到麻木，灵魂飘出了我们所坐的房间。我看着他给了我一杯水，看着他关上装相片的盒子。我在抽泣。我能看出他也很难过，但他的脸上似乎已经渗进了别的表情，可能是听天由命或者接受现实，但不是震惊。

我不寒而栗，意识到这一切他都已经经历过了。对他来说这并不是个新伤疤，它早已深埋在他的心里，成为他的根基，而不是动摇他灵魂深处的东西。

只有我的悲痛是崭新的，每天都是。

我找了个借口来到楼上，去了卧室，回到衣柜边。我继续写。

这些争分夺秒抢来的时刻里，我跪在衣柜前面、倚在床上写。我很狂热。狂热像潮水一般从我的体内涌出来，几乎不假思索。写了一页又一页。现在我回到了这里，而本以为我在休息。我停不下来，我要写下一切。

我不知道我写自己的小说时是否就像这样，字词喷涌而出落到纸面上；还是会慢一些，更加深思熟虑呢？我真希望自己记得。

下楼后我给本和自己各冲了一杯茶。搅拌牛奶时，我想着我必定给亚当做过无数次饭，煮过蔬菜浓汤、搅过果汁。我把茶端给本。"我是个好妈妈吗？"我说着递给他。

"克丽丝——"

"我一定要知道。"我说，"我是说我应付得怎么样？怎么应付孩子的？他那时一定还很小，当我——"

"出事故的时候？"他插嘴说，"那时他2岁。不过你是个很棒的妈妈。直到出事。后来，嗯——"

他不再说话，吞下了下半句，扭开了头。我想知道他没有说出口的是什么，什么东西他觉得不告诉我更好。

不过我知道的已经足以填补一些空白。我也许记不起那个时候，但我可以想象。我可以看到每天有人提醒我说我已经结婚生子，他们告诉我我的丈夫和儿子正要前来探望。我能想象自己每天像从未见过他们一样跟他们打招呼，也许稍微有些冷淡，或者干脆一副茫然的表情。我可以看到我们经历的痛苦，我们所有人。

"没关系。"我说，"我理解。"

"你照顾不了自己。你病得太重，我不能在家照顾你。你不能一个人待着，几分钟也不行。你会忘记自己在做什么。你以前还走丢过。我担心你可能会自己洗澡忘了关水龙头，或者要自己做吃的结果忘了东西已经做上了。我管不过来，所以我待在家里照顾亚当，我的母亲也在帮忙。但每天晚上我们会来探望你，而且——"

我握住了他的手。

"对不起。"他说，"想想当时，我只是觉得太难了。"

"我知道。"我说，"我知道。不过我妈妈呢？她有没有帮忙？她喜欢做奶奶吗？"他点点头，看上去似乎想要说话。"她死了，是不是？"我说。

他握着我的手："她几年前去世了，我很抱歉。"

我是对的。我感觉头脑已经停止了运转，似乎它无法再接受更多悲伤、更多破碎杂乱的过去，但我知道明天一觉醒来这一切记忆都会消逝。

我该在日志里写什么才能让自己熬过明天、后天以及再往后的每一天？

一幅图像飘到了我的眼前。一个红头发的女人。亚当参军了。有了一个名字，不请自来。**克莱尔会怎么想？**

就是它，我朋友的名字。**克莱尔。**

"克莱尔呢？"我说，"我的朋友，克莱尔。她还活着吗？"

"克莱尔？"本说。他一脸迷惑地盯着我好一会儿，接着变了脸色。"你记得克莱尔？"

他看上去很惊讶。我提醒自己——至少我的日志是这么说的——几天前我告诉过他我记起她在一个屋顶上参加派对。

"是的。"我说，"我们是朋友。她怎么样了？"

本看着我，表情颇为悲伤，一时间我愣住了。他讲得很慢，但他说出的消息并不像我担心的那么糟糕。"她搬走了。"他说，"是好些年前的事了。我想肯定差不多有 20 年了，实际上就在我们结婚后几年。"

"去了哪儿？"

"新西兰。"

"我们有联系吗？"

"你们联系了一段时间，不过又断了，以后再没有联系。"

这似乎并不可能。**我最好的朋友**，在国会山记起她后我曾经写道，而且我感觉到一种跟今天想起来她时一样的亲近。不然我为什么会在

116

乎她怎么想？

"我们吵架了？"

他犹豫着，我又一次感觉到他在盘算、应变。我意识到毋庸置疑本知道什么会让我难过。他有多年的时间来了解我可以接受什么、哪些是最好不要碰的雷区。毕竟这不是他第一次经历这番谈话。他有过多次实践的机会去学习如何选择路线，如何小心绕开那些会破坏我生活的道路、跌跌撞撞地把我送到别的地方的话题。

"不。"他说，"我不这么认为。你们没有吵架，总之你从来没有告诉过我。我觉得你们只是疏远了，然后克莱尔遇见了一个人，她嫁给了他，他们搬走了。"

这时我面前浮现出了一幅图像。克莱尔和我开玩笑说我们永远不会结婚。"挫人才结婚！"她把一瓶红葡萄酒举到嘴边说，我在附和她，与此同时却心知有一天我会做她的伴娘、她会做我的伴娘，我们会身穿婚纱坐在酒店房间里，一边从香槟杯里小口喝酒，一边让人为我们做发型。

突然间我感到一阵爱意。尽管我几乎记不起我们共度的时间、我们在一起的生活——而且就连这些残留的记忆明天也会消散——不知为何我感觉到我们仍然心心相通，有那么一会儿她对我来说意味着一切。

"我们去参加婚礼了吗？"我说。

"是的。"他点了点头，打开腿上的盒子翻了起来，"这儿有些照片。"

那是些婚礼照片，但不是正规的结婚照；照片又模糊又黑沉，是个外行照的。照相的是本，我猜。我认真地凑近第一张照片细看，到目前为止我只见过记忆中的克莱尔。

她跟我想象中一样。高，瘦。如果有什么不同，照片中的她更加美丽。她站在悬崖上，身上轻薄的裙子在微风中飘拂，太阳正在沉入她身后的海面。美丽。我放下照片，一张张看完余下的。一些照片里是她和她的丈夫——一个我认不出的人，其他一些相片里我和他们在一起，身着淡蓝色的丝绸，看上去姿容只是略逊一筹。是真的，我当过伴娘。

"有我们的婚礼照片吗？"我说。

他摇了摇头。"它们在一个单独的相册里。"他说，"弄丢了。"

当然，火灾。

我把照片递回给他。我觉得我在看另一个人的生活，不是我自己的。我无比渴望上楼去，写下刚刚发现的东西。

"我累了。"我说，"我需要休息。"

"当然。"他伸出了手。"这儿。"他从我手里拿走了那堆照片放回盒子里。

"我会把它们放得好好的。"他说着关上盖子，我来到这里记我的日志。

午夜。我在床上，独自一个人，努力想要想通今天发生的一切、了解到的所有事。我不知道我能不能做到。

我决定在晚饭前洗个澡。我锁好浴室门飞快地看了看镜子周围的照片，但现在融进眼里的却只有这里缺失的东西。我打开了热水龙头。

大多数日子里我一定完全不记得亚当，但今天我只看了一张照片就想起了他。这些照片是不是被精心挑选过，是不是只有保留它们才会让我不再无根可依、而又不让我想起自己失去了什么？

房间里开始布满热蒸汽。我能听到我的丈夫在楼下发出的声音。他打开了收音机，若隐若现的爵士乐飘上楼来。在音乐声中我能听出一把刀在餐板上有节奏地切着片；我意识到我们还没有吃晚餐。他应该是在切胡萝卜、洋葱、辣椒。他在做晚饭，仿佛这是平常的一天。

对他来说这的确是平常的一天，我明白过来。我的心中满是悲伤，但他并非如此。

我不怪他瞒着我，每天不提亚当、我的母亲、克莱尔。如果我是他，我也会那么做的。这些事太痛苦了，如果我可以过完一整天记不起它们，那么我可以免于悲伤，他可以免于给我带来痛苦。保持沉默对他来说必定十分诱人，而生活对他又是如此艰难：他知道我时时刻刻都带着这些参差不齐的记忆碎片，像随身带着一个个微型炸弹，随时可能刺破表面逼着我再像第一次一样经历痛苦，还拖着他跟我一起掉进深渊。

我慢慢地脱下衣服叠好，放在浴缸旁边的椅子上。我光着身子站在镜子前面看着自己陌生的身体。我强迫自己去看皮肤上的皱纹、下垂的乳房。我不认识我自己，我想。我既认不出自己的身体，也认不出自己的过去。

我向镜子走近了几步。它们在那儿，在我的肚子上，在臀和胸部上。细细的、银色的条纹，岁月留下的条条伤痕。以前我没有看到它们，是因为我没有找过它们。我想象着自己追随着它们的生长，希望身体发胖后它们能随之消失。现在我很高兴它们在那儿：是一个提示。

我的镜中倒影开始在雾气里消失。我很幸运，我想。至少我还有本，他在我的这个家里照顾我，尽管我记得的家并不是这样。我不是唯一一个受苦的人。今天他已经经历了跟我同样的痛苦，入睡时却心知明天可能他还要再经历一遍。换个丈夫可能他已经感觉无法应

119

付，或不愿意应付。换个丈夫可能已经离开我了。我盯着自己的脸，仿佛要把这幅画面刻进脑海，不让它沉入意识深处，这样明早醒来这副模样对我将不再陌生，不会如此令人震惊。当它完全消失时我转身踏进了水中。我睡着了。

　　我没有做梦——或至少不觉得做了梦——但醒来时我被弄糊涂了。我在一间不一样的浴室里，水还是热的，有人在门上轻轻敲了敲。我睁开眼睛却认不出任何一件东西。镜子很平、朴素不加修饰，嵌在白色瓷砖上——而不是蓝色的瓷砖。一道浴帘从我头顶的横杆挂下来，两面镜子面朝下放在水池上方的架子上，马桶边放着一个坐浴盆。

　　我听见有人说话。"我就来。"声音说，我意识到是我自己在说话。我从浴缸里站起来，看了看闩起来的门。对面另一扇门的钩子上挂着两件晨袍，两件都是白色的，式样配套，上面有缩写字母 R.G.H。我站了起来。

　　"快点！"从门外传来一个声音。听起来像本，却又不是本。那人仿佛唱歌一样反复嚷着。"快点！快点，快点，快点！"

　　"是谁？"我说，但声音没有停下来。我走出了浴室。地面铺着黑白相间的瓷砖，呈对角线。地面有点湿，我感觉自己滑了一下，脚和腿撑不住了。我猛地摔在地上，拉下的浴帘罩在了身上。摔倒时我的头撞到了水池，我叫了起来："救救我！"

　　这时有另外一个声音叫着我的名字，我真正醒了过来。"克丽丝！克丽丝！你没事吧？"那个声音说。我意识到说话的人是本，而自己一直在做梦，便松了一口气。我睁开了眼睛。我正躺在浴缸里，衣服叠着放在身旁的一张椅子上，生活照贴在水池上方的淡蓝色瓷砖上。

　　"是的。"我说，"我没事，只是刚刚做了一个噩梦。"

　　我站起身，吃了晚饭，上床睡觉。我想记日志，想把了解到的一切赶在消失前记录下来。我不确定时间够不够用，能否让我在本上床睡觉前做完这些。

但我能怎么做？今天我花在记日志上的时间已经很长了，我想。他当然会怀疑，会好奇我独自一个人一直在楼上做些什么。我一直告诉他我有点累，需要休息，而他相信了我说的话。

我并非不内疚。我听见他在屋里蹑手蹑脚地走来走去，为了不吵醒我而轻轻地开门关门，我却弯腰对着日志，疯狂地记录着。但我别无选择，我必须记下这些东西。这件事似乎比什么都重要，因为不然的话我将永远失去它们。我必须找借口回到我的日志旁边。

"我想今晚我会在空房间睡。"今天晚上我说，"我很难过。你可以理解吗？"

他答应了，并说明早他会来看我，确保我没事后再去上班，然后给了我一个晚安吻。现在我听到他的声音，他关掉了电视，用钥匙锁了大门。把我们锁在家里。我猜以我的状况，到处晃悠对我来说不是什么好事。

有一会儿我不能相信睡着后我会再次忘记我的儿子。关于他的回忆似乎——似乎仍然——如此真实、如此生动。而且在浴缸里睡了一觉我仍然没有忘了他，睡上更长的一觉似乎并不可能抹去一切痕迹，但本和纳什医生告诉我这正是将要发生的事。

我敢寄希望于他们错了吗？每天我记起的事情越来越多，醒来时越来越知道自己是谁。也许事情在逐渐变好，这本日志正在把我的记忆带出水面。

也许有一天我再次回头，会发现今天正是有所突破的那一天。这不是没有可能的。

现在我有些累。很快我会停笔，藏起我的日志，关灯、睡觉。祈祷明天醒来后记得我的儿子。

我在浴室里。我不知道自己已经在这里站了多久，一直只是盯着看。所有这些照片上我和本在一起幸福地微笑，可是照片里原本该有三个人。我一动不动地盯着它们，仿佛我觉得这可以让亚当的形象凭空出现，落到相纸上。但事实并非如此，他依然无影无踪。

醒来时我不记得他，一点儿都不记得。我仍然相信做母亲是很久以后的事情，一切都闪烁着让人不安的气息。即使已经看到自己长着一张中年人的脸、知道自己是一个妻子、年纪大得快够当祖母了——即使在一件件事情让我头晕眼花之后——对纳什医生打电话告诉我的、那本放在衣柜里的日志，我仍然没有做好足够的准备。我没有想到我会发现自己还是个母亲，发现我还有过一个孩子。

我把日志拿在手里。一读到它我就知道这是真的，我有过一个孩子。我感觉得出来，仿佛他还在我的身边，在我的肌肤里。我一遍又一遍地读着日志，想要把它深深地留在脑海中。

我接着读下去，发现他已经死了。这不像真的，不像是可能的事情。我的心不肯听从这个消息，想要推开它，即使我知道这是真的。我感觉恶心，喉咙里涌上了胆汁的苦味，我吞下它的时候房间开始摇晃，有一阵子我觉得自己开始向地板跌去。日志从我的腿上滑了下去，我压住了喉咙里的一声痛呼，站起来拖着自己走出了卧室。

我走进浴室，看着那些原本不该缺了他的照片。我感到绝望，不知道本回家时我该怎么做。我想象着他走进家门、吻我、做晚饭一起吃。接着我们会看电视，或者做我们在大多数晚上会做的什么事情，而整个过程中我都必须装做不知道我已经失去了一个儿子；然后我们会去睡觉，一起去，之后……

这似乎已经超出了我能够承受的程度。我停不下来，甚至不知道自己在做什么。我开始向照片伸出手，撕着、扯着。似乎一眨眼的工夫，它们就在那儿了。在我的手里，散落在浴室的地板上，飘在马桶的水中。

我拿起日志放进包里。我的钱包里空荡荡的，因此我从那两张20英镑纸币里拿了一张——日志里写过应急的钱藏在壁炉挂钟的后面——接着冲出了家门。我不知道要去哪里。我想去见纳什医生，但不知道他在哪儿，就算知道也不清楚该怎么去。我感到无助，而且孤独，于是我跑开了。

在街上我转向左边，朝着公园跑去。这是一个阳光明媚的下午。周边停着的车和早晨暴雨留下的水洼反射着橙色的光，但天气很冷。呼出的气在我的周围结成了雾。我紧紧地裹住大衣，用围巾包住耳朵，加快了脚步。刚刚落下的树叶在风中飘荡，在排水沟里堆成了棕色的一团。

忽然耳边传来刺耳的刹车声。一辆汽车嘎吱嘎吱地停了下来，一个男人低沉的声音从玻璃后面传来。

滚开！ 那个声音说。**他妈的蠢贱人！**

我抬起头。我站在路中间，面前停着一辆抛了锚的汽车，司机正恼火地对我又喊又叫。我眼前闪过一副幻觉，画面里是我自己用血肉之躯对着被压扁、扭弯、滑过汽车的引擎盖；或是躺在车轮下变成一团乱糟糟的东西，就此了结一个已经被毁了的一生。

难道真的有那么简单？再撞上一次，会终结第一次车祸在多年前造成的这一切吗？我觉得自己好像在 20 年前就已经死了，可是一切最终一定要是这个结局吗？

谁会想念我？我的丈夫。也许还有一个医生，不过我对他来说只是个病人。不过除此之外没有别人了。我的生活来来回回就在这么一个小圈子里吗？我的朋友是不是一个接一个地抛弃了我？如果死掉的话，要多久我就会被忘掉？

我看着车里的人。他，或是一个像他那样的人，是造成我今天这副模样的原因。让我失去了一切，甚至让我失去了自己。但他就在面前，活生生的。

还不到时候。我想，**还不到时候。**不管我的生命会如何走到尽头，我不希望是这种方式。我想到了写过的小说、养育长大的孩子，甚至多年以前跟我最好的朋友一起度过的篝火晚会。我还有要去发掘的回忆、有待了解的事情、有待找寻的关于自己的真相。

我做了个"抱歉"的口型，接着又跑过街道，穿过大门跑进了公园。

草地中间有间小屋，是一个咖啡馆。我进去买了一杯咖啡，坐在一张长凳上，用发泡塑胶杯暖着手。对面是一个游乐场，有一架滑梯，一些秋千，一个旋转木马。一个小男孩坐在用强力弹簧固定在地上、瓢虫形状的座位上。我看着他自己前后摇来晃去，在天寒地冻的气温里一只手拿着冰激凌。

我的脑海中突然闪过自己和另一个年轻女孩在公园的一幕。我看到了我们两人正在爬梯子，梯子通向一只木笼子，那里有架金属滑梯可以让我们滑到地面。多年以前滑梯感觉起来是那么高，可是现在再看游乐场我发现它一定不比我高出多少。我们会弄脏裙子、被各自的妈妈教训，然后带着满口袋的糖果和橙味脆皮离开家门。

这是回忆？还是想象？

我看着那个男孩，他独自一个人。公园似乎空荡荡的，寒冷的天气里只有我们两人，头顶的天空乌云密布。我喝了一大口咖啡。

"嘿！"男孩说，"嘿！夫人！"

我抬起头，又低头看着我的手。

"嘿！"他喊得更大声了，"夫人！能帮帮我吗？你来转我一把！"

他站起来走到旋转木马旁边。"你来转我！"他说。他试着去推那个金属玩意，可是尽管他一脸使了很大劲儿的模样，它却几乎动也没有动。他停下了手，看上去很失望。"求求你！"他央求着。

"你能行的。"我叫道，他露出失望的神色。我抿了一口咖啡。我决定，我会在这儿等到他的妈妈从别处回来，我会注意着他。

他爬上了旋转木马，扭来扭去把自己挪到了木马的中心。"你来转我！"他又说了一遍。他的声音小了下去，是恳求的口气。我希望我没有来过这儿，希望他能离开。我感觉远离了这个世界。反常、危险。我想起了自己从墙上扯掉的、在浴室里散了满地的照片。我到这里是为了寻求平静，不是为了这个。

125

我看着那个男孩。他已经转开了，又在试着自己推自己，他坐在木马上，两条腿几乎够不着地面。他看上去那么脆弱、无助。我走到了他的身边。

"你来推我！"他说。我把咖啡放在地上，笑了。

"抓稳！"我说。我把身体的重量都朝木马的横条压了过去。它重得出乎意料，但我感觉它开始松动，便跟着一起转圈让它跑得越来越快。"行啦！"我说。我坐在转台的边上。

他兴奋地笑着，手里抓着金属横条，好像我们转得远比实际速度快得多一样。他的手看起来很冷，几乎冻成了蓝色。他穿着一件紧得非常不合身的绿色外套、一条挽到脚踝的牛仔裤。我好奇是谁让他不戴手套、围巾或帽子就出了门。

"你的妈妈在哪儿？"我问。他耸耸肩膀。"你爸爸呢？"

"不知道。"他说，"妈妈说爸爸走了。她说他不再爱我们了。"

我看着他。他说这些话时并没有一丝痛苦或失望的神色，对他来说这只不过是说出一个事实而已。有一会儿旋转木马似乎完全静止了下来，整个世界在我们两人周围旋转，而我们并没有在它中间跟着一起转。

"不过我敢肯定你的妈妈爱你，对吗？"我说。

他沉默了几秒钟。"有时候。"他说。

"可是有的时候不爱？"

隔了一会儿他才答话。"我认为她不爱。"我觉得胸口受了重重的一击，仿佛什么东西翻倒了，或者正在醒来。"她说不爱。有的时候。"

"太糟糕了。"我说。我看着我刚刚坐过的长凳向我们转过来，接着再次退开。我们旋转着，一圈又一圈。

"你叫什么名字？"我说。

"阿尔菲。"他说。我们慢了下来，世界在他的身后渐渐停下。我的脚触了地，我用力蹬了一下，木马继续转了起来。我念着他的名字，仿佛是念给自己听。阿尔菲。

"妈咪有时候说如果我在别的地方生活，她会过得更好些。"他说。

我试着继续微笑，保持愉快的口气："不过我打赌她在开玩笑。"

他耸了耸肩膀。

我全身紧绷起来。我看见自己问他是否愿意跟我走。回家，生活。我想象着他的脸会突然变得容光焕发，尽管嘴上还在说他不应该跟着陌生人去什么地方。但我不是陌生人，我会说。我会把他抱起来——他抱起来沉甸甸，闻起来甜甜的，像巧克力——然后我们会一起走进咖啡厅。你想要什么果汁？我会说，他会要一份苹果汁。我给他买上饮料和一些糖果，然后我们离开公园。路上他会握着我的手，我们走回家，回到我和丈夫共同的家，晚上我会替他切好肉、捣好土豆，等他穿上睡衣我会读个故事给他，为睡着的他掖好被子，轻轻地吻一吻他的前额。而明天……

明天？我没有明天，我想。正如我没有昨天一样。

"妈咪！"他大声叫道。有一会儿我以为他是在跟我说话，但他从木马上跳下来向咖啡厅跑去。

"阿尔菲！"我大喊道，但接着我看到一个女人正向我们走来，两只手各捧着一只塑料杯。

他跑到她面前时，她蹲了下来。"你没事吧，宝贝儿？"他扑进她的怀里，她说。她抬起头，目光越过他落在我的身上。她的眼睛眯成了缝，脸色阴沉。我没有做错什么事！我想喊。别找我的麻烦！

但我没有，相反我扭过头去看别处，等她一带走阿尔菲我就下了旋转木马。天色正在转暗，渐渐变成墨蓝色。我坐到一张长椅上。我不知道时间到了几点，也不知道已经出门多久了。我只知道不能回家，现在还不行。我无法面对本，无法面对要假装对亚当一无所知，假装我完全不知道自己有过一个孩子。有一会儿我想把一切告诉他：我的日志，纳什医生。一切。不过我把这个念头从心里赶开了。我不想回家，但又无处可去。

当天空变成黑色时，我站起来迈开了脚步。

房子被黑暗笼罩着。推开大门时我不知道会遇上什么事。本会很想念我；他说过5点之前会回家。我想象着他在客厅踱来踱去——不知道什么原因，尽管今天早上我没有见过他抽烟，但在我想象的场景里他的手上多了一支点燃的香烟——又或许他在外面，驱车在街上找我。我想象着街上有一队队警察和志愿者拿着我的照片挨家挨户地问，顿时感到内疚。我试着告诉自己，即使没有记忆，我也不是个孩子了，我不是个失踪者——现在还不是——但我还是进了门，做好了道歉的准备。

我大声喊着："本！"没有人回答，但我感觉到——而不是听到——有人在动。在我头顶某个地方有块地板嘎吱响了一声，让这所平静的房子有了一丝几乎难以察觉的变化。我又喊了一声，声音更大了些："本！"

"克丽丝？"一个声音传过来，听上去有气无力、沙哑。

"本。"我说，"本，是我。我在这儿。"

他在我的头顶出现了，站在楼梯的顶端。他看上去好像刚睡过一觉，早上上班穿的衣服还没有换，可是现在他的衬衣起了褶，从长裤里晃晃荡荡地垂下来，蓬乱的头发衬托出一脸震惊的表情，那副略显滑稽的模样几乎让人联想到他刚被电过。我的眼前突然隐隐浮起一幕回忆——科学课和"范德格拉夫发电机"①——但它没有继续浮现。

他开始走下楼梯:"克丽丝,你回家了!"

"我……刚才我得出去透口气。"我说。

"感谢上帝。"他说。他走到我的身边握住我的手。他紧紧地握着它,仿佛在摇着它或者在确保这双手是真实的,却没有让它动上一动。"感谢上帝!"

他看着我,他的眼睛睁得很大,闪烁着光彩。它们在昏暗的灯光下闪闪发亮,仿佛他一直在哭。他是多么爱我,我想。我更加内疚了。

"对不起。"我说,"我不是故意——"

他打断了我:"噢,我们别担心那个,好吗?"

他把我的手举到唇边。他的表情变了,变成一副幸福快乐的模样,再找不出一丝一毫的不安。他吻了我。

"可是——"

"现在你回来了。这是最重要的。"他开了灯,把头发理顺。"对了!"他说着把衬衫塞进长裤里,"你觉得去梳洗一下怎么样?然后我想我们可以出门?你怎么想?"

"我不这么觉得。"我说,"我——"

"噢,克丽丝。我们应该去!你看起来需要找点乐子!"

"可是,本。"我说,"我不想去。"

"拜托!"他说。他又握住了我的一只手,轻轻捏着。"这对我很重要。"他拿起我的另一只手,把两只手叠在一起合在他的掌心里,"我

---

① 也称顺向失忆。——译者注

不知道今天早上有没有告诉你，今天是我的生日。"

我能怎么做？我不想出门，不过话说回来我什么事也不想做。我告诉他会按他的话照办，会去梳洗，然后看看感觉怎么样。我上了楼。他的情绪困扰着我。他似乎那样担心，可一看到我毫发无损地出现，担心立刻烟消云散了。难道他真的这么爱我？难道他真的这么相信我，以至于在乎的只是我是否安全，而不是我去了哪里？

我走进了浴室。也许他还没有看到散落满地的照片、真诚地相信我是出去兜了一圈，我还有时间掩藏自己留下的痕迹，藏起愤怒，以及悲痛。

我锁好门，开了灯。地板已经打扫得干干净净。在那儿，在镜子周围的是那些照片，每一张都一丝不差地回到了原来的位置，仿佛从来没有人动过它们。

我告诉本会在半个小时之内准备好。我坐在卧室里，用最快的速度写下了这一篇。

　　我不知道之后发生的事情。在本告诉我那是他的生日以后，我做了些什么？在上楼发现那些照片又回到我撕下它们前所贴的位置以后，我做了些什么？我不知道。也许我洗了个澡换了衣服，也许我们出门吃了顿饭，看了场电影。我说不好。我没有把它记下来，所以不记得了，尽管事情就发生在几个小时以前。除非我问本，否则这些记忆就再也找不回来。我觉得我要疯了。

　　今天早上清晨时分，我醒来发现他躺在身边。又一次，他是个陌生人。房间很黑，安静。我躺着，吓得四肢僵硬，不知道自己是谁、身在何处。我能想到的只是跑，要逃跑，却一下也不能动弹。我的脑子好像被舀空了，空荡荡的，可是紧着一些词语浮出了水面、本、丈夫、记忆、车祸、死亡、儿子。

亚当。

这些词悬在我的面前，一会儿清晰，一会儿模糊。我没有办法把它们串起来，不知道它们是什么意思。它们在我的脑子里打着转，发出回响，变成了一段咒语，接着那个梦又回来了，那个弄醒了我的梦。

我在一个房间里，一张床上。我的怀里是一个男人。他压着我躺着，感觉颇为沉重，他的后背很宽。我感觉事情蹊跷，头重脚轻，屋子在我的身下震动，而我睁开眼睛发现天花板抖动着怎么也看不清楚。

我认不出那个男人是谁——他的头离得我太近，看不见脸——但我能感觉到一切，甚至感觉到他粗硬的胸毛挨着我赤裸的乳房。我的舌头上有种味道，毛茸茸的，甜甜的。他在吻我。他让我不舒服；我想让他停下来，却一句话也没有说。"我爱你。"他喃喃细语，这些话消失在我的头发里、我的脖子旁边。我知道我想开口——尽管不知道自己要说什么——可我不知道该怎么做。我的嘴似乎不听从思维的指挥，因此他吻我、在我耳边低语的时候，我就躺在那儿。我记得我既想要他又希望他停下，记得在他刚刚开始吻我的时候，我告诉自己不要跟他做爱，可是他的手已经沿着我后背的曲线滑到了臀上，我却没有拦住他。接着当他掀开我的衬衣把手伸进去，我想只能到这儿了，我最多只能容许你到这儿了。我不会拦着你，不是现在，因为我也很享受这一切。因为你放在我乳房上的手让我感觉温暖，因为我的身体一阵阵快乐地微微战栗着回应你。因为，我第一次感觉自己像个女人。但我不会跟你做爱，今晚不行。我们只能到这儿，再也不能多越一线。然后他脱下我的衬衫解开内衣，贴到我的乳房上的手变成了他的嘴，而这时我还在想我马上就会拦住他。"不"这个字已经开始成形，在我的脑子里逐渐扎了根，可是还没有等到我说出口他已经把我按回床上剥下了我的内裤，喉咙里的"不"字变成了一声呻吟，我隐隐约约能够听出其中的欢愉之意。

我感觉到两个膝盖之间抵上了什么东西。硬邦邦的。"我爱你。"他又说了一遍，我意识到那是他的膝盖，他正用一只膝盖分开我的腿。我不想纵容他，但不知怎的，同时又知道我应该让他继续，知道现在抽身为时已晚，我已经眼睁睁地看着那些可以开口阻止这一切的机会一个又一个地溜走。现在我别无选择。在他解开长裤笨拙地脱掉内裤时我感觉到了欲望，因此现在，躺在他的身下的时候，我也一定仍然是想要的。

我努力想要放松。他拱起了背，呻吟着——从身体深处发出一声低沉的、惊人的呻吟——然后我看见了他的脸。我认不出这张脸，在我的梦里它是陌生的，但现在我知道了。本。"我爱你。"他说，我知道我该说些什么，他是我的丈夫，即使我觉得今天早晨我才刚刚第一次遇见他。我可以拦住他，我可以相信他会自己停下。

"本，我——"

他用湿润的嘴封住了我的嘴，我感觉他攻进了我的身体。痛苦，或者快乐。它们交织着，我分不清哪里是二者的界限。我紧紧地抓住他汗湿的后背试着回应他，先是尝试享受正在发生的一切，在发现做不到之后，我又试着把一切当做没有发生。*是我自找的*，我想，可是同时我又想，*我从来没有要求过这一切*。会有既渴望又抗拒某件东西的时候吗？欲望凌驾于恐惧之上是可能的吗？

我闭上了眼睛。我看见了一张脸。一个陌生人，黑发蓄须，他的脸颊上落着一道伤疤。他看着眼熟，可是我却想不起来在哪里见过。当我看着他，他脸上的笑容消失了，这时我喊出了声，在我的梦里。这时我醒来发现自己安安生生地在一张床上，屋子里一片寂静，本躺在我的身

133

边，而我不知道自己在哪里。

我起了床。为了去上洗手间？还是为了逃避？我不知道我要去哪里、要做什么。如果早知道它的存在，我一定已经轻手轻脚地打开衣柜门取出了放着日志的鞋盒，但我不知道。于是我只是下了楼。前门上着锁，蓝色的月光从磨砂玻璃漏了进来。我意识到自己光着身子。

我坐在楼梯的尽头处。太阳出来了，大厅从蓝色变成了燃烧着的橙红色。没有一件事情说得通；其中那个梦最没有道理。它感觉过于真实，而我醒来正好躺在梦中所在的卧室，身边有个出乎意料的男人。

而现在，在纳什医生打过电话后，我已经看过日志，一个念头蹦了出来。*也许那个梦是个回忆？*是昨晚留下的印象？

我不知道。如果是的话它意味着治疗有所进展，我猜。但也意味着本对我用了强力，更糟糕的是他那样做的时候我眼前闪过一个蓄胡须的陌生人的影子，他的脸上有道疤。在所有可能的回忆里，记下的这一幕似乎格外令人痛苦。

不过也许它没有什么意义，只不过是一个梦。只是一场噩梦。本爱我，而那个蓄须的陌生人并不存在。

可是什么时候我才能完全肯定？

后来我去见了纳什医生。我们坐着等红绿灯，纳什医生用手指敲着方向盘的边缘，跟音响里播放的音乐不太合拍——放的是一首流行音乐，我没有听过也不喜欢——而我直直地瞪着前方。今天早上我读完日志、记下了那个可能是回忆的梦，便立刻打了个电话给他。我必须跟什么人谈谈——知道"我是个母亲"对我来说原本只像是生命里一个小小的裂口，现在却似乎要渐渐裂开，撕碎我的生活——他提议把本周的见面改到今天，让我带上日志。我没有告诉他出了什么事，原来打算等到了他的诊所再说，但现在我不知道我是否忍得住。

红绿灯变了。他不再敲方向盘，我们的车猛然启动。"为什么本不告诉我亚当的事？"我听见自己说，"我不明白。为什么？"

他看了我一眼，却没有说话。我们又开了一小段路。前面一辆车的杂物架上摆着一只塑料狗，正在滑稽地点头，在它前面我可以看见一个小孩子的金发。我想到了阿尔菲。

纳什医生咳嗽了几声："告诉我出了什么事。"

那么，这一切是真的了。我隐隐希望他会问我在说什么，可是一说出"亚当"这个名字，我就已经发现这个希望是多么徒劳，完全没有走对路。在我的感觉里，亚当是真实的。他并不虚无，而是真真实实地在我的意识里存在，占据着其他人无法替代的位置，本替代不了，纳什医生替代不了，甚至我自己也不行。

我觉得愤怒，他一直都知道。

"还有你，"我说，"你给了我日记本让我写。那你为什么不告诉我亚当的事？"

"克丽丝。"他说，"告诉我发生了什么事情。"

我盯着汽车的前窗玻璃。"我回忆起了一件事。"我说。

他扭头看着我："真的？"我没有说话。"克丽丝，"他说，"我是想帮你。"

我跟他说了。"那天，"我说，"在你把日志给了我以后，我看着你放在里面的照片，突然想起了拍照那天的情景。我不知道是为什么，就是记起来了，而且我记得我怀孕了。"

他没有说话。

"你知道他？"我说，"知道亚当？"

他说得很慢。"是的。"他说，"我知道，你的档案里提到了。你失去记忆的时候他大概几岁大。"他停顿了一下。"再说，以前我们谈到过他。"

我觉得自己的身上起了寒意。尽管车里很暖，我却在颤抖。我知道有可能（甚至大有可能）以前我记起过亚当，可是眼前赤裸裸的事实——这一切我已经经历过而且还将再次经历——还是让我震撼。

他一定察觉到了我的惊讶。

"几个星期前，"他说，"你告诉我在街上看到了一个孩子。一个小男孩。刚开始你无法自控地觉得你认识他、这个孩子迷路了，不过他正要回家——回到你家去，而你是他的妈妈。然后你想起来了。你告诉了本，他告诉了你关于亚当的事，那天晚些时候你再讲给了我听。"

这些我一点儿也不记得。我提醒自己他不是在谈论一个陌生人，而是在谈我自己。

"不过那以后你就没有跟我提过他了？"

他叹了口气："没有——"

毫无预警地，我突然记起今天早上在日志里读到的东西，里面提到当我躺在 MRI 扫描仪里时他们给我看的图片。

"有他的照片！"我说，"在我做扫描的时候！有图片……"

"是的。"他说，"是从你的档案……"

"但你没有提到他！为什么？我不明白。"

"克丽丝，你必须明白我不能每次治疗一开始就告诉你所有我知道而你不知道的事情。另外在你这种情况下，我觉得告诉你不一定对你有什么好处。"

"不会对我有好处？"

"我明白如果你知道有过孩子却忘了他的话，你会非常难过的。"

我们开进了一个地下停车场。柔和的阳光消失了，变成了刺眼的荧光、汽油味和水泥的味道。我想知道还有什么其他事情他觉得告诉我会太残忍，我想知道我的脑子里还有什么别的定时炸弹已经设好了火线滴答着准备爆炸。

"还有没有——？"我说。

"没有。"他打断我的话，"你只生过亚当，他是你的独生子。"

他的话用的是"过去时"。那么纳什医生也知道他死了。我不想问，但我明白我必须问。

我逼着自己开了口："你知道他被杀了？"

他停了车，关掉了引擎。停车场里光线昏暗，只亮着一片荧光灯，而且鸦雀无声，只听见偶尔有人咣当关上一扇门，电梯嘎吱嘎吱地响起来。有一会儿我以为还有一线希望。也许我错了，亚当还活着。这个念头点燃了我的心。今天早上读到关于亚当的事后，他就让我觉得那么真实，可是他的死没有给我这种感觉。我试着想象它，也试着记起听到他被杀的消息是什么感觉，可是我不能。似乎什么地方出了错。那种情况下，悲痛必定让我无法承受。每一天都全是无休无止的痛苦和思念，明白心里有一部分已经死去，我再也不是完完整整的自己。毫无疑问，我对儿子那么强烈的爱会让我记得自己失去了什么。如果他真的死了，那悲痛的力量一定会比我的失忆症要强大。

我意识到我不相信我的丈夫，我不相信我的儿子死了。有一会儿，我的幸福悬在半空中寻找着平衡，但接着纳什医生说话了。

"是的。"他说，"我知道。"

兴奋的气泡在我体内破碎了，像一次小小的爆炸，随之而来的是截然相反的情绪，比失望更糟糕，更具破坏力，穿透身体留下了痛苦。

"是怎么……"我只能说出这些字。

他告诉我的故事跟本讲的一样。亚当，在部队。路边的炸弹。我听着，下定决心努力撑着不要哭出来。他讲完之后车里一阵沉默，一时没有人说话，接着他把手放到了我的手上。

"克丽丝，"他轻声说，"我很抱歉。"

我不知道该说些什么。我看着他，他朝我探过身来。我低头看着他握着我的那只手，上面横七竖八地有一些小小的抓痕。我想象着他待会回到家里，跟一只小猫玩耍，也许是一只小狗。过着平常的生活。

"我的丈夫不告诉我亚当的事。"我说，"他把他的照片都锁在一个金属盒子里，为的就是不让我见到。"纳什医生没有说话。"他为什么要这么做呢？"

他看着窗外。我看到我们面前的墙上被人涂了一个词："王八蛋"。"让我来问问你同样的问题，你觉得他为什么会这么做？"

我思索着所有可以想到的原因。这样他就可以控制我，拥有掌控我的力量；这样他就可以不给我了解这件事的机会，而正是它可能让我感觉自己是个完整的人。我意识到我不相信以上任何一条理由，剩下唯一的选择是简单的事实。"我想这样他更好过些，如果我不记得的话就不告诉我。"

"为什么他会好过些呢？"

"因为我听了会非常难过？要每天告诉我我有过一个孩子、但他已经死了，一定是一件非常可怕的事情，而且方式又那么可怕。"

"你觉得还有其他原因吗？"

我沉默了一会儿，接着想明白了。"嗯，对他来说一定也很难。他是亚当的父亲，而且，嗯……"我想到他是如何想方设法面对自己的悲伤，同时也面对我的悲痛。

"这对你很难，克丽丝。"他说，"但你必须努力记住，这对本来说也十分艰难。在某种意义上，更艰难一些。我想他非常爱你，而且——"

"——可是我甚至不记得有他这个人。"

"是的。"他说。

我叹了口气："以前我一定爱过他。毕竟，我嫁给他了。"他没有说话。我想起了早上醒来躺在身边的陌生人，想到了见到的、记录着我们生活的照片，想到了夜半时分我的那个梦——或者是那幕回忆。我想起了亚当，还有阿尔菲，想到我做过什么和想要去做什么。一阵恐惧涌上了心头。我觉得四面受困，仿佛没有出路，我的思绪从一桩又一桩事情上飞快地掠过，四处寻找出口和解脱。

本，我心想。我能依靠着本。他很坚强。

"乱成一团了。"我说，"我只是觉得受不了。"

他转身面对着我："我真希望能做点什么让你好受些。"

他的样子似乎是认真的，仿佛为了帮我他愿意做任何事情。他的眼睛露出了温柔的神色，跟他放在我手上的手一般轻柔。在地下停车场昏暗的光亮中，我发现自己在猜测如果把手放在他的手上，或者微微向前歪一歪我的头迎着他的目光张开我的嘴的话会发生些什么事情。他会不会也向前探过身来？他会想要吻我吗？如果他这么做的话，我会让他吻吗？

还是他会觉得我很可笑？荒谬。今天早上醒来时我也许觉得自己才20出头，可我不是。我快50岁了，几乎老得可以当他的母亲。因此我没有动，而是看着他。他坐着一动不动，看着我。他似乎很强大，强大到足以帮我，让我度过这一切。

我开口说话——虽然不知道自己要说什么——但这时一阵闷闷的电话铃声打断了我。纳什医生没有动，只是拿开了他的手，我意识到手机一定是我自己的。

从包里拿出的响铃的手机不是翻盖的那部，而是我丈夫给我的那一部。本，它的屏幕上显示着。

139

看见他的名字时，我意识到我刚刚对他有多么不公平。他也失去了亲人，而他不得不每天忍受着痛苦，而且不能跟我提起、不能向他的妻子寻求安慰。

而他做的这一切都是出于爱。

可是我却在这儿，跟一个他几乎毫无概念的男人一起坐在停车场里。我想到了今天早上在剪贴簿里看到的照片。我和本，一张接一张。微笑着，幸福着，相爱着。如果现在我回家再看它们，也许我见到的只是照片上缺失的东西。亚当。可是这些相片没有变过，照片里的我们互相对望着，仿佛世界上的其他人都不存在。

我们曾经相爱过，这是显而易见的。

"待会我会回他的电话。"我说。我把电话放回包里。今天晚上我会告诉他，我想。关于我的日志、纳什医生。一切。

纳什医生咳嗽了一声。"我们该去诊所了。"他说，"开始治疗？"

"当然。"我说。我没有看他。

在纳什医生开车送我回家的路上，我开始在车里记日志，其中有很多词句是匆忙潦草地写完的，难以辨认。我写日志的时候纳什医生一言不发，可是我在找合适的词句时，却看到他在瞄我。我不知道他在想什么——在我们离开他的办公室之前，他说有个会议邀请他出席，请我同意他在会议上讨论我的病例。"在日内瓦。"他说，脸上掩不住闪过一丝骄傲。我答应了，同时猜他会立刻问我是不是可以给我的日志拍一张照片。为了研究的目的。

我们开车回到我家，他道了别，又加了一句："我很惊讶你会在车里记日志。你好像……下定了决心，我想你不想漏下什么事情。"

不过我明白他的意思，他的意思是我很狂热，不顾一切。不顾一切地想要把所有事情记下来。

他是对的。我下定了决心。一进家门我就趴在餐桌上写完日志、合上本子放回藏它的地方，然后才开始不慌不忙地脱衣服。本在手机上给我留了言。*我们今晚出门吧*，他说。*吃晚饭。今天是星期五……*

我脱下身上穿着的、今天早上在衣柜里发现的深蓝色亚麻长裤，脱掉淡蓝色衬衣——我觉得在所有上衣里，它跟这条长裤最搭配。我有些茫然。治疗时我把日志给了纳什医生——他问我是否可以看看日志而我答应了。那发生在他提到日内瓦之行前，我不知道他提这个要求是否是为了那个会议。"真是好极了！"读完日志后他说，"真的很不错。你在记起很多东西，克丽丝。很多回忆都回来了，我们完全应该继续下去。你应该感到非常振奋……"

但我并没有感到振奋，我感到困惑。我是在跟他调情吗，还是他在对我示好？他的手的确放在我的手上，可是我容许他放在那儿，还让他握着。"你应该继续写。"当把日志还给我时他说，我告诉他我会的。

现在，在我的卧室里，我试图说服自己我没有做错任何事。我仍然觉得内疚，因为我喜欢刚才发生的一切。那种受关注的感觉、心灵相通的感觉。有一会儿，在各种各样的纷杂感觉里，一点儿小小的快乐露了头。我感觉自己有魅力、吸引人。

我走到内衣抽屉旁边。在抽屉深处，我发现了一条塞起来的黑色丝绸内裤和配套的胸罩。我穿上了这一套——我知道这些衣服一定是我的，尽管它们感觉起来不像——穿衣服的时候一直想着藏在衣柜里的日志。如果本找到它的话会怎么想？如果他读了我写的一切、感觉到的一切，他会怎么想？他会明白吗？

我站在镜子前面。他会的，我告诉自己。他必须明白。我用眼睛和双手检验着自己的身体。我仔细查看着它，用手指抚摸着它的曲线，仿佛它是什么新东西，是一件礼物。一件需要重新了解的东西。

尽管我知道纳什医生不是在跟我调情，可是在认为他对我示好的短暂的一刻，我没有感觉自己老了，我觉得活力十足。

我不知道自己在那儿站了多久。对我来说，时间长短几乎是毫无意义的。一年又一年已经悄悄地从我的身边溜走，没有留下任何痕迹。分钟并不存在。只有楼下钟报时的声音告诉我时间在流逝。我看着自己的身体、屁股上的赘肉、腿上和腋下的黑毛。我在浴室里找到一把剃刀，在腿上涂上香皂，用冰冷的刀锋刮着皮肤。我想我肯定这样做过无数次，但它似乎仍然非常怪异，隐隐有点可笑。在小腿上我拉了一道口子———一阵刺痛后留下了细细的一道，接着冒出一条红色血带，颤抖着沿着我的腿流下。我用一根手指擦掉了它，好像手上涂抹的是蜜糖，再举到唇边。尝起来是香皂和暖暖的金属味。伤口没有结块，我让血沿着刚刚刮光滑了的皮肤流下，然后用一张湿纸巾擦干净。

回到卧室我穿上了长袜，还有一件黑色紧身礼服。我从梳妆台上的盒子里挑出一条金色项链和一条配套的耳环。我坐在梳妆台旁边化好妆，卷了头发定好型，在手腕和耳后喷上香水。在做这些的时候，一幕回忆飘过眼前。我看见自己在卷着丝袜，系好吊袜带，扣上胸罩，但那是另一个我，在另外一个房间里。屋子里很静，放着音乐，很轻，我能够听见远处有人说话、门开了又关，车流隐隐约约地发出嗡嗡声。我感到平静且快活。我转身对着镜子，在烛光下仔细看着自己的脸。不错，我想，非常不错。

这幕回忆简直遥不可及。它在表层之下闪烁着，虽然我可以看到细

142

节，抓住一些零散的图像，可是它埋得太深，我跟不上去。我看到一个床头柜上摆着一瓶香槟、两个杯子。床上有一束鲜花和一张卡片。我看见我独自一人在一个旅馆房间里，等待着我爱的男人。我听见有人敲了门，看见自己站起来向门口走，可是回忆就在这里结束了，好像我一直在看电视，突然间天线却断开了。我抬起头看见自己又回到了平时的家。尽管镜子里的女人非常陌生——在化了妆、弄了头发之后，这种陌生的感觉甚至比平时更加明显了——我却觉得自己做好了准备。我不知道是准备好怎么样了，但我觉得已经做好了准备。我来到楼下等待我的丈夫，我嫁的男人、我爱的男人。

爱，我提醒自己。*我爱的男人。*

我听到他的钥匙在锁里转动，门被推开，一双脚在垫子上擦了擦。一声口哨？还是我的呼吸声，又粗又重的？

有人说话："克丽丝？克丽丝，你没事吧？"

"没事。"我说，"我在这儿。"

咳嗽声，他把防寒衣挂起来的声音，放下公文包的声音。

他在对着楼上喊："一切都好吗？"他说，"刚才我打过电话给你，留了一个言。"

楼梯吱吱嘎嘎地响起来。有一阵子我以为他会径直上楼到洗手间或者去他的书房，不会先来见我，而且我觉得穿着别人的衣服打扮成这样来等不知道已经跟我结婚多少年了的丈夫实在很蠢、很好笑。我希望能够脱掉身上的衣服、擦掉脸上的妆容变回自己，但这时我听到他踢掉一只鞋嘀咕了一声，又踢掉另外一只，我意识到他正坐下来换拖鞋。楼梯又开始嘎吱作响，他走进了房间。

"亲爱的——"他开始说，接着住了嘴。他的目光游过我的脸、我的身体，又回来对上我的眼神。我看不出他在想什么。

"哇！"他说，"你看起来——"他摇了摇头。

"我发现了这些衣服。"我说，"我想我可以稍微打扮打扮，毕竟现在是星期五晚上，周末。"

"是的。"他还站在门口。"是的。不过……"

"你想出门去什么地方吗？"

我站起来走到他身边。"吻我。"我说，而且尽管这并不在我的计划中，一时间却感觉应该这么做，于是我搂住了他的脖子。他闻起来有香皂、汗水和工作的味道。甜甜的，像蜡笔。我的眼前闪过一副回忆的画面——跟亚当一起跪在地板上画画——但图像没有停留。

"吻我。"我又说。他的手绕过了我的腰。

我们的嘴唇贴在了一起。刚开始轻轻触碰着，一个晚安吻或者道别吻，一个公共场合的吻，一个给母亲的吻。我没有放开手臂，他又吻了我一次。同样的方式。

"吻我，本。"我说，"好好地吻我。"

"本。"过了一会儿，我说，"我们幸福吗？"

我们坐在一家餐厅里，他说以前我们来过这一家店，虽然毫无疑问我一点儿没有印象。墙上挂满了裱过的照片，相片里我猜都是些小有名气的人；店铺深处摆着一只开着门的烤箱，正等人向里面放比萨。我从面前的一盘瓜果里拿了一片，我不记得点过这个。

"我说，"我接着说，"我们结婚已经……多长时间了？"

"让我想想，"他说，"22年。"听起来如此漫长。我想到今天下午梳妆打扮时浮现的一幕。酒店房间里的鲜花。那时我等的人只可能是他。

"我们幸福吗？"

他放下刀叉，喝了一小口他点的干白葡萄酒。这时有一家人来到餐厅坐到我们隔壁桌上。年迈的父母和一个 20 来岁的女儿。本开口了。

"我们相爱，如果你问的是这个意思的话。我非常爱你。"

就是这个；言外之意是此刻我该告诉他我也爱他。男人说"我爱你"时总是期待你这样的同答。

可是我能说什么呢？他是个陌生人。爱情不是在 24 小时内发生的，无论我曾经一度多么希望相信它是如此。

"我知道你不爱我。"他说。我看着他，震惊让我有一会儿没有回过神来。"别担心，我理解你的处境。我们的处境。你不记得，不过我们曾经很相爱，爱得非常投入、彻底。像故事里写的那样，知道吧？罗密欧与朱丽叶，所有诸如此类的屁话。"他想笑，可露出的表情却有点尴尬，"我爱你，你爱我。我们可开心了，克丽丝，非常幸福。"

"直到我出了事故。"

这个词让他往后缩了缩身体。是我说得太多了？我已经读过日志，不过他是今天告诉我肇事逃逸的事吗？我不知道，可是不管怎样，对任何处在我这种情形的人，**事故**会是一个合理的猜测。我认定自己没有担心的理由。

"是的。"他的语气有些悲伤，"直到那个时候。我们都很幸福。"

"现在呢？"

"现在？我希望事情不是这样，但我并非不开心，克丽丝。我爱你，我不需要其他任何人。"

那我呢？我想。我是不开心吗？

我看着隔壁的一桌。那位父亲正把一副眼镜举到眼睛旁，眯眼看着菜单，他的妻子在整理女儿的帽子，解下她的围巾。女孩坐着，不动手帮忙也不看任何东西，微微张着嘴。她的右手在桌子底下抽搐，一道细细的口水从她的下巴上流了下来。她的父亲发现我在看

145

他们，我扭开头把目光转回我的丈夫身上，急匆匆地想要让人觉得我没有一直在盯着别人。他们肯定已经习惯了——人们赶紧把头扭开，虽然已经晚了一会儿。

我叹了口气："我真希望能记得发生过的事情。"

"发生的事情？"他说，"为什么？"

我想到了所有那些找回来的记忆。它们短暂而又不持久。现在它们已经消失，无影无踪。但我把它们记下来了，我知道它们出现过——仍然在某个地方存在，不过是丢失了而已。

我确信必然有个关键之处存在，有个能够释放其他所有同类的回忆。

"我只是在想，如果能记得那场意外的话，也许我也能记起其他的事情。也许不是所有事，但也够了。比如我们的婚礼，我们的蜜月。我甚至连这些都想不起来。"我喝了一小口酒。我差点儿把我们儿子的名字说出了口，但又想起本不知道我已经在日志里读到过他的事。"醒来记得我自己是谁对我来说已经意义重大了。"

本交叠着手指，把下巴放在拳头上："医生说这是不可能的。"

"可是他们不知道，不是吗？他们确信吗？会不会有错？"

"我不觉得。"

我放下酒杯。他错了。他认为一切都丢了，我的过去已经完全烟消云散。也许现在正是好时机可以告诉他那些我还记得的零散的回忆，告诉他纳什医生、我的日志、一切。

"可是我在记起事情，有时候。"我说。他看上去很惊讶。"我觉得记忆里的事情在一阵阵地闪现。"

他松开了握着的手："真的吗？什么事情？"

"噢，不好说。有的时候什么也算不上，只是奇怪的感觉，一幕幕的图像。有点像梦，但似乎太真实了，不像是我想象出来的。"他一句话也没说，"一定是回忆。"

我等待着，期待着他问下去、让我告诉他我看到的一切，还有我甚至怎么知道自己经历过什么样的回忆。

可是他没有说话。他还是看着我，脸上是悲伤的神情。我想起了记在日志里的回忆：他在我们第一个家的厨房里给我端来酒。"我在幻觉里看见过你。"我说，"比现在年轻得多……"

"我在做什么？"他说。

"没做什么。"我答道。"只是站在厨房里。"我想到了坐在几步之外的女孩、她的爸爸和妈妈，声音变成了低语，"在吻我。"

他露出了微笑。

"我想如果我能记起一次，那也许意味着我也能记起非常多——"

他伸手越过桌子握住我的手："可是关键是，明天你不会记得这段回忆。这就是问题。一切都会是无本之木。"

我叹了一口气。他说的是真的；我无法一辈子一直把发生的事情都记下来，更不用说我每天还要把它读一遍。

我看着隔壁桌上的一家子。这个女孩笨拙地把蔬菜通心粉汤一勺一勺地舀进嘴里，打湿了她妈妈在她脖子上系的围嘴。我可以看到他们的生活；坎坷波折、陷在照顾家人的角色里无法自拔，而他们本来期待在多年前就可以摆脱这种身份。

我们是一样的，我想。我也需要有人喂我；而且我意识到，跟他们和他们的孩子一样，本对我的爱无法得到回报。

不过，也许我们有所不同，也许我们还有希望。

"你希望我好起来吗？"我说。

他看上去很惊讶。"克丽丝。"他说，"当然了……"

"或许我能去看看医生？"

"我们以前试过——"

"可是，也许值得再试一次呢？时代一直在进步。也许有新的治疗方法呢？我们可以试试别的东西？"

他紧紧地握住了我的手："克丽丝，没有这样的事。相信我。我们全都试过了。"

"什么？"我说，"我们试了什么？"

"克丽丝，拜托。不要——"

"我们试了什么？"我说，"什么？"

"所有。"他说，"全部。你不知道那是什么样子。"他看起来不太舒服。他的目光飞快地左右游移，仿佛预料到会挨上一拳头却不知道袭击会来自什么方向。我可以放过这个问题，可是我没有。

"什么样的尝试，本？我要知道。到底是什么？"

他没有说话。

"告诉我！"

他抬起了头，使劲咽了口唾沫。他看上去一副吓坏了的模样，满脸通红，眼睛睁得很大。"你昏迷了。"他说，"所有人都以为你会死。但我不认为。我知道你很坚强，你会挺过去的，我知道你会好起来。接着有一天医院打电话给我，说你醒过来了。他们觉得是一个奇迹，但我知道不是。这是你——我的克丽丝回到了我身边。当时你很茫然、困惑。你不知道自己在哪里，也记不起那场事故，但你还认得我和你的母亲，虽然你并不清楚我们是谁。他们说不用担心，这样重大的车祸后暂时丧失记忆是很正常的，这种情况会过去的。可是后来——"他耸耸肩，低头看着手里的餐巾。有一会儿我以为他不会继续讲下去了。

"然后呢?"

"嗯,你的情况似乎越来越糟。有一天我去医院,你一点儿也不知道我是谁,你把我当成了医生。然后你也忘了自己是谁,你想不起你的名字、你是哪一年出生的,忘了所有事情。他们发现你还已经不再形成新的记忆了。他们做了些测试和扫描,能做的全做了,但没有什么用。他们说你的事故造成了记忆丧失,而且是永久性的,无法治愈,他们什么也做不了。"

"什么也做不了? 什么也没有做?"

"没有。他们说要么你的记忆会恢复,要么不会,丧失记忆的时间越久,恢复的希望就越小。他们告诉我我能做的就是确保照顾好你,而这正是我一直努力在做的。"他握着我的两只手,抚摸着我的手指,轻轻摸着硬邦邦的婚戒。

他俯身挨过来,头靠到离我只有几英寸远的地方。"我爱你。"他低声说,可是我无法回答。我们几乎沉默着吃完了这一餐。我能感觉到心里涌上了一种怨恨,一种愤怒。他似乎固执地认为没有人能治好我,态度非常坚决。突然间我不想再告诉他我的日志,还有纳什医生。我想至少再多保留一会儿我的秘密,只有这件东西我可以宣称是自己的。

我们回到家里。本给自己泡了咖啡,我去了洗手间。在洗手间里我尽可能地记下了今天的经过,然后脱下衣服、卸了妆。我穿上了睡袍。一天又快要过去了。不久我会睡着,我的大脑将开始删除一切,明天我将再次经历这一切。

我意识到我没有什么野心。我不能有野心。我想要的不过是正常人的生活，像其他人一样活着，一点一点地累积着经历，每一天塑造着未来。我想成长，想学习，从各种经历中学习。在洗手间的时候，我想到了我的晚年。我试着想象它会是什么样。到七老八十的时候，我还会每天醒来觉得自己的人生刚刚起步吗？我会醒来完全意识不到身上已是一把老骨头，关节又僵又硬吗？我无法想象当发现一生已经临近尾声、却空空如也的时候，我要怎么应对。没有记忆的宝库，没有宝贵的经历，没有日渐累积的智慧传给后人。如果不是一幕幕记忆的累积，那我们是什么？当我照镜子却看见镜中是我奶奶的身影，会有什么感觉？我不知道，可是现在我不能让自己去想这些。

我听到本进了卧室。我意识到我没有办法把日志放回衣柜了，只好把它放在浴缸旁边的凳子上，藏在我的脏衣服下面。我想待会儿再放回去，只要他一睡着。我关了灯走进卧室。

本坐在床上，看着我。我没有说话，钻到被窝躺到他旁边。我发现他光着身子。"我爱你，克丽丝。"他说，开始吻我，脖子，脸颊，嘴唇。他的呼吸灼热，像蒜一样辛辣。我不想让他吻我，但也没有推开他。是我自找的，我想。我穿上了那件蠢得要命的裙子，化了妆涂了香水，在出门之前让他吻我。

我转身面对着他，而且——尽管我并不情愿——吻了他。我试着想象我们两人刚刚一起买下一栋房屋，一路撕扯着对方的衣服向卧室走去，还没有做的午饭碰也没碰放在厨房里。我告诉自己那时我一定是爱他的——不然我为什么会嫁给他？因此现在我没有理由不爱他。我告诉自己现在我做的是重要的事，是在表示爱和感激。他的手抚摸到我的前胸时我没有阻止，而是告诉自己这是自然而然的，是正常的。当他的手滑到我的两腿之间、盖住我的耻骨时我也没有拦住他。只不过我知道，在这以后，在过了很久以后，我开始轻轻地发出呻吟声，却不是因为他做了什么。那绝对不是愉悦，而是恐惧，是因为我闭上眼睛时看见的东西。

我在一个宾馆房间里，跟傍晚出门前梳妆打扮时见到的是同一间房。我看见了蜡烛，香槟，鲜花。我听见了敲门声，看见自己放下了手里的玻璃杯，站起来打开门。我感到兴奋、期待，空气里满是希望。性爱和补救。我伸出手握住门把手，又冷又硬。我深吸了一口气。事情总算好起来了。

接着出现了一个空洞。我的回忆里有一段空白。门旋转着向我打开。可是我看不到门后是谁。而在床上，和丈夫在一起的我突然间被莫名的恐惧压倒了。"本！"我喊出了声，可是他并没有停下，甚至似乎没有听到我的声音。"本！"我又说了一遍。我闭上了眼睛，紧紧地抓住了他。我陷入了一个旋涡回到了过去。

他在房间里。在我身后。这个男人，他怎么敢？我猛地扭过头，却什么也没有看见。灼热的疼痛，嗓子被什么压着。我无法呼吸。他不是我的丈夫，不是本，可是他的手在我身上，他的手和身体压着我。我想要呼吸，却做不到。我的身体在颤抖，被挤压着，消失得无影无踪，变成了灰烬和空气。有水，在我的肺里。我睁开眼睛只看见一片猩红色。我要死了，在这儿，在这个酒店房间里。上帝啊，我想。我从来没有想过这些，我从来没有要求过这些。一定要有人来帮我。一定要有人来。我犯了一个大错，是的，但我不应该承受这种惩罚。我不该死。

我觉得自己消失了。我想见见亚当。我想见我的丈夫。可是他们不在这里，这儿只有我和这个人，这个用手掐着我的喉咙的人。

我在往下滑，一直跌下去、跌下去。向黑暗跌下去。我一定不能入

151

睡。我一定不能睡着。我，一，定，不，能，睡，着。

回忆突然结束了，留下了一个可怕的空洞。我一下子睁开眼睛。我回到了自己的家，在床上，我的丈夫已经进入了我的体内。"本！"我大喊一声，可是为时已晚。他发出小声的闷哼声射了出来。我紧紧地抓住他，能抱多紧就抱多紧。过了片刻他吻了吻我的脖子，又告诉我他爱我，接着说："克丽丝，你在哭……"

我无法控制地啜泣着。"怎么了？"他说，"我弄痛你了？"

我能对他说些什么呢？我一边摇头一边消化刚才看见的场景。一间摆满鲜花的酒店房间。香槟和蜡烛。一个掐着我脖子的陌生人。

我能说什么呢？我所能做的只是哭得更大声，推开他，然后等着。等到他睡着，我便可以爬下床把一切记下来。

星期六，凌晨2点零7分

我睡不着。本在楼上，已经回到床上，而我在厨房里记日志。他以为我在喝他刚刚给我做的一杯可可，他以为我很快会回去睡觉。

我会的，但我必须先写完。

现在屋子里又静又暗，可是早些时候一切似乎都富有生气。我记下了我们做爱时看到的一幕，把日志藏在衣柜后蹑手蹑脚地钻回了床上，却仍然放心不下。我可以听见楼下的时钟滴答作响、它报时的声音、本轻轻的鼾声。我能感觉到羽绒被压在我的胸口，在黑暗里只看见身旁闹钟发出的光。我翻身仰面躺着，闭上了眼睛。我只能看见自己，有人死死地捏着我的喉咙让我无法呼吸；我只能听到自己的声音在回荡。我要死了。

我想到了我的日志。多写一些会不会有点用？还是要再读一遍？我

153

真的可以把它拿出来却又不惊醒本吗？

他躺着，在阴影里几乎看不清楚。你在骗我，我想。因为他的确在骗我。关于我的小说，亚当，而现在我敢肯定关于我是怎么落到这一步、怎么陷进了现在这种状况，他也骗了我。

我想把他摇醒。我想尖叫为什么？你为什么告诉我是一辆汽车在结冰的路面上撞了我？我想知道他不让我知道的是什么、真相究竟有多么糟糕。

还有什么我不知道的吗？

我的念头从自己的日志转到了那个金属盒子上，本用来放亚当照片的那个盒子。也许那里面会有更多的答案，我想。也许我会找到真相。

我决定起床。我掀起羽绒被以免惊醒丈夫，拿出藏起的日志，光着脚小心翼翼地走到楼梯平台上。现在屋子沐浴在蓝色的月光中，让人有不同的感觉。冰凉而又安静。

我随手关好卧室门，木头轻轻地擦着地毯，门在关上时发出难以察觉的咔嚓声。在楼梯平台上，我匆匆浏览了日志的内容。我读到了本说我是被一辆汽车撞的，读到他否认我曾写过一本小说，读到了我们的儿子。

我必须看看亚当的照片。可是要去哪里看呢？"我把这些放在楼上。"他说过。"为了安全起见。"我知道，我记下来了。但是具体是在哪里？在备用卧室？还是书房？我要怎么找一件完全不记得曾经见过的东西？

我把日志放回原处，走进书房关上了身后的门。月光从窗户照了进来，在屋里洒下灰蒙蒙的光。我不敢开灯，怕本会发现我在这里找东西。他会问我在找什么，而我无法回答他，也没有来这里的借口，那样的话要回答的问题太多了。

　　盒子是金属的，灰色，我在日志里说过。我先看了看书桌。一台微型电脑，有着平得不可思议的屏幕，一个插着钢笔和铅笔的杯子，整整齐齐摆成一堆堆的文件，一个海马形状的陶瓷镇纸。书桌上方是一张壁挂日程表，上面满是彩色贴纸，圆圈和星星。桌子下是一个小皮包和一个废纸篓，都空着，旁边有一个档案柜。

　　我先查看了档案柜，慢慢地、静静地拉出最上层的抽屉。里面全是文件，一齐分类归了档，标记着家、工作、财务。我匆匆翻过活页，再往里是一个装着药丸的塑料瓶，但在昏暗中我认不清名字。第二个抽屉里装满了文具——盒子、便笺本、笔、涂改液——我轻轻关上它，蹲下打开最底层的一个抽屉。

　　一条毯子，也有可能是毛巾，在昏暗的光线下很难辨认。我掀起一角伸手进去，摸到了冰冷的金属。我掀开毛巾，下面是那个金属盒，比我想象的要大，抽屉几乎装不下它。我用手托着它，意识到它比我预想的重，拿出来的时候几乎摔到了地上。我把它放在地板上。

　　盒子放在我的面前。有一阵子我不知道自己想要做什么、不知道我是否想要打开它。它会带来什么新的冲击？恰如回忆本身，它也许藏着我甚至无法想象的真相、意想不到的梦想和恐惧。我很害怕。但是，我意识到这些真像是我仅有的一切。它们是我的过去，正是它们让我成为一个人。没有它们我什么也不是，不过是一只动物。

　　我闭上眼睛深深地吸了一口气，然后开始打开盖子。

　　它打开了一点，却又不动了。我以为它卡住了，于是再试了一次，接着又是一次，这时我才意识到盒子是锁着的。本锁住了它。

　　我努力想要保持冷静，可是怒火冒了上来。他凭什么锁住这个装着回忆的盒子？凭什么不让我拿到属于我的东西？

钥匙就在附近，我很肯定。我在抽屉里看了看，打开毯子抖松它，站起来倒出书桌笔筒里的笔看了看里面，什么也没有。

绝望之下，我在昏暗的光亮里尽可能仔细地搜了其他抽屉。我找不到任何钥匙，却反应过来它可能在任何个地方。随便什么地方。我双膝一软瘫到地上。

接着响起了一个声音。一声非常细微的吱吱响，我以为可能是自己的身体。可是又传来了另一个声音。呼吸声，或者是一声叹息。

有人在说话。是本。"克丽丝？"他说，接着声音变大了，"克丽丝！"

怎么办？我坐在他的书房里，面前的地板上是本以为我记不得的金属盒。我开始慌乱。有扇门打开了，楼梯转角的灯亮了，灯光照亮了门缝。他要来了。

我动作很快。我把盒子放了回去，为了节省时间也不管会不会发出声音，砰的一声重重关上了抽屉。

"克丽丝？"他又喊了一声，脚步声从楼梯平台上传来，"克丽丝，亲爱的！是我。本。"我匆忙把钢笔和铅笔塞到书桌的笔筒里，一下子坐倒在地板上。门开了。

我不知道要怎么做，直到我有了那番举动。我本能地作出了反应，发自意识深处。

"救救我！"他在打开的门口出现时，我说。楼梯平台的灯光照亮了他的轮廓，有那么片刻我真的感觉到了正在伪装的恐瞑。"拜托！救救我！"

他打开灯朝我走来。"克丽丝！怎么了？"他说着蹲了下来。

我向后缩着避开他，一直退到靠窗户的墙壁。"你是谁？"我说。我发现我开始哭了，在歇斯底里地摇晃。我抓着身后的墙，紧紧扯着上面挂的窗帘，好像努力要站直。本没有动，站在房间的另一边。他向我伸出两只手，好像我很危险，是一只野生动物。

"是我。"他说，"你的丈夫。"

"我的什么？"我说，"出了什么事？"

"你有失忆症。"他说，"我们已经结婚很多年了。"然后，在他给我做面前这杯可可的时候，我让他从头告诉我我已经知道的一切。

11 月 18 日，星期日

　　事情发生在星期六的凌晨。今天是星期天，大概中午时分。整整一天过去了，没有记录下来。24 个小时，丢了。24 小时里都相信本告诉我的一切。相信我从来没有写过一本小说，从未有过一个儿子；相信是一场车祸夺走了我的过去。

　　也许跟今天不一样，纳什医生昨天没有打电话，因此我没有找到这本日志。或许他打了电话但我选择不读日志。我感到一阵寒意。如果有一天他决定永远不再打电话的话会怎么样：我永远也不会找到它，永远不会去读它，甚至永远不知道它的存在。我不会知道自己的过去。

　　那种场景简直无法想象。现在我知道了。对我如何丧失记忆这件事，我的丈夫告诉了我一个故事，而我的感受却提供了另外一个版本。

我很好奇自己是否问过纳什医生发生了什么。即使问过，我能相信他说的话吗？我唯一拥有的真相是写在这本日志里的东西。

我写的东西。我必须记住这一点。是我写的。

我回想起今天早上。我记得阳光突然透过窗帘，一下了弄醒了我。我睁开眼睛看见周围陌生的环境，觉得很迷茫。不过，尽管想不起具体的事情，我却有种感觉，觉得自己已经有过长长的经历，所要回忆的不只是短短的几年，而且我隐隐知道——不管有多朦胧——我的过去里有个自己亲生的孩子。在完全醒来前的片刻，我知道自己是个母亲、我曾经养育了一个孩子、需要我照顾和保护的人已经不再仅仅只有我自己。

我转身发现了床上的另一个人，一只胳膊搭在我的腰上。我并没有感到惊慌，反而感觉安全。幸福。我越来越清醒，图像和感受开始交织成真相和回忆。首先我看到了我的儿子，看见自己呼唤着他的名字——亚当——他向我跑过来。然后我想起了我的丈夫。他的名字。我感到深深地爱着他，露出了微笑。

平静的感觉并没有持续多长时间。我扭头看着身边的人，他的脸不是我期待看到的那一张。过了一会儿我发现自己认不出所在的房间，想不起来是怎么到了那里的。最后，我终于意识到我什么也无法记清。那些短暂的、断续的碎片不是我回忆中挑出来的一幕幕，而是它的全部。

当然，本向我作了解释，至少解释了其中的一部分；而这本日志解释了余下的部分，纳什医生打完电话后我就找到了它。我没有时间看完——我已经对着楼下喊过话假装头痛，接着一直注意着楼下所发生的细小的动作、担心本可能会随时端着一片阿司匹林和一杯水上楼来——于是匆匆略过了一整段一整段的内容，但我已经读了不少。日志告诉了我我是谁、怎么到了这儿、我拥有什么、失去了什么。它告诉我并非一切都已经丢失，告诉我我在恢复记忆，尽管速度很慢。纳什医生也是这么说的，在我看着他读我日志的那天。*你在记起很多事情，克丽丝*，他说。*我们完全应该继续下去。*日志告诉我肇事逃逸是一个谎言，在某个深深埋藏起来的地方，我能够记起失去记忆的那个晚上发生了什么。那天晚上跟汽车和结冰的道路无关，但有香槟、鲜花和一个旅馆房间的敲门声。

而且现在我有了一个名字。今天早上我睁开眼睛期望见到的人不是本。

埃德。我醒来期待躺在一个叫"埃德"的人身边。

当时我不知道他是谁，这个埃德。我想也许他没有什么大不了的，这不过是我造出来的一个名字，不知道从哪里随手拈来的。也许他是一个老情人，一个我没有完全忘记的一夜情对象。可是现在我已经读过了这本日志，我已经知道我在一个酒店房间里被人袭击了。因此，我知道这个埃德是谁。

他是那天晚上在门的另一边等待的人。是袭击我的人。是偷走了我的生活的人。

今天晚上我考验了我的丈夫。我并不想，甚至没有打算这么做，但一整天我都在担心。*他为什么要骗我？为什么？他每天都骗我吗？他告诉我的过去只有一种版本，还是有好几个？*我必须相信他，我想。我没有别人可以信任了。

我们吃着羊肉：一块肥厚的关节肉，烹得过了头。我在碟子里推着一块肉，把它浸在汁里，放到嘴边又放下。"我怎么会变成这样？"我问。我已经试着回忆酒店房间里的一幕，可是它非常缥缈，难以捕捉。在某种意义上，我很高兴。

本把目光从他的盘子上抬起来，吃惊地睁大了眼睛。"克丽丝。"他说，"亲爱的。我不……"

"拜托。"我打断了他，"我需要知道。"

他放下了刀叉。"很好。"他说。

"我要你告诉我一切。"我说，"一切。"

他看着我，眯起了眼睛："你确定吗？"

"是的。"我说。我犹豫了一下，但接着决定说出来。"有些人可能认为最好不要告诉我所有的细节，尤其是如果这些细节让人难过的话。可是我不这样想，我觉得你应该告诉我一切，这样我可以决定自己是什么感觉。你明白吗？"

"克丽丝，"他说，"你是什么意思？"

我扭过头去。我的目光落在了餐柜上面我们俩的合影上。"我不知道。"我说，"我知道我不是一直这个样子的，可是现在我是，因此一定发生过什么事情。坏事。我只是说我知道这个。我知道那一定是什么可怕的事，可是就算这样，我也想知道是什么。我必须知道是什么，我出过什么事。别骗我，本。"我说，"拜托。"

他伸手越过桌子握住我的手："亲爱的，我绝对不会那样做的。"

接着他开始说话。"那是 12 月。"他开始说，"路面上结了冰……"我听着他告诉我车祸的事，心中的恐惧越来越深，讲完以后他拿起刀叉继续吃。

"你确信吗？"我说，"你确信是场车祸？"

他叹了一口气："怎么了？"

我努力想要权衡该说多少。我不想让他发现我在记日志，但又希望尽可能诚实地回答他。

"今天早些时候我有种奇怪的感觉。"我说，"几乎像是一幕回忆。不知道为什么，感觉它跟我现在的处境有关。"

"什么样的感觉？"

"我不知道。"

"一幕回忆？"

"差不多。"

"嗯，你记得具体发生了什么事情吗？"

我想到了酒店房间，蜡烛，鲜花。我感觉这些东西和本无关，我在那个房间里等待的不是他。我还想到无法呼吸的感觉。"什么样的事情？"我说。

"任何细节都行。撞你的那辆车是什么型号？或者只是颜色？你看见开车的人了吗？"

我想对着他尖叫。你为什么要我相信我被车撞了？难道真的是因为这个故事比真相更容易让人相信吗？

是要方便听故事的人，我想，还是要方便讲故事的人？

我想知道如果我讲了这些话他会怎么办："实际上，不是这样的。我甚至不记得被车撞了。我记得在一个酒店房间里等人，但等的不是你。"

"不。"我说，"其实记不清楚，更像是个很笼统的印象。"

"一个笼统的印象？"他说，"你这是什么意思，'一个笼统的印象'？"

他的声音大了起来，听起来几乎是在生气。我不确定是不是还该继续说下去。

162

"没什么。"我说，"没有什么。只是一种奇怪的感觉，好像正在发生什么特别糟糕的事情，还伴随着一种痛的感觉，但我不记得任何细节。"

他似乎放松下来。"可能没有什么。"他说，"只是你的思维在跟你玩花招，努力不要理它。"

不要理它？我想。他怎么可以让我这么做？我记起真相吓到他了？

这是可能的，我想。今天他已经告诉我我被车撞了。他不可能喜欢骗人的事情暴露，就算是这个记忆我只能保存一天。尤其在他为了我好才撒谎的情况下。我看得出如果我相信自己是被车撞了的话，会让我们两人都好过。可是我要怎么样才能找出真相？

我在那个房间里等的人又是谁？

"好吧。"我说。我还能说什么呢？"也许你是对的。"我们又继续吃羊肉，现在它已经冷了。接着我有了另外一个念头。可怕的、残酷的念头。如果他是对的呢？如果事情本来就是肇事逃逸呢？如果酒店房间和那场袭击是我空想出来的呢？有可能这些都是想象，不是回忆。有没有可能因为无法理解在结冰的路面上发生了一场车祸这样简单的事实，我编造了这一切呢？

如果是这样的话，那么我的回忆还是没有用。我没有恢复记忆。我完全没有好转，而是快要疯了。

我找出包倒在床上，东西滚了出来。我的钱包，有花朵的日记本，一支口红，面巾纸。一部手机，接着又是一部。一包薄荷糖，一些零钱，一张正方形黄色纸片。

我坐在床上，翻看着一件件杂物。我先拿出小小的日记本，在看见封底用黑墨水草草写着的纳什医生的名字时还以为自己走了好运，可是接着我看见名字下面的数字后打了个括号圈住了一个词："办公室"。

今天是星期天，他不会在那里。

黄色的纸片一条边粘在日记上，上面粘了些灰尘和头发，但除此之外一片空白。我开始奇怪究竟为什么自己会觉得——尽管只有片刻——纳什医生会把私人电话号码给我，这时我想起在日志里读到过他把号码写在了日志的扉页上。随时打电话给我，如果你觉得困惑的话。他说。

我找出号码，然后拿起了两部手机。我记不起哪部是纳什医生给我的了，便飞快地查看了较大的那一只，所有打进打出的电话都跟一个人有关：本。第二部手机——翻盖的那一只——几乎没有用过。纳什医生为什么要把它给我呢，我想，如果不是为了这种情况？如果现在不算困惑，那什么时候算呢？我打开手机拨了他的号码，按下呼叫键。

电话沉默了一会儿，接着传来接通的嗡嗡声，一个声音插了进来。

"喂？"他说。听上去昏昏欲睡，虽然时间还早。"是谁？"

"纳什医生。"我低声说。我能听到本在楼下看什么电视选秀节目。歌声，笑声，时不时夹杂着热烈的掌声。"我是克丽丝。"

纳什医生没有说话，他还没有回过神来。

"噢。好的。怎么——"

我感到一阵出乎意料的失望，接到我的电话他听起来并不开心。

"对不起。"我说，"我从日志扉页找到了你的电话号码。"

"当然。"他说，"当然。你好吗？"我没有说话。"你没事吧？"

"对不起。"我说。话脱口而出，一句接着一句。"我要见你。现在，或者明天。是的。明天。我有了一个回忆，昨天晚上，我把它写下来了。在一间酒店房间里。有人敲门。我没有办法呼吸。我……纳什医生？"

164

"克丽丝。"他说，"慢点说。发生了什么事？"

我吸了口气："我回忆起了一件事。我敢肯定它跟我失去记忆的原因有关，可是这件事说不通，本说我是被车撞的。"

我听到他在动，似乎在挪动身体，接着传来了另一个人的声音。一个女人。"这没有什么。"他小声说，接着喃喃地说了些我听不太清楚的东西。

"纳什医生？"我说，"纳什医生？我是被车撞了吗？"

"现在我不方便说话。"他说，我又听到那个女人的声音，现在大声了些，似乎正在抱怨着什么。我觉得心中有什么在激荡。愤怒，或者是恐惧。

"拜托了！"我说。这个词是从牙缝里挤出来的。

刚开始电话那边沉默着，接着传来了他的声音，换上了一副威严的口气。"对不起。"他说，"我有点儿忙。你记下来了吗？"

我没有回答。忙。我想着他和他的女朋友，好奇自己到底打断了什么。他又开口说话。"你想起来的东西——写在日志里了吗？你一定要把它写下来。"

"好的。"我说，"不过——"

他打断了我："我们明天再谈。我会打电话给你，打这个号码好吗？我答应你。"

我松了一口气，还夹杂着别的感觉。出乎意料的感觉，很难界定。幸福？快乐？

不，不止这些。有点焦虑，有点安心，还因为即将来临的喜悦而微微地感到兴奋。过了大约一个小时，我在记日志的时候仍然有这种感觉，但现在我知道它是什么了。我不知道以前是否有过这种感觉。期待。

可是期待什么？期待他会告诉我需要知道的一切？他会证实我正在一点一滴地恢复记忆、我的治疗有了成效？还是期待更多的东西呢？

我想着在停车场里他触碰我时是什么感觉、不理睬丈夫打来的电话时我在想什么。也许真相非常简单，我是在期待着和他说话。

"是的。"当他告诉我他会打电话时，我说，"好的。拜托。"可是电话已经挂线了。我想到了那个女人的声音，意识到打电话时他们是在床上。

我把这个念头从脑海里赶了出去。追着它不放真是发疯了。

11 月 19 日，星期一

　　咖啡馆很热闹，是一家连锁店的分店。东西通通是绿色或者褐色，但都是一次性的，尽管——根据墙壁上贴着的海报看来——都很环保。我的咖啡盛在一个纸杯里，杯子大得吓人，纳什医生坐在我对面的扶手椅里。

　　这是我第一次有机会仔细看他；或者至少是今天的第一次，所以对我来说具有同样的意义。我刚刚吃完早餐收拾好东西，他便打来了电话——打到那个翻盖的手机上——大约一个小时后来接了我，那时我已经读完了大部分日志。驱车前往咖啡馆的路上我盯着窗外。我感到困惑，非常困惑。今天早上醒来时——尽管我不能肯定我知道自己的名字——不知道什么原因，我知道我已经成人而且做了母亲，尽管我没有料到自己是个中年人，而且我的儿子已经死了。到现在为止这一天混乱无比，让人惊讶的事情一件接着一件——浴室里的镜子、剪贴簿、接着是这本日志——最让人震惊的念头是我不相信我的丈夫。遇上这些以后我就不愿意再深挖其他什么东西了。

可是现在，我能看出他比我料想的要年轻，尽管我在日志里写道：他不用担心发胖，可我发现这不代表他跟我原来猜想的一样瘦。他的身材结实，身上过于宽大的夹克更加让他显得虎背熊腰，一双前臂上出人意料地长着浓密的体毛，偶尔从外套的衣袖里露出来。

"你今天感觉怎么样？"我们刚刚坐定，他问。

我耸耸肩："我不知道，感觉糊里糊涂的，我想。"

他点了点头："说下去。"

我推开纳什医生给我的曲奇，我没有点饼干，但他给我了。"嗯，我醒来隐隐约约地知道我是一个成年人，我没有意识到我已经结婚了，可是发现有人跟我在同一张床上的时候我并不觉得特别奇怪。"

"这很好，不过——"他开始说。

我打断了他："可是昨天我在日志里说我醒来知道自己有丈夫……"

"你还在记日志吗？"他说，我点了点头。"今天你把它带来了吗？"

我带来了，在我的包里。但里面有些事情我不想让他看，不想让任何人看到。私密的事情。我的经历。我唯一拥有的经历。

我记下的关于他的事情。

"我忘了带。"我撒谎道。我看不出他是不是有些失望。

"好吧。"他说，"没有关系。我明白，某天你还记得一些事情可是第二天似乎又忘掉了，这确实让人沮丧。不过仍然是进展，总的来说你记起的比以前多了。"

我不知道他说的是不是仍然贴近事实。在这本日志的最初几个记录里，我记录了我的童年、我的父母、跟最好的朋友一起参加的派对。我

168

见到年轻时候的自己和我的丈夫，见到我们刚刚相爱的时候，见到我自己写小说。可是自此以后呢？最近我一直只看到我失去的儿子和造成今天这种局面的那次袭击，说不定对待这些事情最好的办法是忘记。

"你说本让你烦恼？他告诉你的失忆症的原因让你烦恼？"

我咽了一口唾沫。昨天记录下的东西似乎已经变得很遥远，脱离了我的生活，变得几乎虚无缥缈。一场车祸。在一个酒店房间里发生的袭击。二者似乎都跟我没有什么关联。可是除了相信自己记录的是事实，我别无选择。我必须相信本真的撒了谎，没有告诉我我怎么会变成这样的。

"说下去……"他说。

我从本讲的车祸故事开始说起，一直说到我记起的酒店房间，不过我没有提到在回忆起酒店一幕时我和本做爱的事情和酒店里的浪漫景象——那些鲜花、烛光和香槟。

说话的时候我观察着他，他偶尔小声说几句鼓励的话，中途甚至抓了抓下巴、眯起了眼睛，不过那种神情与其说是惊讶，不如说是若有所思。

"你知道这些，是吧？"讲完后我说，"你早就知道这些了？"

他放下了饮料："不，不清楚。我知道造成你失忆的不是一场车祸，可是直到那天读了你的日志我才知道本一直告诉你原因是车祸。我也知道你……出事……你失忆的那天晚上一定在一家酒店里待过。不过你提到的其他细节都是新的，而且据我所知，这是你第一次自己记起事情。这是个好消息，克丽丝。"

好消息？ 我想知道他是否觉得我应该高兴。"这么说那是真的？"我说，"不是因为车祸？"

他顿了一下，接着说："是，不是由于车祸。"

"可是你读日志的时候为什么不告诉我本在说谎？你为什么不告诉我真相？"

"因为本一定有他自己的理由。"他说，"而且告诉你他在撒谎感觉不对劲。当时不行。"

"所以你也骗我？"

"不。"他说，"我从来没有对你撒过谎。我从来没有告诉过你是由于一场车祸变成今天这样的。"

我想到了今天早晨读过的内容。"可是那天，"我说，"在你的诊所里，我们谈到了这件事……"他摇了摇头。

"当时我说的不是车祸。"他说，"你说本告诉过你事情是怎么发生的，所以我以为你知道真相。不要忘了那时我还没有看过你的日志，我们肯定是把事情弄混了……"

我能看出来事情是怎么弄混的。我们两人都绕开了一个话题，不愿意指名道姓地谈起。

"那究竟发生了什么事情？"我说，"在那家旅馆的房间里？我在那里做什么？"

"我知道得不全。"他说。

"那就告诉我你知道的。"我说。这些话冒出来的时候带着怒火，可是要收回已经太迟。我看着他从裤子上掸掉一块并不存在的面包屑。

"你确定你想知道吗？"他说。我感觉他是在给我最后一次机会。*你还来得及放手*，他似乎在说。*你还可以继续你的生活，不用知道我要告诉你的东西。*

但是他错了。我不能。没有真相，我现在的生活是支离破碎的。

"是的。"我说。

他的声音很慢，支支吾吾的。他蹦出几个词，却说不完一整句话。

这个故事是一个螺旋，仿佛缠绕在什么可怕的东西周围——最好不要提起的东西——它跟咖啡厅里惯常的闲聊形成了滑稽的比照。

"是真的。你受到了袭击。是……"他顿了一下。"嗯，非常糟糕。发现你时你在乱走，看上去很迷茫。你身上没有任何证件，而且不记得你是谁、发生过什么事，头部受了伤。警方刚开始以为你被抢劫了。"又是一阵沉默，"发现你的时候你裹着一条毯子，浑身是血。"

我觉得自己身上发冷。"是谁找到我的？"我说。

"我不清楚……"

"是本？"

"不，不是本，不是。是一个陌生人。不管是谁，他让你平静下来了，还叫了救护车。当然，你被送进了医院，你有内出血，需要紧急手术。"

"可是他们怎么知道我是谁？"

有那么可怕的一会儿，我想或许他们从来没有找出过我的身份。也许所有的一切，我的整个经历甚至我的名字，都是被发现的那天别人加给我的。即使亚当也是。

纳什医生说话了。"这并不困难。"他说，"你是用自己的名字住进酒店的，而且本在别人发现你之前已经联系了警方报告了你的失踪。"

我想到了敲响房间门的人，那个我一直在等待的人。

"本不知道我在哪里？"

"不。"他说，"他显然不知道。"

"他知道我是跟谁在一起吗？谁袭击了我？"

"不。"他说，"警方从来没有就此逮捕过任何人。证据很少，而且毫无疑问你无法协助警方调查。据推断，那个袭击你的人抹去了旅馆房间里的所有痕迹，留下你逃跑了。没有人看到任何人进去或离开。显

171

然那天晚上酒店里很热闹——有个房间在开宴会，进进出出的人非常多。袭击发生后一段时间你可能失去了意识，你下楼离开酒店是在午夜，没有人看见你离开。"

我叹了口气。我意识到警方肯定在多年以前就已经结案了。对所有人——甚至是本——这不是新闻，而是老旧的历史，除了我。我永远不会知道是谁袭击了我，不会知道为什么。除非我记起来。

"后来呢？"我说，"我被送进医院以后呢？"

"手术是成功的，不过出现了继发性的症状。手术后稳定你的病情显然很困难，尤其是你的血压。"他顿了一下，"有一阵你陷入了昏迷。"

"昏迷？"

"是的。"他说，"当时你随时都有危险，不过，嗯，你很幸运。你所在的医院很好，他们积极地采取了治疗，把你抢救回来了。可是后来却发现你失去了记忆。刚开始他们认为可能是暂时的，是脑损伤和缺氧症的共同作用，那是一个合理的假设——"

"对不起。"我说，"缺氧症？"这个词让我停了下来。

"对不起。"他说，"通俗的说是缺乏氧气。"

我觉得天旋地转，一切都开始收缩变形，似乎在越变越小，或者我在变大。我听见自己在说话："缺氧？"

"是的。"他说，"你有脑部严重缺氧的症状。有可能的原因是一氧化碳中毒——不过没有发现相关证据——或者颈部受压导致窒息，你脖子上的痕迹也与此相符。不过最有可能的解释是濒临溺死。"他停顿了一下，等我消化他告诉我的东西。"你记得什么有关溺水的事情吗？"

我闭上了眼睛。我只看见枕头上放着一张卡，上面写着我爱你。我摇了摇头。

"你康复了，可是记忆没有改善。你在医院住了一两个星期，刚开始在重症监护病房，然后在普通病房，等可以转院以后你就回了伦敦。"

回了伦敦。当然。我是在酒店附近被发现的；一定离家有些距离。我问发现我的地方在哪里。

"在布赖顿。"他说，"你知道你为什么会在那儿吗？跟这个地方有什么联系吗？"

我努力回想自己的假期，却什么也没有想起来。

"不。"我说，"什么也没有。反正我不知道。"

"什么时候去那里看看，也许有帮助。看看你还记得什么？"

我觉得自己身上涌起一股寒意。我摇摇头。

他点了点头："好吧。当然，你在那儿的可能原因很多。"

是的，我想。但只有一个牵扯到了摇曳的蜡烛和玫瑰花束，却不涉及我的丈夫。

"是的。"我说，"当然。"我有点好奇我们中有谁会提到"外遇"这个字眼，还有本在发现我到了哪里以及为什么到那里之后的感受。

那时我突然想到了本为什么要对我隐瞒失忆真正的缘由。他没有理由要提醒我曾经——不管时间有多么短暂——我选择了另外一个男人，而不是他。我感到一阵寒意。我把另外一个男人置于我的丈夫之上，现在回头看看我付出了什么代价。

"后来呢？"我说，"我搬回去跟本一起住了？"

他摇了摇头。"不，不。"他说，"你病得还是很重，你不得不留在医院里。"

"多久？"

"刚开始你是在普通病房，待了几个月。"

"然后呢？"

"转病房了。"他说。他犹豫了一下——我以为要开口让他说下去——接着说，"到精神科病房。"

这个词让我吃了一惊。"精神科病房？"我想象着那些可怕的地方，挤满了号叫的、错乱的疯人。我无法想象自己会待在那里。

"是的。"

"可是为什么呢？为什么会到那儿？"

他说话的声调很轻，可是语气隐隐透露出了恼火。突然间我感觉很确定我们曾经经历过这一切，也许还经历过很多次，大概是在我开始记日志之前。"那里更安全。"他说，"那个时候你身体上的伤已经好得差不多了，可是你的记忆坏到了最低谷。你不知道你是谁或在哪里，你出现了妄想的症状，说医生们阴谋对付你，你一直试着逃跑。"他等了一下，"你变得越来越难以控制。给你换病房既是为了保护你自己的安全，也是为了其他人的安全。"

"其他人？"

"偶尔你会大打出手。"

我努力想象那是什么情形。我想象有人每天醒来都感到迷茫，不知道他们是谁、在哪里，也不知道为什么他们会在医院里。想要寻求答案，却找不到。周围的人对他们的了解比他们自己还要多。那一定是地狱一般的经历。

我记得我们在谈论的是我。

"然后呢？"

他没有回答。我看见他抬起了眼睛，目光越过我落在咖啡馆的门上，仿佛他在观察着、等待着。可是那儿一个人也没有，没有人开门，没有人进来或者离开。我很好奇他是不是真的在想着逃跑。

"纳什医生，"我说，"然后发生了什么事情？"

"你在那里待了一段时间。"他说。现在他的声音几乎低成耳语了。我想，以前他告诉过我这些，可是这次他知道我会写下来，这些东西伴随我的时间不再足几个小时。

"多久？"

他一句话也没有说。我又问了一遍。"多久？"

他看着我，脸上的表情既是悲伤又是痛苦。"7年。"

他付了账，我们离开了咖啡馆。我感到麻木。我不知道自己原本在期待什么、原来猜想病得最厉害的时候是在哪里熬过的，可是我没有想到会是在那里，与此同时经受着各种各样的痛苦。

我们走在路上，纳什医生向我转过身来。"克丽丝。"他说，"我有一个建议。"我注意到他说话时口气很随便，仿佛他是在问我最喜欢哪种口味的冰激凌。一种只可能是假装出来的随意。

"说下去。"我说。

"我想如果去看看那间你住过的病房可能会有点帮助。"他说，"你在那里待了很长时间。"

我马上有了反应，不由自主地喊："不！"我说，"为什么？"

"你在经历回忆。"他说，"想想我们去拜访你的老房子时发生了什么事。"我点了点头。"那个时候你想起了一些事情，我想这种情况可能还会发生，我们可以激发更多回忆。"

"可是——"

"你不一定要去。不过……嗯，我会说实话。我已经跟他们联系过、作了安排。他们很高兴欢迎你去，欢迎我们去。什么时候都行。我只需要打个电话，让他们知道我们动身了。我会和你一起去。如果你觉得痛苦或者不舒服，我们可以离开。会没事的。我答应你。"

"你觉得这可能会帮我好起来吗？真的？"

"我不知道。"他说，"不过有可能。"

"什么时候？你想什么时候去？"

他停下了脚步。我意识到停在我们旁边的车一定是他的。

"今天。"他说，"我认为我们应该今天去。"接着他说了一些奇怪的话。"我们没有时间了。"

我不一定要去。纳什医生没有强迫我同意去。可是，尽管我不记得这样做了——实际上记不起的东西太多了——我一定是答应了。

路途不长，我们沉默着。我什么也想不到，想不到什么可说的，没有什么感觉。我的头脑一片空白，干干净净。我把日志从包里拿出来——也不管我已经告诉纳什医生没有带——开始写最新的记录。我想把我们谈到的每一个细节都记下来。我静悄悄地地记着，几乎不假思索。停下车穿过有消毒水味道的走廊时我们没有说话，走廊闻起来像陈咖啡和新鲜涂料混杂在一起发出的气味。人们坐在轮椅上、吊着输液瓶从我们身边经过。墙壁上的海报有些脱落。头顶上的灯闪烁着发出嗡嗡声。我脑子里只有在这里度过的7年。那感觉像一生一般漫长，可是我却一点儿也不记得。

我们在一扇双层门外停了下来。"费舍尔病房"。纳什医生按下墙上对讲机的一个按钮，对着它小声说了几句话。他错了，门打开的时候我想。我没有挺过那场袭击。打开那扇旅馆房间门的克丽丝·卢卡斯已经死了。

又是一扇双层门。"你没事吧，克丽丝？"他说。这时第一扇门在身后关上，把我们封在了两扇门之间。我没有回答。"这是安全病房区。"我突然确信身后的门是永远关闭了，我再也出不去了。

我吞了一口唾沫。"我知道了。"我说。里层的门正在打开，我不知道会在门后面看见什么，也简直不敢相信我曾经在这里待过。

"准备好了吗？"他说。

一道长长的走廊。我们经过时，走廊的两侧开着一些门，我可以看到门后是带玻璃窗户的房间。每间屋子里有一张床，有的叠了被子有的没有，有的有人睡，大多数却是空的。"这里的病人病因多种多样。"纳什医生说，"有很多是精神分裂，不过也有双相障碍、急性焦虑、抑郁的。"

我看着一个窗口。一个女孩正坐在床上，赤身裸体地盯着电视。另一个房间里坐着一个男人，前后摇晃着，用两只胳膊抱着自己，似乎在抵御寒冷。

"他们都被锁起来了吗？"我说。

"这里的病人都是根据《精神健康法》关起来的，也叫做隔离。把他们放在这儿是为他们好，虽然违反了他们的意愿。"

"为了他们自己好？"

"是的。他们要么会给自己带来危险，要么会威胁到别人，必须把他们放在安全的地方。"

我们继续向前走。我经过一个女人的房间时她抬头看了看，尽管我们对上了目光，可是她的眼睛里却没有什么表情，相反她一巴掌扇在自己脸上，眼睛一直看着我，当我向后缩了一缩时她又扇了自己一耳光。一幕图像从我的面前闪过——小时候去参观动物园时看见一只老虎在它的笼子里走来走去——我把幻觉赶开继续向前走，下定决心左右两边都不看。

"他们为什么把我送到这儿来？"我说。

"在此之前你被安置在普通病房里，跟其他人一样有张床位。那时有些周末你会在家里过，跟本在一起，可是你变得越来越难管了。"

"难管？"

"你会走丢。本不得不把屋子的大门锁起来。有几次你变得歇斯底里，坚信他伤了你，你是被强行锁起来的。当你回到病房后好了一阵子，可是后来你在那里也出现了类似的行为。"

"所以他们必须找到办法把我关起来。"我说。我们已经走到了一个护理站。一个穿制服的男人坐在办公桌后面，正在一台计算机上输入东西。我们走过去，他抬起头说医生马上就来。他请我们坐下，我瞄了瞄他的脸——歪鼻子、金色耳钉——希望能有些线索找到一丝熟悉的感觉。什么也没有。这个病房似乎完全是陌生的。

"对了。"纳什医生说，"有一次你失踪了大概4个半小时。警察找到了你，在一条运河旁，你的身上只穿着睡衣和袍子。本不得不去警局接你。你不肯跟任何一个护士走，他们没有选择。"

他告诉我那以后本马上着手张罗给我换病房。"他认为精神科病房不是最合适你的地方。他是对的，真的。你对你自己或者其他人都没有危险，整天跟病情比你严重的病人在一起甚至可能让你的情况变得更糟。他写信给医生、医院院长、你的下院议员，可是没有别的去处。"

"接着，"他说，"有个给脑部受重伤的人开设的住宿中心成立了。他努力游说，有人对你进行了评估而且认定合适，不过费用成了问题。本不得不暂时离职来照顾你，因为付不起钱，但他没有放弃。显然他威胁要把你的故事向媒体公布，于是就此开了一些会议、有了一些申诉，不过最后他们同意支付费用，你作为一个病人进入了中心，政府同意只要你还没有完全康复便会为你支付住院期间的费用。你是在大约10年前搬到那里的。"

我想到了我的丈夫，努力想象他写一封封信、四处张罗、拉起声势。似乎并不可能。今天早上我遇见的男人似乎非常谦恭。不是软弱，而是随和。他不像那种兴风作浪的人。

我不是唯一一个被我的伤改变了个性的人，我想。

"中心相当小。"纳什医生说，"只是在康复中心的一些房间，住户并不多。很多人来帮着照顾你，在那儿你多了一些独立性，处境很安全，情形也改善了。"

"但我没有跟本住在一起？"

"没有。他住在家里。他需要继续工作，他没有办法兼顾照顾你和工作两样事情。他决定——"

一幕回忆突然闪现，把我拖回了过去。一切都略微有点模糊，笼罩着一层雾，图像亮得耀眼，我几乎想要把目光挪开。我看见我自己走过跟这里同样的走廊，被人领回一个房间里，我隐约知道这间屋子是我的。我穿着拖鞋和一件后背系扣的蓝色长袍，跟我在一起的是个黑皮肤女人，穿着制服。"去吧，亲爱的，"她对我说，"看看谁来看你了！"她放开了我的手，领着我向床边走去。

床边坐着一群陌生人，看着我。我看到一个黑发男人和一个戴贝雷帽的女人，却看不清他们的脸。我没有进对房间，我想说。弄错了。但我一句话也没有说。

一个孩子——大概四五岁——站了起来。刚才他一直坐在床边上。他向我跑过来，喊着"妈咪"，我发现他在跟我说话，直到那时我才意识到他是谁。亚当。我蹲下身，他扑进我的怀里，我抱着他吻了他的头顶，接着站了起来。"你们是谁？"我对床边那群人说，"你们在这里

179

做什么？"

那个男人的表情突然变得悲伤起来，戴贝雷帽的女人站起来说："克丽丝，克丽丝。是我。你知道我是谁，不是吗？"她向我走过来，我发现她也在哭。

"不。"我说，"不！滚出去！滚出去！"我转身离开房间，可是屋里还有另外一个女人——站在我背后——我不知道她是谁，也不知道她是怎么到那儿的，我开始哭了起来。我跌坐在地板上，可是那个小孩还在，抱着我的膝盖。我不知道他是谁，但他一直在叫我妈咪，叫了一遍又一遍。妈咪，妈咪，妈咪，而我不知道他是为了什么，不知道他是谁，或者为什么抱着我……

一只手碰了碰我的胳膊。我赶紧往后缩，仿佛它刺痛了我。有人在说话。"克丽丝？你没事吧？威尔逊医生来了。"

我睁开眼睛环顾四周，一个身穿白色外套的女人站在我们的面前。"纳什医生。"她说着握了握他的手，然后向我转过身来。"克丽丝？"

"是的。"我说。

"很高兴见到你。"她说，"我是希拉里·威尔逊。"我握住了她的手。她比我的年纪稍大一些；头发开始发白，脖子上吊着一副系在金链上的半月形眼镜。"你好。"她说，不知道为什么我确信以前曾经见过她。她向着走廊点点头。"我们走吧！"

她的办公室宽阔，摆着一排排书，堆着不少盒子，纸从盒子里摊了出来。她坐到一张办公桌后面，指了指桌子对面的两张椅子，我和纳什医生坐了下去。我看着她从办公桌上一堆文件里取出一个卷宗打开。"现在，亲爱的，"她说，"让我们来看看。"

她的形象凝固了，我认识她。躺在扫描仪里的时候我见过她的照片，虽然那时我没有认出她，但现在我认出来了。我来过这里，来过很多次，坐在我现在坐的地方，就在这把椅子或者类似的一张椅子里，看着她一边优雅地举着眼镜透过镜片读着，一边在档案上做笔记。

"我以前见过你……"我说，"我记得……"纳什医生扭头看看我，又看看威尔逊医生。

"是的。"她说，"是的，你见过我。不过不是太频繁。"她解释说我搬出去时她才开始在这里工作不久，而且最初我甚至都不是她的病人。"当然你记得我非常令人高兴，"她说，"你住在这里已经是很久以前的事情了。"纳什医生向前靠了靠，说如果看看我以前住的房间可能会有些帮助。她点点头，眯着眼睛查看着档案，过了一分钟她说她不知道是哪一间。"有可能你轮着换了不少房间。"她说，"很多病人都这样。我们能不能问问你的丈夫？档案上说他和你的儿子几乎每天都来看你。"

今天早上我已经读过关于亚当的事情，在听到他的名字时我感到一阵开心，同时心里也觉得有点宽慰：他越长越大时我还是见过好几次的。可是我摇了摇头。"不。"我说，"我宁愿不给本打电话。"

威尔逊医生没有坚持："你的一个叫克莱尔的朋友似乎也常来。问她怎么样？"

我摇摇头："我们没有联系了。"

"啊。"她说，"真遗憾，不过没有关系。我可以告诉你一些当时的情形。"她瞄了瞄她的笔记，握起了两只手，"你的治疗主要是由一名精神科顾问医生主持的。你接受过催眠，不过恐怕效果有限，而且不能持久。"她又继续读档案。"你接受的药物治疗不多，有时候会有镇静剂，不过主要用于帮助你入睡——这里有些时候很嘈杂，你应该可以想象。"她说。

我想起了刚才我想象中的号叫，好奇我自己是否一度是那副模样。

"当时我是什么样子？"我说，"我开心吗？"

她露出了微笑。"总的来说，是的。你人缘不错，似乎跟一个护士特别要好。"

"她叫什么名字？"

她扫了扫笔记："恐怕这上面没有说。你经常打单人纸牌。"

"单人纸牌？"

"一种纸牌游戏。也许待会纳什医生可以解释给你听？"她抬起了头。"根据笔记，你偶尔会有暴力行为。"她说，"不要惊慌，在你这种情况下在所难免。头部受过严重外伤的人往往会表现出暴力倾向，尤其是当大脑中管理自我约束的部分受损时。另外，像你这样患有失忆症的患者常常有一种倾向，我们称为"虚构"。周围的事情似乎对他们来说没有道理，因此他们觉得有必要虚构一些细节，细节可能是关于他们自己和周围的人，关于他们的经历或者他们身上发生的事情，据推断是因为他们希望填补记忆的空白。在某种意义上，可以理解。可是如果失忆者的幻想发生矛盾时，往往会导致暴力行为。生活对你来说一定十分迷惑，尤其是有人来看你的时候。"

来访的人。突然间我怕我打过自己的儿子。

"我做了什么？"

"你偶尔会打工作人员。"她说。

"不是亚当？我的儿子？"

"笔记上没有说，没有。"我叹了口气，并没有完全放心。"我们有几页你当时记的日记。"她说，"看看这些东西会不会对你有点帮助？你可能会更理解当时的困惑。"

这感觉有点危险。我看了一下纳什医生，他点了点头。她把一张蓝色的纸推到我的面前，我接过来，刚开始甚至怕得不敢看它。

我开始读那页纸，上面写满了凌乱潦草的字迹。纸面顶端的字母写得清清楚楚，规整地排在纸上印着的一条条线里，可是在接近底部的地方字迹变得又大又乱，一个字足有几英寸高，一行只写了几个。尽管害怕可能看到的东西，我还是读了起来。

早上8点15分，第一条记录写着：我已经醒了。本在这儿。在这条记录正下方我写着：早上8点17分。不要管上一条记录。那是别人写的。在下面我写着：8点20分，现在我才醒了。刚才没有。本在这儿。

我的眼睛又向页面下方扫过去。9点45分，我刚刚醒了，这绝对是第一次醒，接着在几行之后，10点7分，现在我绝对醒了。所有的记录都是骗人的。我现在才醒。

我抬起头："这真的是我吗？"

"是的。在很长一段时间里你似乎一直感觉刚刚从很长很深的睡眠里醒来，看看这个。"威尔逊医生指着我面前的纸，开始念上面的记录。"我一直在睡。就像死了。我刚刚才醒过来。第一次，我又可以看见了。显然他们鼓励你记下你的感觉，以便让你记得以前发生了什么事情，可是我担心你只不过是确信所有以前的记录都是别人写的。你开始认为这里的人在拿你做实验，不顾你的意愿把你关起来。"

我又看了看那张纸。整张纸上写满了几乎相同的记录，每一条的时间差只有几分钟。我觉得自己身上发凉。

"难道我的情况真的这么糟糕？"我说。我的话似乎在自己脑海里回荡。

"有一段时间，是的。"纳什医生说，"你的笔记表明你只能将记忆保留几秒钟，有时候一两分钟。这么多年来，这段时间逐渐变得越来越长。"

我简直不敢相信我写了这个。这似乎是某个头脑完全混杂、一片凌乱的人写的。我又看了一遍那些话。就像死了。

"对不起。"我说，"我不能——"

威尔逊医生从我手里拿走了那页纸："我了解，克丽丝。让人难过，我——"

这时恐惧涌了过来。我站起来，可是房间已经开始旋转。"我想走了。"我说，"这不是我。它不会是我，我——我不会打人的，永远不会。我只是——"

纳什医生也站了起来，还有威尔逊医生。她走上前撞到了她的办公桌，把文件碰飞到了地板上，一张照片落到了地面。"上帝啊——"我说，她低头蹲下来用另一张纸盖住了它，不过我看见的已经足够多了。

"这是我吗？"我说，声音拔高了，变成了尖叫，"是我吗？"

照片里是一个年轻女人的头部。她的头发向后梳，露出了脸。刚开始看上去她好像戴着一副万圣节面具，她睁着一只眼睛看着相机，另外一只却闭着，上面有一个巨大的紫色淤痕，两片嘴唇都肿胀着，是粉红色，上面有割伤的裂口。她的两颊肿胀，让她的脸变成了一副奇形怪状的模样。我想到了压碎的果子，腐烂胀破的李子。

"那是我吗？"我尖叫道。尽管那张脸扭曲肿胀，我能看出那是我。

我的记忆从那里分开，裂成了两半。一半是平静的、心平气和的，它看着另一半的我乱窜乱跳、尖叫着，纳什医生和威尔逊医生不得不强行抓住我。你真的应该守规矩，它似乎在说。这太丢人了。

但另一半更加强大，它成功地掌控了身体，变成了真正的我。我喊出了声，一次又一次，转身向门口跑去，纳什医生跟着我追。我拉开门奔跑，虽然我不知道可以去哪里。一道被闩住的门出现了。警报声。有个男人在追我。我的儿子在哭。我曾经做过这些，我想。我曾经经历过

184

这一切。

我的记忆变成了空白。

他们肯定是让我安静了下来，说服我跟着纳什医生一起离开；我接下来的记忆是在他的车里，他开着车，我坐在他的旁边。天空开始集起了云，街道变成了灰色，不知道为什么变得平展起来。他在讲话，但我集中不了精神，仿佛我的脑子绊了一跤，跌到了什么东西上，现在跟不上来。我看着窗外，看着那些购物和遛狗的人，看着推婴儿车和自行车的人，想知道这一切——苦苦地寻求真相——是不是我真正想要的。是的，它可以帮我好转，但我能希望得到多少？我不期望有一天像个正常的人醒来知道一切，知道对以后的日子有什么计划，知道经过了什么样的曲折才达到此时此地，才变成现在的我。我所能期望的是有一天照镜子的时候将不再结结实实地吃上一惊，会记得我嫁给了一个叫本的男人、失去了一个叫亚当的儿子，我不需要看到一本自己的小说才知道我写过一本。

但即使要求这么少，却仍然似乎遥不可及。我想到了在"费舍尔病房"看见的一幕幕。疯狂和痛苦。完全混乱的头脑。我离那里比离康复要近，我想。也许，对我来说学会带着种种病情生活是最好的。我可以告诉纳什医生不想再见到他，可以烧掉日志，埋葬掉我已经了解的真相，把它们跟那些未知的事实一起彻底藏起来。我可以逃离过去却不会后悔——在短短几个小时以后我甚至不会知道自己曾经有过日志和医生——然后我可以简单地活着。一天接着一天，互不相关。是的，偶尔关于亚当的回忆会浮出水面，我将会有悲伤和痛苦的一天，会记得我错过了些什么，但它不会持久。不久我会睡着，悄悄地忘记一切。那会是多么容易，我想，比这容易得多。

我想到了刚刚见到的照片。那副模样深深地刻进了我的脑海。是谁

185

那样对我？为什么？我想起了关于酒店房间的记忆。它还在那儿，隔着一层，够不着。今天上午我在日志里读到我有理由相信自己有过外遇，可是现在我发现——即使这是真的——我也记不起那个男人是谁。我只知道一个名宁，在几天前刚醒的时候记起来的，以后却不知道还能不能记起更多东西，即使我想要回忆。

纳什医生还在说话。我不知道他在说什么，便打断了他。"我在好转吗？"我说。

有一会儿他没有回答，接着说："你觉得你在好转吗？"

我怎么觉得？我说不好。"我不知道。是的，我想是的。有时候我能记起过去的事情，记起一些回忆中的片段，读日志的时候会找回来。它们感觉起来是真实的。我记得克莱尔、亚当、我的母亲。但是，他们就像我抓不住的线，像气球，我还没有来得及拉住它们已经飘上了天。我记不起我的婚礼，记不起亚当迈的第一步、说的第一个字。我记不起他入校、毕业。所有事情。我甚至不知道我是不是去了他的毕业典礼，也许本觉得带我去没有意义。"我吸了一口气。"我甚至记不起得知他的死讯时的情形，也不记得埋他的时候。"我哭了起来，"我觉得我要疯了。有时我甚至不认为他死了。你能相信吗？有时候我想本在这件事上也骗了我，跟其他所有事情一样。"

"其他所有事情？"

"是的。"我说，"我的小说。那次袭击。我失去记忆的原因。所有事情。"

"可是你觉得他为什么要这么做？"

我有了一个念头。"因为我有外遇了？"我说，"因为我对他不忠？"

"克丽丝。"他说，"这不可能，你不觉得吗？"

我没有说什么，他当然是对的。在内心深处我不相信他的谎言是为

186

了报复多年以前发生的事情，理由很可能更加平淡。

"知道吧，"纳什医生说，"我觉得你在好转，你在记起事情，比起我们第一次见面的时候要频繁多了。这些零零碎碎的记忆？绝对是一种有进展的表现。它们代表着——"

我向他转过身："进展？你把这个叫做进展？"现在我几乎是在喊，愤怒从体内喷涌而出，仿佛我再也装不下它了。"如果进展就是这样，那我不知道我是不是想有进展。"泪水无法控制地涌了出来，"我不想要！"

我闭上了眼睛，任凭悲伤肆虐。不知道为什么无助在此刻感觉并不糟糕，我不觉得丢脸。纳什医生在跟我说话，告诉我先不要灰心，事情会好起来的，要冷静下来。我不理睬他。我无法冷静下来，也不想要冷静。

他停了车，关掉引擎。我睁开了眼睛。我们已经驶离了主街，在我的前面是一个公园。透过模糊的泪眼我看见一群男孩——我想是少年——在玩足球，把两堆外套当成了球门柱。天已经开始下起了雨，但他们还在踢。纳什医生转身面对着我。

"克丽丝。"他说，"我很抱歉。也许今天去那里是个错误。我不知道，我原本以为可能会激发其他的回忆，我错了。无论怎么样，你不该看到那张照片……"

"我甚至不知道原因是不是照片。"我说。我已经不再哭了，可我的脸是湿的，我能感觉到一大股鼻涕正流出来。"你有纸巾吗？"我问。他越过我在手套箱里找了起来。"是这一切造成的。"我接着说，"看见那些人、想象我也曾经像那样过。还有那篇日记。我不能相信是我写的，我无法相信我病成了那样。"

他递给我一张纸巾。"可你不再是那样了。"他说。我接过纸巾擦了鼻涕。

"也许更糟。"我轻轻地说,"过去我写过:就像死了。可是现在呢,现在更糟糕。这就像每天都快要死去,一遍又一遍。我需要变得好起来。"我说,"我无法想象再这样下去了。我知道今天晚上我会去睡觉,明天一觉醒来我会什么也不知道,后天醒来也是如此,然后接下来又是一天,直到永远。我不能想象,也不能面对。那不是生活,只是活着,从一个时刻跳到另外一个时刻,不知道过去也不能计划未来。我想动物肯定就是这样。最糟糕的是我甚至不知道我不知道些什么,可能还有很多事情等着伤害我,我做梦也想不到的事情。"

他把手放在我的手上,我倒进了他的怀里,心里知道他会怎么做、他必须怎么做。他的确这么做了。他张开双臂抱住我,我让他抱着。"会好的。"他说,"会好的。"我能够感觉到脸颊贴着他的胸膛,我吸了一口气,吸进了他的气味、刚刚洗过的衣服和隐隐约约其他的味道。汗味、性感的味道。他的手放在我的背上,我觉得它在移动,慢慢摸过我的头发、我的头,刚开始是轻轻地,但在我开始抽泣之后动作变得更坚定了。"会没事的。"他低声说,我闭上了眼睛。

"我只是想记起受到袭击的那天晚上发生了什么。"我说,"不知道为什么,我感觉只要记起了这件事,我就能想起所有事情。"

他的口气很轻:"没有证据证明是这种情况,没有理由——"

"不过我是这么想的。"我说,"我知道,虽然不清楚原因。"

他搂了搂我,轻轻地,几乎轻得让我感觉不到。我觉得他结实的身体挨着我,便深深地吸了一口气,这时我想起了另一个时刻,当时我也被人抱在怀里。又是一幕回忆。我跟现在一样闭着眼睛,身体紧紧地被压在一个人身上,尽管是不同的人。我不希望被这个男人抱着,他在伤害我。我在挣扎,努力想要逃脱,但他很强壮,把我拉向他。他说话了。婊子，他说。贱人，尽管我想争辩，却没有。我的脸贴在他的衬衫上，而且就像在纳什身边一样，我在哭，在尖叫。我睁开眼睛看见他身穿的蓝色衬衫、一扇门、一个梳妆台，还有梳妆台上方的三面镜子和一张画——画着一只鸟。我可以看到他强壮的手臂，上面有发达的肌肉，一条血管贯穿而过。放开我！我说，接着我在旋转，倒了下去，或者是地板升上来接住了我，我说不清。他抓起我的一把头发，把我向门口拖去。我扭过头去看他的脸。

　　正是在那儿回忆再次让我前功尽弃。虽然我记得看见了他的脸，却不记得看到的模样。一点儿头绪也没有，只有一片空白。仿佛无法应付这个空洞，我的脑子绕着认识的脸打转，转出了各种荒谬的模样。我看见了纳什医生、威尔逊医生、"费舍尔病房"的接待员、我的父亲、本。我甚至看到了自己的脸，在我举起拳头打出去的时候那张脸在笑。

　　别碰我，我叫着，求你了！可是袭击我的那个神秘人还是打了我，我尝到了血的味道。他在地板上拖着我，接着我被拖到了浴室，在冰冷的、黑白相间的瓷砖上。地板上有蒸汽结成的水珠，湿湿的，房间闻起来是橙花的味道。我想起我刚刚一直在期盼着洗澡，期盼着把自己打扮漂亮，想着也许他来的时候我还没有出浴，他便可以跟我一起洗，我们会做爱，在肥皂水里搅出波浪，打湿地板、打湿我们的衣服和所有的东西。因为在经过这么多月的怀疑以后我终于明白了，我爱这个男人。我终于知道了。我爱他。

　　我的头重重地撞在地板上。一次，两次，三次。我的视线变得模糊，有了重影，又恢复了正常。耳边嗡嗡作响，他喊了一些话，可是我听不见。那些话回荡着，仿佛有两个他抱着我，都在扭我的胳膊、扯着我的头发，跪在我的背上。我恳求他放开我，我也变成了两个。我咽下

189

了一口唾沫，是血。

我猛地缩回了头。恐惧。我跪着，我看见了水，还有泡沫，它们已经在变薄。我想说话却做不到。他的手卡着我的喉咙，我无法呼吸。我被推向前方，向下推，向下推，快得让我以为永远不会停下来，接着我的头埋进了水中。橙花的香味进了我的喉咙。

我听见有人说话。"克丽丝！"那个声音说，"克丽丝！站住！"我睁开了眼睛。不知怎么的我已经下了车，我在跑，穿过公园，能跑多快就跑多快，在后面追我的是纳什医生。

我们坐在一张长椅上。它是水泥的，上面有木头横条。其中一条不见了，其他的被我们压得有点弯。我感觉到太阳照在我的后颈上，看见了地上长长的影子。男孩子们还在踢球，尽管现在一定快要踢完了；有些人在陆续离开，其他人在谈话，一堆被当做球门杆的外套已经不见了，球门失去了标记。纳什医生问我发生了什么事。

"我记起了一些东西。"我说。

"关于你被袭击的那晚？"

"是的。"我说，"你怎么知道的？"

"你在尖叫。"他说，"你不停地说'放开我'，说了一遍又一遍。"

"刚才就像我在那儿。"我说，"我很抱歉。"

"请不要道歉。你想告诉我你看到了什么吗？"

事实是我不想。我觉得似乎有些古老的本能告诉我这段回忆最好是不要告诉别人，可是我需要他的帮助，我知道我可以信任他。我把一切都告诉了他。

我讲完后他沉默了片刻，接着说："还有吗？"

"不。"我说，"我记不得了。"

"你不记得他长什么样子？那个袭击你的男人？"

190

"不。我完全看不见。"

"他的名字呢？"

"不。"我说，"什么也没有。"我迟疑着，"你觉得知道是谁袭击我可能有帮助吗？看见他的脸有用吗？想起他有用吗？"

"克丽丝，没有真正的证据，没有证据表明这是真的。"

"不过有可能？"

"这似乎是你埋得最深的记忆之一——"

"因此有可能？"

他沉默着，然后说："我已经有过类似的提议，也许回到那里可能会有帮助……"

"不。"我说，"提也别提。"

"我们可以一起去，你会没事的。我保证。如果你再回去一趟，回布赖顿——"

"不。"

"——你很有可能会记起——"

"不！别说下去了！"

"——它可能有点用？"

我低头看着我的两只手，它们叠在我的腿上。

"我不能回那儿去。"我说，"我做不到。"

他叹了口气。"好吧。"他说，"也许我们下次再谈？"

"不。"我低声说，"我做不到。"

"好吧。"他说，"好吧。"

他露出了微笑，不过表情似乎有些失望。我急于想给他点什么东西，让他不要放弃我。"纳什医生？"我说。

"怎么？"

191

"有天我记下了想起的事情，或许跟这个有关。我不知道。"

他转过身来面对着我。

"说下去。"我们的膝盖碰在了一起，两个人都没有往回缩。

"当我醒来的时候，"我说，"我隐隐约约地知道我跟一个男人在床上。我记起了一个名字，但不是本的名字。我不知道那是不是跟我发生外遇的男人的名字，那个袭击我的男人。"

"有可能。"他说，"可能被压抑的记忆开始浮现了。那个名字是什么？"

突然间我不想告诉他，不想把它大声说出来。我觉得这样做会让它成真，把袭击我的人变回到现实生活中来。我闭上了眼睛。

"埃德。"我低声说，"我想象醒来躺在一个名叫埃德的人身边。"

一阵沉默。一段似乎永远不会结束的时间。

"克丽丝。"他说，"这是我的名字。我叫埃德。埃德·纳什。"

我的思绪狂奔了一会儿。我的第一个念头是他袭击了我。"什么？"我惊恐地说。

"这是我的名字。以前我告诉过你，也许你从来没有记下来过。我的名字是埃德蒙。埃德。"

我意识到那不可能是他，当时他几乎还没有出生。

"可是——"

"可能你在虚构，"他说，"像威尔逊医生说过的那样？"

"是的。"我说，"我——"

"或者袭击你的人也用这个名字？"

他一边说一边大笑起来，轻松带过了当时的局面，但他这副模样表现出他已经明白了一件事，而我过了一阵子——实际上，是在他开车送我回家以后——才反应过来。那天早上我醒来时很开心，很开心跟一个

192

名叫埃德的男人躺在一张床上。但它不是一幕回忆，那是一个幻想。醒来躺在一个名叫埃德的男人身边不是我经历过的过去——尽管我的意识正在逐渐清醒，我的头脑却不知道他是谁——而是我想要的未来。我想跟纳什医生上床。

而现在，我一不小心就告诉他了。我泄露了自己对他的感觉。当然，他很有专业素养。我们都假装刚刚发生的事情没有什么大不了，可是这种假装本身恰恰泄露了此事的重大。我们走回车里，他开车送我回家。我们谈着各种琐事。天气、本。我们可以谈的事情不多：有不少领域我完全没有涉猎过。谈话中途他说道："今天晚上我们要去剧院。"我注意到他在用人称复数"我们"时很小心。别担心，我想说。我知道我自己的位置。可是我一句话也没有说，我不希望他把我当成怨妇。

他告诉我明天会打电话给我："如果你确定要继续治疗的话？"

我知道我不能停下来，不能现在停。在发现真相之前不能。我欠自己一个真相，否则我的生命只有一半。"是的。"我说，"我确定。"无论怎么样我需要他提醒我记日志。

"好的。"他说，"很好。下次我认为我们应该去看看你过去待过的别的地方。"他向我坐的地方看了一眼。"别担心，不是那里。我想我们应该去你从'费舍尔病房'出来以后搬去的护理中心，它叫做'韦林之家'。"我没有说话。"距离你住的地方不太远。要我给他们打电话吗？"

我考虑了一会儿，想知道这样有什么用，接着却意识到我并没有其他的选择，而且不管去哪里，总比什么都不做强。

于是我说："好的。给他们打电话吧。"

11 月 20 日，星期二

现在是早晨。本提议我擦擦窗户。"我已经写在板上了。"他一边钻进汽车一边说，"在厨房里。"

我看了看。*擦洗窗户*。他写道，后面加了一个问号。我有点好奇他是不是觉得我可能会没有时间，好奇他以为我整天在干些什么。他不知道我现在花上几个小时读我的日志，有时候再花几个小时写日志。他不知道有些日子里我会去见纳什医生。

我有些好奇在这些日子前我是如何度日的。难道我真的整天看电视、散步，或者做家务吗？我是不是一小时又一小时地坐在扶手椅上听着时钟的滴答声，却不知道该如何生活？

擦洗窗户。也许在某些日子里，我读着这样的东西会感觉怨愤，把它当做别人控制我生活的企图，可是今天我满心欢喜地看着它，觉得它

不过是希望让我有点事情做，没有什么大不了的。我暗自微笑，可是与此同时我也在想跟我一起生活是多么困难。他一定是尽了巨大的努力来确保我的安全，同时还不得不经常担心我会感到迷茫，会走失，甚至出现更糟的情况。我记得读到过那场把我们的过去烧得不剩多少的火灾，本从来没有说过那是我点着的，尽管肯定是我。我看见了一幅图像——一扇燃烧着的门，几乎完全被浓烟笼罩，一张在融化的沙发，它正在变成蜡——徘徊着，让我够不着，它不肯变成回忆，始终是一个似真似幻的梦。可是本已经原谅了我，我想，正如他一定原谅我犯了其他许许多多的错误一样。我从厨房窗口向屋外张望，穿过我自己的脸在玻璃上的倒影，我看见了修剪过的草坪、整齐的边界、小棚子、篱笆栏。我意识到本一定知道当时我有外遇了——就算以前没有发现，人们在布赖顿发现我时他肯定就明白了。要多么强大的力量才能让他做到来照顾我——在我失去记忆以后——即使是在已经知道我离开了家、打算跟别人上床之后。我想到了在回忆中见过的一幕又一幕，想到了出事后我写的那些日记。那时我的思绪已经破碎混乱，可是他对我不离不弃，而换了另一个男人可能已经告诉我这些都是我应得的，让我自生自灭。

我把目光从窗户上挪开看了看水池下面。清洁用具、肥皂、一箱箱去污粉、塑料喷雾瓶。水池下有个红色塑料桶，我用它装上热水，挤了些皂液，加进一小滴醋。我是怎么回报他的呢？我想。我找出一块海绵给玻璃窗户涂上肥皂，从顶部往下清洗。我一直偷偷摸摸地在整个伦敦奔走，看医生、作扫描、访问我们的老房子和出事之后治疗我的地方，一句话也没有告诉他。为什么？因为我不信任他吗？因为他决定不把真相告诉我、好让我的生活尽可能地简单和容易吗？我看着肥皂水一小股一小股地流下来，在窗户底部汇成了一片，便又找了一块布把窗户擦得干干净净。

现在我知道真相甚至更加不堪。今天早上醒来时我心里的内疚几乎让人难以承受，脑子里反复转着一些话：**你应该为自己羞愧。你会后悔的。** 刚开始我还以为醒来身边躺着的男人不是我的丈夫，到后来我才发现了真相。我背叛了他。两次。第一次是在多年以前，那个男人最后夺走了我的一切，而现在我又这么做了，至少我的心是这么做了。我对一个努力想要帮助我、想要安慰我的医生产生了荒唐幼稚的倾慕。现在我甚至想不起他的模样，甚至不记得我们见过面，但我知道他比我年轻得多，有个女朋友，而且现在我已经告诉了他我的感觉！虽然很不小心，但，是的，我还是告诉他了。我的感觉不仅仅是内疚，我觉得自己很蠢。我甚至想也不能想到底是什么让我落到了现在这步田地。我太可悲了。

我作了一个决定。即使本不相信我的治疗会起作用，可是我不相信他会拦着我寻求治疗，只要我自己想要。我是个成年人，他不是一个暴君。毫无疑问我可以把真相告诉他吧？我把水冲下水槽，又灌满了水桶。我会告诉我的丈夫。今晚，等他回到家。不能再这样下去了。我继续清洗窗户。

上面一则是一个小时以前写的，但现在我不那么肯定了。我想到了亚当。我已经读到过金属盒里有照片，可是周围却找不到他的相片，一张也没有。我无法相信本——或任何人——失去了孩子以后，能够把家里所有有关他的痕迹都抹掉。这似乎不对劲，似乎并不可能。我可以相信一个能做出这种事情的人吗？我记得在日志里看到我们坐在国会山的那一天，我曾经直截了当地当面问过他。他说了谎。我把日志翻到那几页读了一遍。*我们从来没有过孩子吗？* 我说，他回答说，*没有，我们没有过。* 难道他这样做真的只是为了保护我吗？难道他真的觉得最好是这样做吗？除了必须告诉我的、省事的东西之外什么也不要说。

他告诉我的那些故事同时也是几句话就能讲完的。他一定厌烦透了每天要把同样的事情一遍遍地讲给我听。我有了一个念头：他把长长的解释缩成一两句话、改动过去的故事，其原因完全跟我无关，也许这样他才不会被不断地重复逼疯。

我觉得我要疯了。所有的一切都不定型，所有的一切都在变化。前一分钟我认定一件事，后一分钟又有了相反的主意。我相信我丈夫说的一切，接着我什么都不相信。我信任他，然后我怀疑他。什么都感觉并不真实，一切都是虚假的，甚至我自己。

我希望我实实在在地了解某件事情，仅仅只要有一件事不用别人告诉我，不用别人提醒我。

我希望知道在布赖顿的那天我是跟谁在一起。我希望知道是谁这样对我。

现在已经过了一会儿，我刚刚跟纳什医生谈过话。手机响起时我在客厅里打瞌睡，开着电视，关掉了声音。有那么一会儿我不知道自己身处何方，是睡着了还是醒着，我以为自己听见了声音，越来越响的声音。我意识到其中一个声音是我自己的，另外一个则听起来像本。可是他在说你他妈的婊子，还有些更糟糕的东西。我对着他大喊大叫，刚开始听起来是愤怒，接着是恐惧。一扇门发出砰的一响，拳头轰的一声，玻璃碎了。那时我才意识到我在做梦。

我睁开了眼睛。一个缺了口的咖啡杯摆在面前的桌上，咖啡已经冷了，旁边一部手机不停地嗡嗡响着。翻盖的那个手机。我把它拿起来。

是纳什医生。他作了自我介绍，尽管他的声音听起来莫名其妙地有点熟悉。他问我是不是还好。我告诉他我没事，而且我已经读过了日志。

"你知道昨天我们谈了些什么，是吧？"他说。

我有一丝惊讶。恐惧。这么说他是决定要处理那些事情了。我感觉心里冒出了一个希望的泡沫——也许他真的跟我有同样的感觉，同样面对交织着的欲望和恐慌，同样迷惑——可是泡沫马上就破灭了。"关于要去你离开'费舍尔病房'后住的地方？"他说，"'韦林之家'？"

我说："是的。"

"嗯，今天早上我给他们打过电话。没有任何问题，我们可以去拜访，他们说我们随时可以去。"他说的是未来的事，似乎又跟我没有什么关系。"接下来几天我很忙，"他说，"我们周四去好吗？"

"听起来不错。"我说。对我来说什么时候去似乎并不重要，我不看好这次出行会有什么用。

"好的。"他说，"好吧，我会给你打电话。"

我正要说再见，却记起打瞌睡之前一直在记日志。我意识到这一觉睡得不算深，不然我已经忘掉了一切。

"纳什医生，"我说，"有件事我能跟你谈谈吗？"

"什么事？"

"关于本？"

"当然。"

"好吧，我只是很困惑。有些事情他不告诉我。重要的事情。亚当，我的小说。有些事情他说谎。他告诉我是车祸让我变成了这样。"

"好吧。"他说，停顿了一会儿，然后继续道，"你觉得他为什么这么做？"他的重音放在"你"上，而不是"为什么"上。

我想了一秒钟："他不知道我在把事情记下来。他不知道我明白前后有出入。我想这对他更容易些。"

"只是让他更容易些吗？"

"不是。我想这对我也更容易些，或者至少他是这么认为的。可是事实并非如此，这只意味着我甚至不知道是否可以信任他。"

"克丽丝，我们总在不断地修改事实、改写历史好让事情变得更容易，让它们符合我们偏爱的版本。我们是不由自主地这么做的。我们不假思索地虚构回忆。如果我们经常告诉自己有些事情，到了一定时候我们会开始相信它，接着它就真的成了我们的回忆。这不正是本在做的吗？"

"我想是的。"我说，"可是我觉得他在利用我的病。他觉得他可以随便改写过去，想怎么说就怎么说，而我永远不会知道，永远也看不出来。可是我的确知道。我清清楚楚地知道他在做什么，因此我不信任他。他这么做到最后会让我远离他，纳什医生。会毁了一切。"

"那么，"他说，"你觉得在这件事情上你能做些什么呢？"

我已经知道答案了。今天早晨我一遍又一遍读过自己写的东西。关于我如何理应信任他，我却如何不信任他，到最后我能想到的只有一句话："不能再这样下去了"。

"我必须告诉他我在日志。"我说，"必须告诉他我一直在跟你会面。"

有一会儿纳什医生没有说话。我不知道我在期待什么。反对？可是

199

他开口说：“我想你也许是对的。”

我全身涌上一股轻松：“你也这么觉得？”

“是的。”他说，“这几天我一直在想，这么做也许是明智的。我不知道本给你讲的过去跟你自己慢慢想起的有这么大的出入，也不知道这有多么让人难过。可是我也想到，现在我们只看到了事情的一面。根据你说的，你压抑的记忆已经开始越来越多地浮现了。跟本谈谈可能对你有些帮助，谈谈过去，可能会加快你恢复记忆。”

“你这么觉得？”

“是的。”他说，“我想也许瞒着本不让他知道我们的治疗是个错误。再说，今天我跟‘韦林之家’的工作人员谈了谈，想知道那儿的情形怎么样。那个工作人员是一个跟你关系亲密的女人，名叫妮可。她告诉我她最近才刚刚回到那里工作，不过发现你已经回家住的时候她十分开心。她说没有人可以比本更爱你，他几乎每天都去看你。她说他会陪你在房间里坐着，或者在花园里，除此之外他还努力作出快活的样子。工作人员都跟他很熟，他们常盼着他去。”他停了片刻。“我们去‘韦林之家’访问的时候，你为什么不提议本跟我们一起去呢？”又是一阵沉默。“反正或许我应该跟他认识认识。”

“你们从来没有见过面？”

“没有。”他说，“只是刚刚开始联系他打算跟你见面的时候我们简短地通过电话，我们处得不算好……”

那时我突然明白过来，这正是他提议我邀请本的原因。他终于想要见见他了，他希望把一切都放到明面，确保昨天的尴尬场面永远不会再次发生。

“好的。”我说，“如果你这么认为。”

他说他确实这么想。他等了很久，接着问：“克丽丝？你说你读过日志了？”

“是的。”我说。他又等了一会儿：“今天早上我没有打电话。我没有告诉你它在哪里。”

我意识到这是真的。我自己去了衣柜旁边，尽管我不知道会在里面找到什么。我发现了鞋盒，几乎不假思索地打开了它。我自己找到了它，仿佛我记得它会在那里。

“太好了。”他说。

我在床上记这篇日志。时间已经不早了，可是本在他的书房里，那个房间在平台对面。我能听到他在工作，键盘咔哒作响，还有鼠标的声音。偶尔我能听到一声叹息，听到他的椅子发出吱吱声。我想象他正眯着眼睛全神贯注地盯着屏幕。我相信如果他关掉机器准备睡觉的话我会听见声音，来得及藏起我的日志。不管今天早上我怎么想、怎么跟纳什医生达成了一致，现在我肯定自己不希望我的丈夫发现我在写什么。

今天晚上我们坐在餐室时我跟他谈了谈。“我能问你一个问题吗？”他抬起头来，我说，“为什么我们从来没有过孩子？”我猜我是在试探他。我暗暗祈求他告诉我真相，驳倒我的推断。

“时机似乎总是不对。”他说，“然后就来不及了。”

我把我的碟子推到了一边，我很失望。他很晚才回家，进门的时候大声叫着我的名字，问我怎么样了。“你在哪里？”他说，听起来像是指责。

我喊道我在厨房里。我在准备晚饭，把洋葱切好放到正在热的橄榄

201

油里。他站在门口，仿佛犹豫着要不要进屋。他看起来有点疲惫、不高兴。"你还好吗？"我说。

他看见了我手里的刀："你在干什么？"

"只是在做晚饭。"我说。我笑了，但他没有回应。"我想我们可以吃个煎蛋。我在冰箱里发现了一些鸡蛋，还有些蘑菇。我们有土豆吗？我在哪里也找不到，我——"

"我本来计划晚上吃猪排的。"他说，"我买了一些，昨天买的。我想我们可以吃那些。"

"抱歉。"我说，"我——"

"不过没有关系。煎蛋没有问题，如果你喜欢的话。"

我能感觉到谈话滑向了我不希望的去向。他盯着砧板，我的手正悬在上面，抓着刀。

"不。"我说。我笑了，可是他没有跟我一起笑。"没关系的，我没有意识到。我可以——"

"现在你都切了洋葱了。"他说。他讲话时不带感情，只是陈述事实，没有加什么修饰。

"我知道，可是……切了的洋葱我们还是可以吃吧？"

"随便你想怎么样。"他说。他转过身向餐室走去。"我去摆桌子。"我没有回答。我不知道自己做错了什么，如果我做错了的话。我继续切着洋葱。

现在我们面对面地坐着，一顿饭没有说几句话。我问过他是否一切都好，但他耸耸肩说是的。"今天事情非常多。"他只告诉我这句话，在我追问的时候补了一句，"工作上的事情。"话题没有开始就已经被扼杀在摇篮里，我想还是告诉他我的日志和纳什医生的事情为好。我吃了一口东西，努力不让自己担心——我告诉自己毕竟他有权利遇上不顺心的日子——可是不安啮噬着我的心。我可以感觉到开口的机会正从身边溜走，也不知道明早醒来是否还同样相信这样做是正确的，最后我终于再也忍不下去了。"可是我们想要过孩子吗？"我说。

他叹了口气："克丽丝，我们一定要谈这个吗？"

"对不起。"我说。我还是不知道自己要说什么，也许最好是放过这个话题。但我意识到我不能这么做。"只是今天发生了一件非常奇怪的事情。"我说。我努力想让自己的口气轻松起来，刻意想要表现得漫不经心。"我只是觉得想起了一些事情。"

"一些事情？"

"是的。噢，我不知道……"

"说下去。"他向前靠过身子，突然变得热切起来，"你还记得什么？"

我的眼睛盯在他身后的墙上。那里挂着一幅照片，是一片花瓣的特写镜头，不过是黑白色的，花瓣上的水珠还没有掉落。看上去很便宜，我想。似乎它应该摆在百货公司里，而不是在某人家中。

"我记起有一个孩子。"

他坐回到他的椅子里，瞪大了眼睛，接着闭得紧紧的。他吸了口气，长长地叹了一口气。

"是真的吗？"我说，"我们有过一个孩子？"如果他现在撒谎，那我不知道我会怎么做，我想。我猜会跟他吵架，或者无法控制地、狂风暴雨地把一切一股脑告诉他。他睁开眼睛正视着我。

"是的。"他说，"是真的。"

他告诉了我亚当的事，一阵宽慰淹没了我。宽慰，但也混杂着一丝痛苦。这么多年，永远地寻不见了。所有这些我记不起的时刻，永远也找不回来了。我觉得心中萌生了渴望，它在成长，长得这么茁壮，似乎会吞没我。本告诉我亚当的出生、他的童年、他的生活。他是在哪里上的学，在学校表演过的基督诞生剧；他在足球场上和跑道上的精彩表现，考试成绩让他多么失望。他的女朋友们。有一次他把一根卷得不怎么像样的雪茄当成了大麻。我问本问题，他一一回答；谈着他的儿子他似乎很高兴，仿佛他的情绪被回忆赶走了。

我发现他说话的时候我闭上了眼睛。一幅又一幅画面从眼前飘过——画面中是亚当、我和本——但我无法辨认它们是虚构还是回忆。当他讲完时我睁开了眼睛，有一会儿被面前坐着的人吓了一跳，不敢相信他已经变得如此苍老，跟我想象中那个年轻的父亲有多么不一样。

"不过我们家没有他的照片。"我说，"哪里都没有。"

他的模样有点别扭。"我知道。"他说，"你会难过。"

"难过？"

他一句话也没有说。也许他没有足够的勇气告诉我亚当的死。不知道为什么他看上去一脸沮丧、筋疲力尽。我有种内疚的感觉，为了我现在对待他的方式、为了我日复一日如此对待他。

"没关系。"我说，"我知道他死了。"

他看起来又惊讶又迟疑："你……知道？"

"是的。"我说。我要告诉他我的日志，还有以前他已经告诉过我一切，但我没有。他的情绪似乎仍然很脆弱，气氛仍然紧张。这个话题可以等等再说，"我只是感觉到了。"我说。

"这是有道理的，以前我告诉过你。"

这是真的，毫无疑问。他告诉过我，正像他也告诉过我亚当的生活。可是我意识到一个故事感觉那么真实，另一个却并非如此。我意识到自己不相信儿子死了。

"再跟我讲一次。"我说。

他告诉了我那场战争，路边的炸弹。我尽可能保持平静地听着。他讲到了亚当的葬礼，告诉我人们在棺木上鸣过炮，上面盖着英国国旗。虽然那副场面对我来说那么艰难、那么可怕，我还是努力回想着。什么也没有想起来。

"我想去那里。"我说，"我想去看看他的坟墓。"

"克丽丝。"他说，"我不知道……"

我意识到在没有记忆的情况下我必须亲眼看到儿子已经死了的证据，否则我会永远抱着他还没有死的希望。"我要去。"我说，"我必须去。"

我还以为他会说不行，可能会告诉我他认为这不是一个好主意，它会更加让我难过。那样的话我要怎么做呢？我要怎么逼他呢？

可是他没有。"我们周末去。"他说，"我答应你。"

宽慰夹杂着恐惧，让我麻木了。

我们收拾了餐盘。我站在水池边，他把碟子递给我，我将它们浸进热热的肥皂水里刷干净，又递回给他让他晾干，在此过程中一直躲着自己在窗玻璃里的倒影。我逼着自己去想亚当的葬礼，想象着自己在一个阴天站在青草上、在一个土堆的旁边，看着地上的坑里悬吊着一副棺木。我试图想象齐齐响起的炮声，在一旁演奏的孤独的号手，而我们——他的家人和朋友——默默地抽泣着。

可是我想不出来。事情并没有过去很久，但我什么也看不见。我努力想象着当时的感觉。那天早上我醒来时一定都不知道自己是个母亲；本必须先要说服我我有一个儿子，而就在那天下午我们不得不让他入土。我想象的不是恐惧，而是麻木、难以置信、不真实。一个人的头脑只能接受有限的东西，毫无疑问没有人能够应付这个，我的头脑肯定不

205

能。我想象着自己被告知该穿什么衣服，被人领着从家里走到一辆等候着的汽车，坐在后座上。也许在驱车前往目的地的时候我还在想此行不知道是要去谁的葬礼，也许感觉像奔赴我的葬礼。

我看着本在玻璃窗户里的倒影。当时他将不得不应付这一切，在他自己的悲伤也达至顶峰的时候。如果他没有带我参加葬礼的话，也许对我们所有人来说都会好过些。我心里一凉：也许他当时正是这么做的。

我仍然不知道该不该告诉他纳什医生的事情。现在他看上去又有些疲惫，几乎有点抑郁的模样。只有在我遇上他的目光，并对着他笑的时候他才露出微笑。也许等一会儿吧，我想。尽管我不知道是否会有更好的时机。我忍不住觉得自己是造成他情绪低落的罪魁，或许是因为我做了什么事情，也有可能是因为我漏了什么事情。我意识到自己其实是多么关心这个人。我说不清楚是否爱他——现在也说不清——可那是因为我不清楚什么是爱。尽管对亚当的记忆模糊而闪烁，我能够感觉到对他的爱，本能地想要保护他，渴望给他一切，觉得他是我的一部分，没有他我并不完整。对我的母亲也是如此，当思绪转到她身上时我感到一种不同的爱，一种更加复杂的纽带，有禁区也有保留，不是我能够完全理解的一种关系。可是本呢？我觉得他有魅力，我相信他——尽管他对我说谎，可我知道他是一心为了我好——可是当我只隐约知道认识他好几个小时了，我可以说我爱他吗？

我不知道。但我希望他快乐，而且在一定程度上我知道我希望成为让他快乐的人。我必须作出更多的努力，我决定掌握主动。这本日志可能是改善我们两人生活的契机，而不仅仅是只改善我的生活。

我正要问他感觉怎么样，事情发生了。一定是在他接住盘子之前我便放了手；它咣当一声掉到地板上——伴随着本小声嘀咕妈的！——摔成了成百的碎片。"对不起！"我说，可是本没有看我。他一下子趴在地上，低声咒骂着。"我来吧。"我说，可是他不理睬我，反而突然开始抓起大的碎片放在他的右手上。

"我很抱歉。"我又说了一遍，"我真是笨手笨脚！"

我不知道自己在期望什么。我猜是宽恕吧，或者他会让我放宽心，说这不重要。可是相反本说了一句："他妈的！"他把碟子的碎片扔到地板上，开始吮着左手的大拇指。血滴溅在地面的油毡上。

"你没事吧？"我说。

他抬头看着我："没事，没事。我割到自己了，就这样。真他妈的蠢……"

"让我看看。"

"没什么。"他说，站了起来。

"让我看看。"我又说了一遍，伸手去拉他的手，"我去拿些绷带或者药膏来。我们——"

"真他妈的操蛋！"他说着把我的手拍开，"别管了！行吗？"

我惊呆了。我可以看见伤口很深；鲜血从伤口边缘冒出来，沿着他的手腕流成了一条细线。我不知道该怎么做、该说什么。他并没有大喊大叫，但也没有试图掩盖自己的恼怒。我们面对着对方，绕着一触即发的争吵打转，都等着对方开口讲话，都不确信发生了什么事，不确信此刻又有多大的意义。

我再也受不了了。"我很抱歉。"我说，尽管我有点恨这句话。

他的脸色变得柔和起来。"没关系，我也很抱歉。"他顿了一下，"我只是觉得紧张，我想。今天非常忙。"

我拿了一截厨房里的卷纸递给他："你该清理一下自己了。"

他接过卷纸："谢谢。"他说着抹了抹手腕上和手指上的血。"我要上楼去，冲个澡。"他弓过身子，吻了我，"可以吗？"

他转身离开了房间。

我听见浴室的门关上，水龙头打开了，我身旁的热水器开始工作。我捡起碟子散落的碎片用纸先包起来再放进垃圾箱，扫干净余下的更细小的碎渣，最后用海绵吸掉了血。打扫完后我走进客厅。

翻盖手机响了，闷闷的声音从我的包里传出来。我拿出手机，是纳什医生。

电视还开着，头顶传来地板的吱呀声，本在楼上从一个房间走到另一个房间里。我不想让他听见我在用一个他一无所知的电话交谈。我低声说，"喂？"

"克丽丝。"手机里传了声音，"我是埃德·纳什医生。你方便说话吗？"

今天下午他听起来很平静，几乎可以说是一副深思熟虑的模样，可是现在他的口气很急。我开始害怕起来。

"是的。"我又压低了声音，"出了什么事？"

"听着。"他说，"你跟本谈过了吗？"

"是的。"我说，"算是谈过了。怎么了？出了什么事？"

"你有没有告诉他你的日志？还有我？你邀请他去'韦林之家'了吗？"

"没有。"我说，"我正要说。他在楼上，我……嗯，出了什么事？"

"对不起。"他说，"可能没有什么可担心的。只是'韦林之家'有人刚刚打电话给我。是那个今天早上跟我谈过的女人？妮可？她想给我一个电话号码。她说你的朋友克莱尔显然打过那里的电话，想和你谈谈。她留了克莱尔的电话号码。"

我觉得自己紧张起来。我听到冲马桶和水流下水池的声音。"我不

208

明白。"我说，"是最近的事吗？"

"不。"他说，"是在你离开'韦林之家'搬去跟本住的几个星期后。当时你不在那里，她就拿了本的号码，可是，嗯，他们说她后来又打过电话说她联系不上他，她问他们要你的地址。当然他们不能这么做，可是'韦林之家'告诉她可以留下号码，如果你或者本打电话回去的话便可以转交。今天上午我们聊完以后妮可在你的档案里发现了一张纸条，她打电话回来给了我号码。"

我没有听明白："可是他们为什么不干脆邮寄给我？或者本？"

"好吧，妮可说他们寄过了，可是他们从来没有收到本或者你的回音。"他顿了一下。

"本处理所有的邮件。"我说，"早上他会去收信。嗯，反正今天他收了……"

"本给过你克莱尔的电话号码吗？"

"没有。"我说，"不。他说我们有很多年没有联系了，我们结婚没多久她就搬走了，去了新西兰。"

"好吧。"他接着说，"克丽丝，这个你以前告诉过我，可是……嗯……这不是一个国际号码。"

我感到恐惧的巨浪滚滚而来，尽管我仍然不清楚原因。

"这么说她搬回来了？"

"妮可说，以前克莱尔经常去'韦林之家'看你，她几乎去得跟本一样多。她从来没有听说过她搬走的事情，没有听过要搬去新西兰，没有听说要搬去任何地方。"

感觉仿佛一切突然动了起来，一切转得太快，我无法跟上它们。我可以听到本在楼上。淋浴声已经停止了，热水器沉默下来。一定有一个合理的解释，我想。必须有一个。我觉得我所要做的是让事情慢下来，好让自己的思绪能够赶上，可以想通是怎么回事。我希望纳什别再说话，希望他收回讲过的话，可是他没有。

"还有些别的事情。"纳什说，"对不起，克丽丝，可是妮可问我你的现状怎么样，我告诉了她。她说她很惊讶你回来和本一起生活。我问了为什么。"

"好的。"我听见自己说，"继续说。"

"对不起，克丽丝，不过请听着，她说你和本离婚了。"

房间颠倒了过来。我抓住椅子的扶手仿佛要稳住自己。这说不通。电视上一个金发碧眼的女郎正在对着一个老男人尖叫，告诉他她恨他。我也想要尖叫。

"什么？"我说。

"她说你和本离婚了。本离开了你。在你转到'韦林之家'后大概一年。"

"离婚？"我说。感觉仿佛房间在往后退，渐渐小得微乎其微，消失了踪影。"你确定吗？"

"是的，毫无疑问。她是这么说的，她说她觉得可能跟克莱尔有关。她不肯再说别的了。"

"克莱尔？"我说。

"是的。"他说。尽管自己正处在混乱中，我也能听出这次谈话对他来说是多么艰难，他的声音透露出了迟疑，透露出他正在一一检视着各种可能，以便挑出最好的说法。"我不知道为什么本没有告诉你一切。"他说，"我敢肯定他认为自己做的是正确的，是在保护你。可是现在呢？我不知道。不告诉你克莱尔仍然在这里？不提你们离了婚？我不知道。这看上去不对劲，但我猜他一定有他的理由。"我一句话也没有说。

"我想也许你应该跟克莱尔谈一谈。她也许能给你一些答案，她甚至有可能和本谈谈。我不知道。"又是一阵沉默。"克丽丝,你有笔吗?你想要那个号码吗?"

我用力吞了一口唾沫。"是的。"我说,"是的,请给我那个号码。"

我伸手抓到茶几上报纸的一角和旁边的一支笔,写下了他给我的号码。我听见浴室的门把手滑开了,本下到了楼梯平台上。

"克丽丝,"纳什医生说,"明天我会给你打电话。不要和本说什么,等我们先找出到底是怎么回事再说,好吗?"

我听见自己答应了,说了再见。他告诉我在睡觉之前不要忘了写日志。我在电话号码的旁边写下克莱尔,却仍然不知道自己要怎么做。我撕下报纸的角把它放在我的包里。

当本下楼坐到我对面的沙发上时我什么也没有说。我的眼睛直直地盯在电视上。播的是一个关于野生动物的纪录片,海底动物。一艘遥控潜水艇正在勘探一条水下深沟,两盏灯照亮了以前从未见过光的地方,照亮了地底的幽灵。

我想问他我与克莱尔是不是仍然有联系,却不希望再听到一个谎言。昏暗的屏幕中悬着一只巨大的乌贼,随着轻柔的水流飘动。这只动物从未被镜头捕捉到过,在电子音乐的伴奏下,旁白如是说。

"你没事吧?"他说。我点了点头,眼睛没有离开电视机屏幕。

他站了起来。"我有点工作要做。"他说,"在楼上。我会尽快来睡觉。"

这时我看了看他。我不知道他是谁。

"好的。"我说,"待会儿见。"

11月21日，星期三

整整一上午我都在读这本日志。尽管如此，我仍然没有读完。有几页我跳过了，而有的地方我读了一遍又一遍，努力想要相信它们。现在我在卧室里，坐在凸肚窗台上写记录。

我的腿上放着手机。为什么拨打克莱尔的号码感觉如此艰难？神经冲动，肌肉收缩。只需要这些便足以拨通号码，没有什么复杂的，没有什么艰难的。可是恰恰相反，相比之下，拿起一支笔写下号码感觉要容易多了。

今天早上我走进厨房里。我的生活建立在流沙上，我想。它从头一天流到下一天。我认定的事情并非真相，我所能确信的、关于我生活和我自己的点点滴滴，则属于多年以前。我读过的所有经历像部小说。纳什医生，本，亚当，现在还有克莱尔。他们的确存在，不过却像黑暗中

212

的阴影。他们是陌生人，他们的生活轨道像十字一样穿过我的生活，一会儿与之交叉，一会儿分道扬镳。难以捉摸、虚无缥缈，仿佛鬼魂。

而且不仅仅是他们。一切都是如此。所有的一切都源于虚构，是想象的结晶。我非常渴望实实在在地找到些真实的东西，一些在我入睡时不会消失的东西。我需要能够系住自己的支柱。

我打开垃圾桶的盖子。一股暖气从桶里涌出来——是分解和腐烂产生的热量——隐隐传来阵阵味道。腐烂食物的甜蜜、恶心的气味。我可以看见桶里有张报纸上露出一块填过的字谜游戏，一个孤零零的茶包打湿了报纸，把它染成了褐色。我屏住呼吸跪在地板上。

报纸里裹着瓷器碎片、面包屑，白色细尘，它的下面有个提包，打了个结封了起来。我把它捞出来，心里猜是脏纸巾，打算待会有必要的话再把它拆开。包下面是削下来的土豆皮和一个几乎空了的塑料瓶，正在往外漏番茄酱。我把它们都放到一旁。

鸡蛋壳——四五个——还有一把像纸一样薄的洋葱皮、去了籽的红椒渣、一个烂了一半的大蘑菇。

我心满意足地把东西放回垃圾桶里，合上盖。是真的。昨天晚上我们吃的是煎蛋，打碎过一个碟子。我在冰箱里面看了看：一个塑料盘里摆着两块猪排。走廊里本的拖鞋放在楼梯的底部。一切都在，跟昨晚我在日志里记下的一毫不差。我没有虚构，一切都是真的。

这意味着号码的确是克莱尔的。纳什医生真的给我打过电话。本和我离过婚。

我想现在给纳什医生打电话。我要问他怎么办或者甚至想让他给我代办。可是这样一个过客的角色我还要在自己的生命里扮演多久？能够消极多久？我要掌握主动。一个念头从脑海里闪过：我可能再也见不到纳什医生了——既然我已经告诉他我的感觉、我对他的暗

213

恋——但我不让这个念头生根发芽。不管怎么样，我需要自己去跟克莱尔聊一聊。

可是要说什么呢？我们似乎有那么多要谈的，可是又那么少。我们之间有这么多的过去，可是我一点儿也不知道。

我想到了纳什医生告诉我本和我离婚的原因。**跟克莱尔有关。**

这完全说得通。多年以前，当我最需要他、但最不了解他的时候，我的丈夫跟我离了婚，现在我们又回到了一起，他告诉我，我最好的朋友在这一切发生前搬到了世界的另一端。

这就是我无法鼓起勇气给她打电话的原因吗？因为我害怕她还藏着更多我想也没有想过的真相？这就是为什么本似乎并不热衷于让我恢复更多记忆的原因？甚至这就是为什么他一直暗示任何治疗的企图都是徒劳的，这样我就永远无法把一幕幕回忆联系起来从而明白过来到底发生了什么？

我无法想象他会这么做。没有人会。这件事很荒谬。我想到了纳什医生告诉我的、我在医院的情形。**你声称医生们密谋对付你**，他说。**表现出妄想的症状。**

我想知道现在自己是否再一次掉进了同样的陷阱。

突然间一幕回忆淹没了我，它几乎是猛烈地向我涌来，从我空荡荡的过去卷起一个浪把我跌跌撞撞地送了回去，却又飞快地消失了。克莱尔和我，在另一个派对上。"上帝啊。"她在说，"真烦人！你知道我觉得什么出错了吗？每个人都他妈的就知道上床。不过是动物交配，知道吧？不管我们怎么回避，把它说得天花乱坠打扮成别的东西。不过如此。"

有没有可能我深陷地狱的时候，克莱尔和本在对方身上寻求了安慰？

我低下头，手机静静地躺在我的腿上。我不知道本每天早上离开后实际上去了哪里，也不知道在回家的路上他可能会在哪里停留。哪里都有可能。我也没有机会由一次怀疑推断出另一个怀疑的理由，把一个个事实连接起来。即使有一天我把克莱尔和本捉奸在床，第二天我也会忘记我见到的东西。我是完美的欺骗对象。说不定他们还在交往；说不定我已经发现了他们，又忘记了。

　　我这么想着，然而不知为什么我又不这么想。我相信本，可是我又不信。同时拥有两种相反的观点、在两者之间动摇不定是完全可能的。

　　可是他为什么要说谎？他只是觉得自己是对的。我不断告诉自己。*他在保护你，不让你知道那些你不需要知道的事情。*

　　理所当然，我拨了那个号码。我没有办法不那么做。电话铃声响了一会儿，接着传来咔哒一声，有人在说话。"嗨。"那个声音说，"请留言。"

　　我立刻认出了这个声音。是克莱尔，毫无疑问。

　　我给她留了一个言。*请给我打电话*，我说。*我是克丽丝。*

　　我下了楼。我已经做了能做的一切。

<hr>

　　我等着。等了一个小时，又变成了两个小时。这个过程里我记了日志，她没有打电话来，我做了一个三明治在客厅里吃了。当我正在厨房里忙活的时候——擦着工作台，把碎屑扫到自己的手掌里准备倒进水池——门铃响了，声音吓了我一跳。我放下海绵，用烤箱手柄上挂着的抹布擦干手，开门去看是谁。

　　透过磨砂玻璃我隐约望见了一个男人的轮廓，穿的不是制服，相反他身上穿的看上去像是西服，系着一条领带。本？我想，接着才意识到他还在上班。我打开了门。

是纳什医生。我知道这点有一部分原因是不可能是其他人，但另一部分原因是——尽管今天早上读日志的时候我无法想象他的模样、尽管在知道我的丈夫是谁后本对我来说仍然有些陌生——我认出了他。他的头发有些短，向两边分开，系得松松的领带不是太整洁，外套下是一件很不搭配的套衫。

他一定是看到了我脸上惊讶的表情。"克丽丝？"他说。

"是的。"我说，"是的。"我只把门开了一条缝。

"是我。埃德。埃德·纳什。我是纳什医生。"

"我知道。"我说，"我……"

"你读过你的日志了吗？"

"是的，不过……"

"你没事吧？"

"是的。"我说，"我没事。"

他压低了声音："本在家吗？"

"不。不。他不在。只是，嗯，我没有想到你会来。我们约好了要见面吗？"

他犹豫了一下，只有不到一秒钟，但已足以打乱我们的谈话节奏。我们没有约，我知道，或者至少我没有记下来。

"是的。"他说，"你没有记下来吗？"

我没有记，但我一句话也没有说。我们站在房子的门槛上看着对方——我仍然不认为这栋房子是我的家。"我能进来吗？"他问道。

刚开始我没有回答，我不确定是不是想请他进门。不知道为什么这似乎有点不对，像一种背叛。

但是背叛什么？本的信任？我不再知道他的信任对我有多大的意义，在他撒谎以后。整个上午我绝大多数时间都在读这些谎言。

"好的。"我说着打开了门。他进屋时点了点头，左右看了看。我接过他的外套挂在衣架上，旁边挂的一件雨衣我猜一定是我自己的。"进来。"我指着客厅说，他进了客厅。

我给我们两人冲了喝的，端给他一杯，拿着自己的坐到他的对面。他没有说话，我慢慢地啜了一口等着，他也喝了一口。他把杯子放在我们之间的茶几上。

"你不记得让我过来了吗？"他说。

"不。"我说，"什么时候？"

这时他说了那句话，让我身上冒起一股凉意："今天早上，我打电话告诉你上哪里找你的日志的时候。"

我一点儿也记不得今天早上他打过电话，现在也仍然想不起来，尽管他已经动身了。

我想起了我写过的其他东西。一盘我记不起曾经点过的瓜果。一块我没有点过的曲奇。

"我不记得了。"我说。一阵恐惧从脚底爬上来。

他的脸上闪过一个担心的表情："你今天睡过觉吗？比打瞌睡程度要深的觉？"

"不。"我说，"没有，完全没有。我只是一点儿也不记得了。什么时候？是什么时候？"

"克丽丝，"他说，"冷静。也许根本没有什么大不了的。"

"可是如果——我不——"

"克丽丝，拜托，这并不意味着什么。你只是忘记了，仅此而已。所有人有时候都会忘记东西的。"

217

"可是忘光了整段话？那可只是几个小时前发生的事情！"

"是的。"他说。他说话的口气柔和，努力想要让我平静下来，身体却没有挪动。"不过最近你经历了很多。你的记忆一直不稳定，忘掉一件事情并不意味着你在恶化、你不会再好转了。好吗？"我点点头，不顾一切地想要相信他。"你让我到这儿来是因为你想跟克莱尔谈谈，可是你不确定你可以做到。你还想让我代表你跟本谈谈。"

"我有吗？"

"是的，你说你觉得你自己做不到。"

我看着他，想着我记下的所有东西。我意识到我不相信他。我一定是自己找到日志的，我并没有让他今天过来，我不想让他跟本谈。我已经决定现在什么都不对本说，那为什么还要让他来？而且我已经打过电话给克莱尔、留过言了，为什么还要告诉他我需要他来帮我跟克莱尔谈？

他在说谎。我不知道他来这儿还可能有什么别的原因、有什么他觉得不能告诉我的。

我没有记忆，但我并不蠢。"你来这儿到底是为什么？"我说。他在椅子上挪了挪。也许他只是想进来看看我住的地方，或者再来看我一次，在我跟本谈之前。"你是不是怕我告诉本我们的事情以后本会不让我见你？"

又一个想法冒了出来。也许他根本没有在写研究报告，也许他花那么多的时间跟我在一起有其他的原因。我把它赶出了我的脑子。

"不。"他说，"完全不是这个原因，我来是因为你让我来的。另外，你已经决定不告诉本你在跟我见面，等到你跟克莱尔谈过再说。还记得吗？"

我摇了摇头。我不记得，我不知道他在说些什么。

"克莱尔在跟我的丈夫上床。"我说。

他看上去很震惊。"克丽丝，"他说，"我——"

"他像对待一个傻子一样对待我。"我说，"在所有事情上都撒谎，任何一件事。嗯，我不傻。"

"我觉得这事不太可能。"他说，"为什么你会那么想？"

"他们勾搭上已经很多年了。"我说，"这说明了一切：为什么他告诉我她搬走了；为什么尽管她是所谓的我最好的朋友，我却没有见过她。"

"克丽丝，"他说，"你在胡思乱想。"他走过来坐在我旁边的沙发上。"本爱你，我知道。在我试图说服他让我跟你见面的时候，我跟他通过话。他对你十分忠诚，毫无保留。他告诉我他已经失去过你一次，不想再次失去你。他说每当人们试图治疗你的时候他都看着你受苦，再也不愿意看见你痛苦了。他爱你，这是显而易见的。他在试着保护你，不让你知道真相，我想。"

我想到了今天早上在日志里看到的东西。我们离了婚。"但是他离开了我。去跟她在一起。"

"克丽丝，"他说，"你没有动脑筋。如果这是真的，那他为什么会带你回来？回到这里？他会把你扔在'韦林之家'。但是他没有，他照顾你。每天都是。"

我觉得自己崩溃了，整个人都坍倒下去。我觉得我听懂了他的话，但同时又没有听懂。我感觉到了他的身体散发出的暖意，看见了他眼中的友善。我看着他，他微笑着。他似乎在越变越大，到最后我唯一能够看见的是他的身体，唯一能够听见的是他的呼吸。他说话了，可是我没有听到他说了些什么。我只听到一个字。*爱*。

我接下来做的事情不是故意的。我没有计划要那么做。事情发生得很突然，我的生活就像一个卡住的盖子一样终于崩掉了。一时间我能够

219

感觉到的只是我的嘴唇在他的唇上，我的手臂绕着他的脖子。他的头发湿漉漉的，我不知道原因，也不关心。我想说话，想告诉他我的感受，可是我没有，因为那样的话就不能继续吻他，就要结束这一刻，而我希望它永远继续下去。我终于觉得自己是一个女人，掌握了主动。尽管我肯定接过吻，可是除了亲吻我的丈夫，我记不起——没有写下来——曾经吻过别人，这也可能是第一次。

我不知道那个吻持续了多久。我甚至不知道它是怎么发生的，我怎么从坐在那里——坐在他旁边的沙发上一点点矮下去、小下去，小得我觉得自己可能会消失——变成了吻他。我不记得决定要这么做，这并不是说我不记得想要这么做。我不记得是怎么开始的，只记得突然从一种状态跳到了另一种，中途却空空如也，没有思考的机会，没有作决定的时间。

他并没有粗暴地把我推开。他很温柔，至少他待我很温柔。他没有问我在做什么而借此羞辱我，更没有问我以为自己在做什么。他只是先把嘴唇从我的唇上挪开，然后把我放在他肩膀上的手挪开，接着轻声说："不。"

我惊呆了。是自己的行为让我呆了吗？还是因为他的反应？我说不清。只是有一会儿我不在这个躯壳里，一个新的克丽丝完全取代了我的位置，然后消失了。不过我并不感到恐慌，甚至不觉得失望。我很高兴。高兴的是因为有了她，有些事情发生了。

他看着我。"我很抱歉。"他说，我看不出他的想法。愤怒？同情？遗憾？三者都有可能。也许我看见的是三者交织在一起的表情。他还握着我的手，把它们放回我的腿上，然后放开了手。"我很抱歉，克丽丝。"他又说了一遍。

我不知道该说些什么、该怎么做。我沉默着，打算要道歉，接着我说："埃德，我爱你。"

他闭上了眼睛。"克丽丝，"他开始说，"我——"

"拜托。"我说，"不要。不要告诉我你没有同样的感觉。"他皱起了眉头。"你知道你爱我。"

"克丽丝。"他说，"拜托，你……你……"

"我怎么了？"我说，"疯了？"

"不。糊涂了。你糊涂了。"

我哈哈大笑起来："糊涂了？"

"是的。"他说，"你不爱我。你还记得我们谈过虚构的事情吗？这是相当普遍的，对于——"

"噢。"我说，"我知道，我记得。对那些没有记忆的人。你觉得现在是这样？"

"是可能的，完全可能。"

有那么一刻我感到我恨他。他以为他了解一切，比我自己更了解我。他真正知道的只是我的病情。

"我不傻。"我说。

"我知道。我知道这点，克丽丝。我不认为你是傻子。我只是觉得——"

"你一定爱我。"

他叹了一口气。现在我在让他泄气，消磨他的耐心。

"不然的话你为什么这么频繁地到这儿来？载着我走遍了伦敦。你对所有的病人都这样吗？"

"是的。"他说，接着说，"好吧，不是。不完全是。"

"那为什么？"

"我一直想帮你。"他说。

"就只有这样吗？"

一阵沉默，接着他说："好吧，不是。我一直也在写一篇论文。科学报告——"

"研究我的？"

"嗯，算是。"他说。我努力把他说的话从我的脑海中赶开。

"可是你没有告诉我本和我离婚了。"我说，"为什么？你为什么不这么做呢？"

"我原来不知道！"他说，"没有别的原因。你的档案里没有，本也没有告诉我。我不知道！"我沉默了。他动了动，似乎要再来握我的手，接着停下来抓着他的前额："不然我会告诉你的，如果我知道的话。"

"你会吗？"我说，"就像你告诉我亚当的事情一样？"

他看上去有些受伤："克丽丝，不要这样。"

"你为什么瞒着我他的事呢？"我说，"你跟本一样坏！"

"天哪，克丽丝。"他说，"这件事我们已经讨论过了。我用我觉得最好的方法处理了。本没有告诉你亚当的事情，我不能告诉你。这是不对的，是不道德的。"

我放声笑了起来。一种空洞的、喷着鼻子的笑："道德？瞒着他的事情不告诉我又是什么道德？"

"要不要告诉你亚当的事情应该由你的丈夫来决定，不是我。不过我决定建议你记日志，这样你就可以把了解到的东西记下来，我觉得那是最佳的方法。"

"那次袭击又是怎么回事呢？你可是很高兴看到我一直认定自己卷进了一场肇事逃逸的！"

"克丽丝，不。不是，我没有。这是本告诉你的。我并不知道他对你是这种说法。我怎么可能知道呢？"

222

我想到了见过的那些场景。散发橙花香味的浴缸和掐在我喉咙上的两只手。无法呼吸的感觉。看不清脸的神秘男人。我开始哭了起来。"那你为什么又告诉我呢？"我说。

他的声音亲切，但仍然没有碰我。"我没有。"他说，"我没有告诉你你受到了袭击，这是你自己记起来的。"毫无疑问，他是对的。我感觉到了怒火。"克丽丝，我——"

"我希望你离开。"我说，"拜托。"现在我在狠狠地哭，却奇怪地有了活着的感觉。我不知道刚刚发生了什么、几乎记不起来说了些什么，但是感觉上似乎有些可怕的东西被拿掉了，我心里筑起的堤坝终于破裂了。

"拜托。"我说，"请走吧。"

我期待着他争辩，恳求我让他留下；我几乎是在希望他这么做。但他没有。"你确定吗？"他说。

"是的。"我小声说。我转身朝着窗口，下定决心不再看他。今天不再看，这对我来说意味着明天之前我可能再也见不到他了。他站起来向门口走去。

"我会给你打电话。"他说，"明天？关于你的治疗。我——"

"走吧。"我说，"拜托。"

他没有再说别的。我听见门在他身后关上了。

我在那里坐了一会儿。几分钟？几个小时？我不知道。我的心狂跳着，感觉空虚，而且孤独。最后我上了楼。在浴室里我看着那些照片。我的丈夫——本。*我做了什么？*现在我什么都没有了。没有一个可以信任的人，没有一个可以依靠的人。我的脑子在狂奔，一发不可收拾。我反复思考着纳什医生说过的话。*他爱你。他在试图保护你。*

不过，保护我免于受什么东西的伤害？不受真相的伤害。我原本以为真相比什么都重要，也许我错了。

我走进了书房。他已经在许多事情上说了谎。他说的我没有一件事相信，一件都没有。

我知道我该怎么做。我必须知道，知道我可以相信他，就在这件事情上。

盒子在我记录里描述的地方，像我猜想的那样锁着。我没有泄气。

我开始四下张望。我告诉自己除非找到钥匙不然不会停下来。我先搜了书房。书房里其他的抽屉，书桌。我有条不紊地做着这一切，把所有东西放回原处，完事后进了卧室。我查看了一个又一个抽屉，在他的内衣、在熨得整整齐齐的手帕、背心和 T 恤下面翻查。什么也没有发现，我用的抽屉里也是同样。

床头柜上也有抽屉。我打算一个个地查看，从本睡的那一侧找起。我打开最上层的抽屉翻了翻里面的东西——钢笔，一块不走的表，一板我不认识的药片——然后打开了底层的抽屉。

刚开始我以为是空的。我轻轻地关上它，这时却听见了轻微的嘎嘎声，是金属刮在木头上发出的声音。我又打开抽屉，心跳已经开始加速。

里面是一把钥匙。

我坐在地板上，旁边是打开的盒子。盒子里装得满满的，大多是照片，相片中是亚当和我。有一些看上去眼熟——我猜是他以前给我看过的那些——但有许多非常陌生。我找到了他的出生证明，他写给圣诞老人的信。一把他婴儿时期的照片——在对着摄像头爬着笑着、在吃我的奶，裹在一条绿色毯子里睡觉——还有一些照的是他渐渐长大的模样。他打扮成牛仔的模样，在学校里照的照片，还有那辆三轮车。它们都在这里，跟我在日志里描述的分毫不差。

我把照片都取出来摊在地板上，一边放一边一张张地看着。还有本和我的合影：其中一张里我们站在国会大厦前，两人都面带微笑，但姿势颇为尴尬，好像我们俩都不知道对方的存在；另一张是我们的婚礼照片，是张正式照。在阴沉的天空下我们站在一间教堂前面。尽管如此我们看上去仍然很幸福，而在另一张时间更晚的照片（一定是在蜜月里拍的）里，我们似乎更加开心。我们在一间餐厅中面带微笑地靠在一起，脸上洋溢着爱和阳光。

我看着照片，一阵宽慰淹没了我。我看着那个跟她的新婚丈夫坐在一起的女人，她正凝视着无法预测、也不打算去预测的未来。我想着我跟她有多少相同点。不过所有的相同点都是生理的：细胞和组织、DNA、我们的化学标志。除此以外再没有别的了。她是个陌生人，她和我之间没有什么联系，也没有办法让我变回她。

然而她是我，我是她，而且我能看出她在恋爱。和本，她刚刚新婚的男人。我每天醒来还躺在这个男人身边，他没有违背那天他在曼彻斯特的小教堂里发下的誓言，他没有让我失望。我看着那张照片，爱意再次溢满了我的心。

尽管如此，我还是放下了照片继续翻看。我知道自己想找什么，同时怕找到什么。那件可以证明我丈夫没有说谎的东西，它会给我一个伴侣；尽管与此同时，它又会夺走我的儿子。

它在那里。在盒子的底部，装在一个信封里。是一篇叠起来的报纸文章的复印件，边缘整洁。在打开以前我就知道里面是什么，但读到它的时候我仍然十分震惊。据国防部宣布，一名英国士兵在阿富汗赫尔曼德省因护送部队阵亡。亚当·韦勒，报纸说，现年19岁，出生于伦敦……剪报上别着一张照片。鲜花，摆在一座坟墓上。碑文写着：亚当·韦勒，1987 ~ 2006 年。

这时悲伤以前所未有的力度击中了我。我放下报纸，因为痛苦缩起了身体，太痛苦了，甚至哭也哭不出来。我发出了一声号叫，像一只受伤的动物，像一只饥饿的动物祈祷着痛苦快些结束。我闭上了眼睛，接着看见一道闪光。一幅悬在我面前的图像，闪烁着。一枚放在一个黑天鹅绒盒里的奖章。一副棺木，一面旗帜。我扭开了目光，祈祷这一幕永远不要再回来。没有这些回忆我会更好，这些东西最好是永远被埋葬。

我开始整理文件。我原本应该信任他的，我想。一直以来都该信任他。我原本应该相信他瞒着我这些事只是因为我每天重新面对它们太过痛苦。他所做的一切是努力让我免受其苦，免于面对血淋淋的现实。我把照片和文件照原样摆好放回去，感觉心中有了着落。我将钥匙放回抽屉，把盒子放回档案柜。现在，如果我愿意的话随时可以看，不管有多么频繁。

还有一件事我不得不做。我必须知道本为什么离开我，而且我必须知道许多年前我在布赖顿做什么。我必须知道是谁偷走了我的生活。我必须再试一次。

今天，我第二次拨通了克莱尔的电话号码。

静电声。沉默。接着是一阵双音铃声。她不会接的，我想。毕竟她没有回复我的留言，她有什么事情要瞒着我。

我几乎有种高兴的感觉。我并不打算将这番谈话付诸实施。除了让人痛苦以外，我看不出它还会是什么别的情形。我做好了准备再次听到冷冰冰的留言提示。

咔哒一声，接着是一个人的声音："喂？"

是克莱尔，我立刻知道。她的声音感觉像我自己的一样熟悉。

"喂？"她又说了一遍。

我没有说话。各种图像闪烁着淹没了我。我看见了她的脸，她剪短了头发，戴着贝雷帽，笑容满面。我看见她在一个婚礼上——我猜是我自己的婚礼，尽管我说不准——穿着翡翠色衣服，正在倒香槟。我看见她抱着一个孩子，背着他，一边把他递给我一边喊着晚餐时间！我看见她坐在床边跟床上躺着的人说话，然后意识到床上的人是我。

"克莱尔？"我说。

"是的。"她说，"喂？你是谁？"

我努力想要集中精力，提醒自己我们一度是最好的朋友，不管在那之后发生了什么。我眼前闪过她躺在我的床上，手里抓着一瓶伏特加咯咯地笑着告诉我，男人真他妈的可笑。

"克莱尔，"我说，"是我，克丽丝。"

一阵沉默。时间在一分一秒地拉长，似乎会永远持续下去。刚开始我以为她不会说话、她忘记了我是谁，或者不想跟我说话。我闭上了眼睛。

"克丽丝！"她说。突然的爆发。我听到她在咽唾沫，仿佛一直在吃东西。"克丽丝！我的上帝。亲爱的，真的是你吗？"

我睁开了眼睛，一滴眼泪已经缓缓流过了我脸上陌生的皱纹。

"克莱尔！"我说，"是的。是我，是克丽丝。"

"上帝啊。他妈的。"她说，接着又说了一遍。"他妈的！"她的声音很平静。"罗杰！罗杰！这是克丽丝！在电话上！"她突然大声说，"你好吗？你在哪里？"接着是，"罗杰！"

"噢，我在家。"我说。

"家？"

"是的。"

"和本在一起？"

我突然警觉起来。"是的。"我说，"和本在一起。你听到我的留言了吗？"

　　我听到她吸了一口气。惊讶？还是她在抽烟？"是的！"她说，"我打算回电话的，但是这是室内电话，你又没有留下号码。"她犹豫了一下，有一阵子我不知道她没有回我的电话是不是有别的原因。她又说话了："不管怎么样，你好吗，亲爱的？听到你的声音真是太高兴了！"我不知道该如何回答，当我沉默的时候克莱尔说："你住在哪儿？"

　　"我不清楚。"我说。我感觉一阵快乐涌来：她问的问题意味着她没有在跟本交往；接着我意识到也有可能她是为了让我不怀疑他们才问这样的问题的。我如此希望相信她——希望知道本不是因为她而离开我，为了从她那里得到我身上得不到的爱——因为相信她也就意味着我同样可以相信我的丈夫。"伏尾区。"我说。

　　"好吧。"她说，"过得怎么样？事情怎么样？"

　　"嗯，你知道吧？"我说，"我他妈的一件事情也记不得。"

　　我们都哈哈大笑起来。这种感觉好得很，眼前爆发的情感不是悲伤。不过它很短暂，接着是一阵沉默。

　　"你听起来很好。"过了一会儿她说，"真的很不错。"我告诉她我又开始写东西了。"真的吗？哇。太棒了。你在写什么呢？小说？"

　　"不。"我说，"头天的事情第二天就忘的话要写本小说可不太容易。"沉默。"我只是把自己身上发生的事情记下来。"

　　"好的。"她说，接着再没有说什么。我想也许她并不完全理解我的处境，还有些担心她的语气，她的语气听起来有点冷酷。我想知道我们最后一次见面是怎么收尾的。"那你身上发生了什么事情？"她又说话了。

说什么呢？我有一种冲动让她看看我的日志，把它全部读给她听，可是毫无疑问我不能。无论怎么样，或许现在还不行。要说的话似乎太多了，我想知道的太多了。我的整整一生。

"我不知道。"我说，"很难……"

我听起来一定很沮丧，因为她说："克丽丝，亲爱的，到底出了什么事？"

"没什么。"我说，"我没事。我只是……"这句话渐渐听不见了。

"亲爱的？"

"我不知道。"我说。我想起了纳什医生，想到了我对他说的话。我能确信她不会告诉本吗？"我只是困惑。我想我做了一些蠢事。"

"噢，我敢肯定那不是真蠢。"又是一阵沉默——她在深思？——接着她说，"听着，我能跟本说话吗？"

"他出去了。"我说，我感到欣慰的是谈话似乎已经转向具体确凿的东西，"在上班。"

"好吧。"克莱尔说。又是一阵沉默。突然间谈话显得很荒谬。

"我需要见见你。"我说。

"需要？"她说，"不是'想要'？"

"不是这样。"我开口说，"毫无疑问我想……"

"放轻松，克丽丝。"她说，"我在开玩笑。我也想见你，非常想。"

我感觉松了一口气。我有过一个念头，认为我们的对话可能会很不顺，结束的时候双方礼貌地道个别，模模糊糊地允诺以后再通话，如果那样的话又一条通向我的过去的路将会啪的一声永远关上。

"谢谢你。"我说，"谢谢你……"

"克丽丝。"她说，"我一直非常想念你。每天。每天我都在等着他妈的电话响，希望会是你，却从来没有想过真的会是你。"她停顿了一下。"怎么……你的记忆现在怎么了？你能记起多少？"

"我不知道。"我说，"比以前好，我想。但我还是记不起多少。"我想到了所有自己记下的东西，所有关于我和克莱尔的图像。"我记得一个派对。"我说，"屋顶上的烟花。你在画画，我在学习。但那以后就什么也没有了，真的。"

"啊！"她说，"那个大日子！上帝啊，似乎是很久以前的事情！我有很多事情要告诉你。很多。"

我有些好奇她是什么意思，但我没有问。先不急，我想。还有更重要的事情我需要知道。

"你有没有搬走过？"我说，"搬去国外？"

她大笑起来。"是啊。"她说，"大概走了6个月。我遇见了个家伙，很多年前。真是一场灾难。"

"去了哪里？"我说，"你去了哪儿？"

"巴塞罗那。"她回答说，"怎么啦？"

"噢。"我说，"没什么"。我的态度有些退缩，对朋友的生活细节一无所知让我感觉难堪。

"只是有人跟我说了些事情。他们说你去了新西兰，他们肯定是弄错了。"

"新西兰？"她笑着说，"不。没有去过那里。从来没有。"

这么说本在这点上也对我撒了谎。我仍然不知道原因，也想不出为什么他觉得有必要把克莱尔从我的生活中如此彻底地抹掉。这只不过跟他在其他事情上骗我一样，还是他选择不告诉我？是为了我好吗？

这又是一件我必须问他的事情，在我找他谈话的时候——现在我知道我们必须谈一谈了。那时我会告诉他我知道的一切，还有我是如何找出这一切的。

我们又聊了一些，谈话中有时会有长长的停顿，有时我们拼命急匆匆地交谈。克莱尔告诉我她结婚了，然后离婚了，现在跟罗杰在一起生活。"他是个学者。"她说，"心理学。这家伙想让我嫁给他，我不着急。不过我爱他。"

跟她说话、听到她的声音感觉很好，似乎很容易、很熟悉，几乎像回到了家。她不怎么问问题，似乎明白我没有什么好说的。最后她终于停了下来，我以为她可能要道别了。我意识到我们谁也没有提到亚当。

"那么，"相反她说，"跟我说说本。有多久了，你们俩……"

"复合？"我说，"我不知道。我甚至不知道我们分开过。"

"我试过给他打电话。"她说。我感觉自己紧张起来，尽管不知道为什么。

"什么时候？"

"今天下午，在你打过电话以后。我猜一定是他给了你我的电话号码。他没有接我的电话，可是我也只有一个旧号码，在他上班的地方。他们说他已经不在那里工作了。"

我感觉恐惧在身上游动。我四下张望着卧室，卧室十分陌生。我觉得她肯定是在撒谎。

"你经常跟他通话吗？"我说。

"不。最近没有。"她的声音里多了一种语气。收敛了。我不喜欢。"有几年没有通话了。"她犹豫了一下，"我一直很担心你。"

我害怕，怕克莱尔在我跟本谈之前就已告诉他我给她打了电话。

"请不要给他打电话。"我说，"请不要告诉我打过电话给你。"

"克丽丝！"她说，"为什么不呢？"

"我宁愿你不打。"

她深深地叹了口气，听起来有点恼火："瞧，到底是怎么回事？"

"我解释不了。"我说。

"试试看。"

我没有足够的勇气提到亚当，但我告诉了她纳什医生的事情，关于酒店房间的记忆，还有本是如何坚持说我出了车祸。"我认为他没有告诉我真相是因为他知道真相会让我难过。"我说。她没有回答。"克莱尔，"我说，"我到布赖顿可能是去做什么呢？"

沉默横亘在我们之间。"克丽丝，"她说，"如果你真想知道的话我会告诉你，或者至少把我知道的告诉你。不过不能在电话里说，等我们见面的时候。我答应你。"

真相。它悬在我的面前闪闪发光，近得我几乎可以伸手取到。

"你什么时候可以过来？"我说，"今天？今晚？"

"我不太想去你家找你。"她说，"如果你不介意的话？"

"为什么？"

"我只是觉得……嗯……如果我们在别的地方见面更好些？我可以带你去一家咖啡馆吗？"

她的声音里有种快活的口气，但似乎是强颜装出来的。假的。我想知道她在害怕些什么，却说了一句："好的。"

"亚历山大宫？"她说，"可以吗？你从伏尾区到那里应该很容易。"

"好的。"我说。

"酷。星期五？我们11点见？可以吗？"

我告诉她没问题。不能有问题。"我会没事的。"我说。她告诉我要坐哪趟公车，我一条条记在了一张纸片上。接着我们又闲聊了几分钟，互相道了再见，我拿出我的日志记了起来。

"本。"他回到家时我说。他坐在客厅的扶手椅里读着报纸，看起来有些疲惫，似乎没有睡好。"你相信我吗？"我说。

他抬起了头。他的眼睛突然亮了起来，点燃它的是爱，但也有别的东西。看上去几乎像是恐惧。这并不让人惊讶，我想，问完这个问题之后通常会有一番招供，承认这种信任是错误的。他把前额上的头发往后拢了拢。

"当然了，亲爱的。"他走过来坐在我的椅子扶手上，把我的一只手合在他的手里，"当然。"

突然间我不确定自己是否想要继续说下去。"你跟克莱尔通话了吗？"

他低头看着我的眼睛。"克莱尔？"他说，"你记得她？"

直到最近我才想起来——实际上，是直到记起那个焰火晚会——在此之前克莱尔对我来说完全不存在。"记不太清楚。"我说。

他移开了目光，扫了扫壁炉上的时钟。

"不。"他说，"我想她搬走了，在许多年前。"

我缩了一缩，似乎受了痛。"你确定吗？"我说。我不敢相信他还在骗我。在这件事情上撒谎似乎比在其他所有事情上撒谎还要糟糕。毫无疑问，在这件事上说真话并不困难吧？克莱尔还在国内，这不会给我带来任何痛苦，甚至可以变成——如果我跟她见面的话——让我改善记忆的助力。那为什么要撒谎？一个阴暗的念头钻进了我的脑海——跟以往同样阴暗的猜测——不过我把它赶了出去。

"你确定？她去哪儿了？"告诉我真相，我想。还不算太晚。

233

"我记不清了。"他说，"新西兰，我想。或者澳大利亚。"

我觉得希望正在越滑越远，但我知道我必须怎么做。"你确定？"我说，我赌了一局，"我有个奇怪的回忆，记得有一阵子她曾经告诉我想搬去巴塞罗那，一定是很多年以前的事情了。"他什么也没有说。"你确定不是搬去了那里？"

"你记起了这个？"他说，"什么时候？"

"我不知道。"我说，"只是一种感觉。"

他捏了捏我的手，以示安慰："可能是你的想象。"

"不过感觉很真实。"我说，"你确定不是巴塞罗那？"

他叹了一口气："不，不是巴塞罗那，肯定是澳大利亚。阿德莱德，我猜是。我不太确定。是很久以前的事情了。"他摇了摇头。"克莱尔。"他微笑着说，"我很久没有想起她了，很多很多年了。"

我闭上了眼睛，再睁开时他笑眯眯地看着我。他看上去几乎有点傻，有点可悲。我想扇他一巴掌。"本。"我说，声音很低，"我跟她说过话了。"

我不知道他会如何反应。他什么也没有做，仿佛我什么也没有说过，可是接着他的眼睛亮了起来。

"什么时候？"他说。他的声音冷冰冰又硬邦邦，好似玻璃。

要么我可以告诉他真相，要么我可以承认我一直在把自己的生活记录下来。"今天下午，"我说，"她打电话给我了。"

"她打电话给你？"他说，"怎么会呢？她怎么会打电话给你？"

我决定撒个谎："她说你给了她我的电话号码。"

"什么号码？太荒谬了！我怎么可能给她号码？你确定是她吗？"

"她说你们偶尔会说说话，最近才没有联系的。"

他放开了我的手，它落到我的腿上，死气沉沉的。他站起来转了一圈面对着我："她说了什么？"

"她告诉我你们俩原来一直有联系，几年前才断了。"

他俯身靠近了些，我闻到他呼吸里的咖啡味："这个女人就这样无缘无故给你打了个电话？你能肯定是她吗？"

我翻了个白眼。"噢，本！"我说，"还能是谁呢？"我微笑着。我从来不认为这番对话会有多轻松，可是现在它似乎过于沉重，我不喜欢。

他耸了耸肩膀："你不知道。过去曾经有试着来找你的人。新闻界的人，记者。那些人读了关于你的故事，了解发生了什么，就想听听你的说法，甚至只是到处打探你的实际情况有多么糟糕、看你变了多少。以前他们就装过别人，目的只是让你开口。还有医生，那帮声称可以帮你的江湖骗子。顺势疗法，另类治疗，还有巫医。"

"本。"我说，"她是我多年最好的朋友，我认得出她的声音。"他垮下了脸，一副败阵的模样。"你跟她通过话，对吧？"我注意到他的右手握起来又放开，捏成一个拳头后又松了手。"本？"我又问了一遍。

他抬起头来，满面通红，眼睛有些湿润。"好吧。"他说，"好吧，我跟克莱尔谈过。她让我继续跟她保持联系，告诉她你的情况。每隔几个月我们通个话，说上几句。"

"你为什么不告诉我？"他没有说话。"本。为什么？"沉默。"你是不是觉得瞒着我她的事会容易些？假装她搬走了？是这样吗？就像你假装我从来没有写过小说？"

"克丽丝——"他的话语被我打断了，"怎么——"

"这不公平，本。"我说，"你无权藏着这些事情。只为了让你自己好过就跟我说谎，你没有权利这么做。"

他站起身。"让我好过？"他的声音大了起来，"我好过？你以为我告诉你克莱尔住在国外是因为这对我来说更容易？你错了，克丽丝。错了。这对我来说一点儿也不容易。一点儿也不。我不告诉你你写过小说是因为我无法忍受想到你有多么希望写第二部、看到你意识到再也写不出来时是多么痛苦。我告诉你克莱尔住在国外是因为我无法忍受你发现她在那种时候抛弃了你以后你的声音里流露出的那种悲伤。她任由你自生自灭，跟其他所有人对待你一样。"他顿了顿，等着我的反应。"她告诉你这个了吗？"发现我毫无反应之后，他说。而我在想：*不，不，她没有告诉我这个，而且实际上今天我在我的日志里读到过，过去她是经常去探望我的。*

他又说了一遍："她告诉你这个了吗？等她反应过来她离开15分钟后你就会把她忘得一干二净，她马上再也不去看你了。当然，圣诞节的时候她可能打个电话来看看你过得怎么样，可是守在你身边的人是我，克丽丝。是我每一天都去看你，是我在那儿等着你，祈祷你会好起来，好让我把你从那儿接出来，带回这儿跟我安安全全地在一起。是我。我对你撒谎不是因为这对我来说很容易。永远也不要这么想。永远也不要！"

我记起读到过的、纳什医生告诉我的事情。我直视着他的眼睛。*可惜你没有，我想，你没有守在我的身边。*

"克莱尔说你跟我离婚了。"

他呆住了，接着后退了几步，仿佛挨了一拳。他张开了嘴，又闭上。这一幕几乎有些好笑，最后他挤出了一个词：

"贱人。"

他换上了一脸盛怒的表情。我以为他会打我，却发现自己并不在乎。

"你跟我离过婚？"我说，"真的吗？"

"亲爱的——"

我站了起来。"告诉我。"我说，"告诉我！"我们面对面地站着。我不知道他会怎么做，不知道自己希望他怎么做。我只知道我要他说真话，再不要跟我说谎。"我只是想知道真相。"

他走上前跪在我的面前，抓住了我的手。"亲爱的——"

"你跟我离过婚？这是真的吗，本？告诉我！"他低下了头，接着他抬头看着我，眼睛睁得大大的，目光里是惊恐。"本！"我喊道。他哭了起来。"本。她还告诉了我亚当的事情，她告诉我我们有过一个儿子。我知道他死了。"

"对不起。"他说，"我很抱歉。我以为这是最好的办法。"接着，在轻轻的呜咽声里他说他会告诉我一切。

阳光已经完全退去，黄昏变成了夜晚。本打开了一盏灯，我们坐在玫瑰色的灯光里面对着面，隔着餐桌。我们中间摆着一堆照片，是我以前看过的那些。当他将照片一张张递给我并告诉我它们的由来时我装出一副惊讶的样子。他在我们的婚礼照片上停留了很久——告诉我那天是多么美好、多么特别，解释说我看起来是如何美丽——但接着难过起来。"我一直都爱着你，克丽丝。"他说，"你一定要相信这一点。都是因为你的病。你必须去那个地方，而且，嗯……我不能。我受不了。我原本会跟着你，我原本会不惜一切让你回来，做什么事情也愿意。可是他们……他们不让……我见不到你……他们说这样最好……"

"谁？"我说，"是谁这么说？"他沉默了。"医生？"

他抬头看着我。他在哭，红着眼圈。

"是的。"他说，"是的，医生。他们说这样最好。这是唯一的

237

办法……"他擦掉了一滴眼泪。"我照他们的话做了。真希望我没有，真希望我当时为你抗争了。我很懦弱，而且愚蠢。"他的声音变成了小声的低语。"我不再去看你，是的。"他说，"不过是为了你好。尽管那几乎让我难得要死，我做那些是为了你，克丽丝。你一定要相信我。为了你，和我们的儿子。可是我从来没有跟你离过婚。不算是，在这里不是。"他俯身握住我的手，按在他的衬衫上，"在这里我们从来没有分开过，我们一直在一起。"我感觉到了温暖的棉布已经被汗水打湿。他的心脏跳得很快。爱。

我犯了傻，我想。我纵容自己相信他做这些事情是为了伤害我，而实际上他告诉我他这么做都是出于爱。我不该责备他，恰恰相反我应该尽力去理解。

"我原谅你。"我说。

11 月 22 日，星期四

今天醒来时，我睁开眼睛看见一个人坐在一张椅子里，就在我所在的房间。他坐在那儿一动也不动。看着我、等着。

我没有恐慌。我不知道他是谁，但我并没有恐慌。我隐隐约约地知道一切都还好、他有权在那里。

"你是谁？"我说，"我怎么会到了这里？"他告诉了我。我没有觉得恐惧，没有怀疑。我明白了。我去了洗手间靠近镜中的倒影，像靠近一个忘记已久的亲人，或者我母亲的鬼魂。有点小心、有点好奇。我穿上衣服，熟悉着自己的新体型和意想不到的行为，接着吃了早餐，隐约意识到桌边一度可能有过三个位置。我吻别了我的丈夫，并没有觉得这样做有什么不对，接着不知道为什么我打开了衣柜里的鞋盒，发现了这本日志。我立刻明白过来这是什么东西。我一直在找它。

现在，我已经离自己的真实情形越来越近。有一天，可能我醒来时已经明白一切。事情开始变得不再荒谬。即使到了那一天，我知道我永远也不会跟正常人一样。我的经历并不完整，过去的许多年年月月已经烟消云散，没有留下一丝痕迹。没有人可以告诉我那些关于我自己、我过去的事情。纳什医生没有办法——他只能通过我告诉他的、他在我日志里读到的和我档案中记录的东西来了解我——本也不能，他无法告诉我那些我在遇见他之前发生的事情；或是那些我在遇见他之后发生的、但我选择不告诉他的事情。这都是我的秘密。

但有一个人可能知道。有个人可能可以告诉我剩余的真相，告诉我我去布赖顿是为了见谁，揭开我最好的朋友从我生活中消失的真正原因。

我已经读过这本日志。我知道明天会跟克莱尔见面。

11月23日，星期五

    我在家里记日志。我终于能够把这个地方当做自己的家，当成可以归属的地方。我已经通读过这本日志，已经见过克莱尔，二者解答了所有我需要知道的事情。克莱尔答应我她会回到我的生活中，再也不会离开。我的面前是一个破破烂烂的信封，上面写着我的名字。一件旧物。它让我成为一个完整的人，我的过去终于有了意义。

    很快我的丈夫会回家，我正期待见到他。我爱他。现在我知道这一点了。

    我会记下这个故事，然后我们会一起让一切变得更加美好。

    我走下公车时外面是一个阳光明媚的日子。阳光中弥漫着冬季蓝幽幽的寒意，地面冻得很结实。克莱尔告诉我她会在山顶上等，*在通向亚历山大宫的阶梯旁*，因此我把写有见面地点的那张纸叠了起来，开始沿

241

着坡度平缓的阶梯往上爬。阶梯绕着公园蜿蜒盘旋着，往上走用的时间比我预想的要长，再加上还不习惯这副不太好使的身体，快到顶的时候我不得不停下来休息。我肯定一度体质强健，我想，至少比现在强。我不知道是不是该多锻炼锻炼。

公园环抱着一大片修整过的草地，中间柏油路纵横交错，点缀着垃圾桶和推折叠婴儿车的女人。我发现自己有些紧张。我不知道会发生什么。怎么可能知道呢？在我想象的图像中克莱尔总是穿着黑色。牛仔裤，T恤衫。我看见她身穿沉重的靴子、双排钮风衣。要不然她会穿着一条扎染长裙，所用的布料我猜应该用"轻飘飘"这样的词语来描述。我想象不出现在的她会以其中任何一种形象出现——我们现在所处的年纪已经不适合这些妆容——却不知道取代它们的会是什么。

我看了看表。我到早了。不假思索地，我提醒自己克莱尔总是迟到，接着马上好奇我怎么会知道这些，记忆留下什么痕迹提醒了我。我想，被埋藏的回忆有那么多，只埋在薄薄的表面之下。那么多的回忆，像浅水中的银色小鱼飞快地掠过。我决定坐在一张长凳上等她。

长长的影子懒洋洋地摊在草地上。树梢上露出排排房屋，密密麻麻地挨着向远方伸展而去。我突然惊讶地意识到目光所及的房屋中有一栋正是我现在的住所，看上去跟其他房子没有什么区别。

我想象着点燃一支烟、不安地深深吸上一口，努力压制想站起来走动的冲动。有点荒谬的，我感觉紧张。可是这样的感觉毫无理由。克莱尔曾经是我的朋友，最好的朋友。没有什么可担心的，我很安全。

长凳上的油漆剥落了一些，我用手挖着漆块，露出了底下潮湿的木头。已经有人用同样的办法在我的位置旁边抠出了两组缩写字母，接着围着字母挖了一颗心，加了一个日期。我闭上了眼睛。每次发现自己生活的实际年代时我总是感到吃惊，有一天我会对这种惊讶习以为常吗？

我吸了一口气：闻到的是湿润的草地味，热狗味，汽油味。

一片阴影罩住了我的脸，我睁开了眼睛。一个女人站在我的面前。高个子，一头浓密的栗色头发，她穿着一条长裤和一件羊皮夹克。一个小男孩一只手拉着她，另一只手的臂弯里抱着一个塑料足球。"对不起。"我说着在长凳上挪了挪，腾出位置让他们一起坐在我身边，这时那个女人露出了微笑。

"克丽丝！"她说。这是克莱尔的声音，绝对不会错。"克丽丝，亲爱的！是我。"我看看那个孩子，又看看她的脸。当初光滑的皮肤上出现了皱纹，眼袋下垂——在我的记忆中它们不是这副模样，不过这是她。毫无疑问。"上帝啊！"她说，"我一直非常担心你。"她把孩子向我推了推："这是托比。"

小男孩看着我。"去吧。"克莱尔说，"打个招呼。"有一会儿我以为她在跟我说话，可是接着他向前迈了一步。我笑了。我唯一的念头是*这是亚当吗？*尽管我知道这不可能。

"哈喽。"我说。托比踢踢踏踏地走着，喃喃地说着些我没有听清的话，然后转身对克莱尔说："现在我可以去玩了吗？"

"不过要待在妈妈看得到的地方，好吗？"她摸了摸他的头发，他向公园跑去。

我站起来转身面对着她。我不知道自己是否宁愿不转过身去而是直接跑开，我们之间的鸿沟如此难以逾越，但是她伸出了双臂。"克丽丝，亲爱的。"她说，她的手腕上挂着的塑料手镯一个个互相碰撞着，"我想念你。我他妈的非常想念你。"我身上一直压着的重担突然翻了个跟头不见了，消失了，我抽泣着倒进她的怀里。

一瞬间我感觉似乎我了解关于她的一切，也了解关于自己的一切，仿佛我灵魂中央的空隙被盖过太阳的强光照亮。一段历史——我的历

243

史——在我的面前闪现，可是它转瞬即逝，除了匆匆捕捉它的幻影，其余的动作都已经来不及了。"我记得你。"我说，"我记得你。"接着光亮消失了，黑暗再次席卷而来。

我们坐在长凳上，静静地看着托比跟一群男孩踢足球，看了很久。我很高兴与未知的过去有了一个纽带，可是我们之间有个难堪的坎儿，我跨不过去。一句话反复地在我的脑海里出现。**与克莱尔有关。**

"你好吗？"我终于说，她哈哈大笑起来。

"烂透了。"她说。她打开包拿出一包香烟。"你还戒着呢，对吧？"她说着请我抽，我摇了摇头，再次认识到她的确比我自己更了解我。

"出了什么事？"我说。

她开始卷香烟，对着她的儿子点了点头："噢，你知道吗？托比有ADHD。他整夜不睡，所以我也没办法睡。"

"ADHD？"我说。

她微微笑了。"对不起。这是一个相当新的词，我想。全名叫注意缺陷多动障碍。我们不得不给他吃'哌甲酯'，可是我他妈的恨它。那是唯一的方法。别的我们全试过了，如果没有那药，他绝对是个野孩子，吓人得很。"

我看着那个在远处奔跑的小男孩。又是一个出了错的、乱了的脑子，安放在健康的身体里。

"不过他还好吧？"

"是的。"她说着叹了口气。她把卷烟纸摊在膝盖上，开始沿着折痕洒烟丝："只是有时候他让人筋疲力尽，像是'糟糕的2岁'一直没有停。"

我笑了。我知道她的意思，但限于字面意义。我没有比照，不知道亚当在托比这么大甚至更小些的时候是什么模样。

"托比的年纪似乎很小？"我说。她笑出了声。

"你的意思是说我很老！"她舔了舔烟纸上的胶水，"是的，我很晚才生了他。当时很确定不会有什么事，所以我们有点粗心……"

"噢，"我说，"你是说——？"

她笑了。"我可不想说他是一个意外，不过这么说吧，他算是让我吃了一惊。"她把烟卷放进嘴里，"你记得亚当吗？"我看着她。她扭开了头，用手在风中护着打火机，我看不见她脸上的表情，也说不好这个动作是不是刻意的回避。

"不。"我说，"几个星期前我记起我有过一个儿子，自从把它记录下来以后，我觉得自己一直无法卸下这件事，像是胸口上扛着一块巨石。可是，我记不得。我不记得任何他的事情。"

她吐出一团微蓝色的烟雾，它向天空飘去。"太糟糕了。"她说，"我很抱歉。不过本给你看照片了？有用吗？"

我掂量着该告诉她多少。他们两人以前似乎有联系，一度似乎是朋友。我必须小心，可是我仍然感觉越来越有必要开口谈谈——也听一听——真相。

"是的，他确实给我看了照片，不过在家里他没有摆出来。他说那些照片太让我难过了。他把它们藏了起来。"我差点脱口而出锁了起来。

她似乎有些惊讶："藏起来？真的吗？"

"是的。"我说，"他觉得如果我偶然发现他的照片，我会觉得十分难过。"

克莱尔点了点头："可能你认不出他？不知道他是谁？"

"我想是的。"

"我想可能是这样。"她说。她犹豫了一下，"既然他已经走了。"

245

走了，我想。她说得好像他不过是外出几个小时，带着他的女朋友去电影院，或者去买一双新鞋。不过我理解。理解我们之间心照不宣的协定：不谈亚当的死，现在还不要谈；我理解克莱尔也在试图保护我。

我没有说话，相反我试图想象那种情形是什么样子：每天看见我的孩子，在每天这个词还有意义的时候，在每天都与前一天断裂开来之前。我试图想象每天早上醒来知道他是谁，能够计划未来、期待圣诞节、期待他的生日。

多么可笑，我想。我甚至不知道他的生日是什么时候。

"难道你不希望看到他——？"

我的心突然怦怦地跳了起来。"你有照片吗？"我说，"我能——"

她露出了惊讶的表情："当然！很多！在家里。"

"我想要一张。"我说。

"好的。"她说，"可是——"

"拜托，那对我很重要。"

她把手放在我的手上："当然。下次我会带一张来，不过——"

远处传来的一声叫喊打断了她。我望向公园那一边。托比正向我们跑来，哭着，他身后的足球比赛仍然在进行。

"他妈的。"克莱尔小声说。她站起身大喊道，"托比！托比！怎么啦？"他还在跑。"见鬼。"她说，"我去把他哄好就来。"

她到了儿子身边，蹲下问他出了什么事。我看着地面。水泥路上长满了青苔，奇形怪状的青草从沥青下钻了出来，努力朝着阳光生长。我感觉高兴，不仅是因为克莱尔会给我一张亚当的照片，也是因为她说会在下次见面的时候给我。我们还会再见面。我意识到每一次都会再像第一次见面。真是讽刺：我常常忘记我记不住事情。

我也意识到她谈到本的模样——某种怀旧的腔调——让我感觉他们不可能有私情。

她回来了。

"一切都很好。"她说。她掸掉香烟，用鞋跟把它踩进地里。"关于球是谁的有点小误会。我们走一走？"我点点头，她转身朝向托比，"亲爱的！要冰激凌吗？"

他答应了，我们开始向亚历山大宫走去。托比握着克莱尔的手。他们看上去如此相似，我想，他们的眼睛里都有团团火焰。

"我喜欢这里。"克莱尔说，"景色让人振奋。你不觉得吗？"

我看着灰色的房屋，它们中间点缀着团团绿色："我想是的。你还画画吗？"

"不怎么画了。"她说，"有的时候试一下，我变成半吊子了。我们自己家的墙壁上到处是我的画，不过不幸的是一幅也没有卖到其他人手上。"

我笑了。我没有提到我的小说，尽管我想问她是不是读过了、她觉得怎么样。"那你现在做什么呢？"我问。

"基本上我在照顾托比。"她说，"在家里教他。"

"我明白了。"我说。

"不是自己选的。"她回答说，"没有一家学校肯收他，他们说他破坏性太强了，他们对付不了。"

我看着她的儿子，他跟我们走在一起。他似乎十分安静，握着他妈妈的手。他问是不是会给他冰激凌，克莱尔告诉他很快就有了。我无法想象他是个麻烦的孩子。

"亚当是什么样子的？"我说。

"小孩的时候？"她说，"他是个好孩子。"她说，"非常有礼貌，规规矩矩，知道吧？"

"我是个好妈妈吗？他幸福吗？"

"哦，克丽丝。"她说，"是的。是的。没有人比那个孩子更受宠了。你不记得了，是吧？为了要孩子你努力过一段时间，你有过一次流产，当时已经怀了很长时间，然后有次宫外孕。我想你刚刚准备放弃，亚当却来了。你可开心了，你们俩都很开心。你喜欢怀孕。我讨厌怀孕。肿得他妈的跟一所房子一样，还有可怕的孕吐。吓人。不过你不一样，你爱怀孕时的每一秒钟，你怀亚当的时候全程容光焕发。你一进屋，房间都被你照亮了，克丽丝。"

尽管我们在走路，我还是闭上了眼睛，先试着记起怀孕的时候，接着想象那段时间。两样我都没能做到。我看着克莱尔。

"然后呢？"

"然后？孩子出生了。棒得很。当然，本在那儿。我尽快赶到了。"她停下了脚步，扭头看着我，"你是一个出色的母亲，克丽丝。非常出色。亚当很幸福，被照顾得很好、被人爱着。没有一个孩子可以得到比这更好的了。"

我努力回想当母亲的时候，回想我儿子的童年。但什么也没有想起来。

"本呢？"

她顿了一下，接着说："本是一个出色的父亲，一直都是。他爱那个孩子。每天晚上他下班就奔回家看他。当他学会说第一个字，他给所有人都打了电话告诉他们。他开始爬、学会走第一步时，本也是这么做的。他刚刚会走路他就带他去公园，带着足球啊什么乱七八糟的。还有圣诞节！那么多玩具！我想我就只见过你们吵这一次架——关于本该给亚当买多少玩具。你担心他会被宠坏。"

我感觉到后晦让我心中刺痛，有种道歉的冲动：我曾经想要拒绝给我的儿子某些东西。

"现在我会给他所有他想要的东西。"我说，"如果可以的话。"

她看着我，露出伤心的表情。"我知道。"她说，"我知道。可是你要开心点，要知道他从来不需要你的什么东西，从来都不。"

我们继续走着。人行道上停着一辆正在卖冰激凌的货车，我们朝它走去。托比开始使劲拽他妈妈的胳膊。她弯腰从钱包里掏出一张纸币给他，让他去买冰激凌。"挑一个！"她对着他的背影大喊，"只挑一个！记得等人找零！"

我看着他向货车跑去。"克莱尔。"我说，"我丧失记忆的时候亚当有多大？"

她笑了："他一定已经3岁了。也许是刚刚4岁。"

我觉得现在我正要踏进新的领域，踏进危险中。但这是我不得不去的地方，我必须发掘的真相。"我的医生告诉我我被袭击了。"我说。她没有回答。"在布赖顿。我为什么会在那儿？"

我望着克莱尔，仔细观察着她的脸。她似乎在作一个决定，权衡各种选择，以便决定该怎么做。"我知道得不确切，"她说，"没有人确确实实地知道。"

她停下不再说话，我们俩一起看着托比，看了一会儿。现在他已经买到了冰激凌，正在拆开包装，脸上一副急切的、聚精会神的表情。我的面前铺开的是长长的沉默。除非我说点什么，我想，不然这永远不会结束。

"我出轨了，是吧？"

没有反应。没有倒抽一口气表示否认，没有震惊的眼神。克莱尔平静地看着我。"是的。"她说，"你在背着本偷情。"

她的声音里没有感情。我想知道她怎么看我。不论是当时，还是现在。

"告诉我。"我说。

"好的。"她说，"不过我们坐下吧，我真想喝杯咖啡。"

我们向主楼走去。

咖啡厅也兼作酒吧。座椅都是钢制的，桌子朴实无华。四周点缀着棕榈树，可惜每当有人开门都会有股冷空气涌进来，破坏了氛围。我们面对面隔着一张桌子坐着，用饮料暖着手。

"事情是怎么样的？"我又说一遍，"我要知道。"

"不好说。"克莱尔说。她说得很慢，似乎是在复杂的地形里小心地前进。"我想是在你生了亚当之后不久开始的。一旦最初的激情消退，有一段时间非常难熬。"她顿了一下，"身在其中的时候要看清周围发生的事情是那么不容易，对吧？只有在事后，我们才能真正看清。"我点点头，但并不理解。事后的洞见不是我能拥有的东西。她继续说："你哭得很厉害，你担心没有跟孩子建立起纽带，都是些常见的困扰。本和我做了能做的一切，你妈妈在旁边的时候也会帮忙，不过情形很不妙。甚至在最糟的一段时间过去以后你还是觉得受不了。你无法回头工作。你会在大白天突然给我打电话，难过。你说你感觉自己很失败，不是做母亲很失败——你看得出亚当有多么幸福——而是作为一个作家。你觉得自己再也写不了了。我会过去看你，你简直一团糟，在哭，还有那些作品。"我好奇接下来会发生些什么——事情会变得多么糟糕——接着她说，"你和本也在吵架。你怨恨他，因为他觉得生活是那么容易。他提出要雇一个保姆，不过，嗯……"

"嗯？"

"你说那是他的一贯作风，有问题只知道砸钱。你有你的观点，不过

250

"……也许你并不十分公正。"

也许不是，我想。我有些吃惊，当时我们一定还算有钱——比我丧失记忆后富裕，比我们的现状富裕。我的病一定花了一大笔钱。

我努力想象着自己跟本吵嘴、照顾小孩、尝试写作。我想象着一瓶又一瓶牛奶，或者亚当吃着我的奶。脏尿布。在早上，让自己和孩子吃饱是我唯一的野心；到了下午，我累得筋疲力尽，唯一渴望的事情是睡觉——还要等好几个小时才能睡上觉——想要写作的念头早就被赶到九霄云外。我可以看见这一切，能够感觉到那种缓慢的、烧灼的憎恨。

可是这些只是想象，我什么也记不起来。克莱尔的故事似乎跟我毫无关联。

"所以我出轨了？"

她抬起头。"那时我有空，当时我在画画。我答应会照看亚当，每周帮你两个下午，那样你就可以写作了。是我坚持要这么做的。"她握住我的手。"是我的错，克丽丝。我甚至建议你去咖啡馆坐坐。"

"咖啡馆？"我说。

"我认为出去走走对你来说是个好主意。给自己一点儿空间。每周出去几个小时，远离一切。过了几个星期，你似乎好转了。你变得快活起来，你说你的工作进行得很顺利。你开始几乎每天都去咖啡馆，在我没办法照顾亚当的时候你就带上他。可是后来我发现你的穿着打扮也不一样了。很典型的兆头，不过当时我并没有反应过来。我以为只是因为你感觉在好转，更自信了。但接下来的一个晚上本打了电话给我。他一直在喝酒，我想。他说你们吵得比以往更厉害，他不知道该怎么做。你也不再跟他做爱了。我告诉他可能只是因为孩子的原因，也许他只是在担无谓的心。可是——"

251

我打断了她："我在跟某人交往。"

"我问了你。刚开始你不承认，但后来我告诉你我不傻，本也不蠢。我们吵了一架，可是过了一段时间你把真相告诉我了。"

真相。并非光彩夺目，并不让人振奋，只不过是赤裸裸的事实。我的生活已经变成了活生生的老一套：跟一个在咖啡馆里遇见的人上床，而我最好的朋友在照顾我的孩子，我的丈夫在赚钱支付我的衣服和内衣——我穿这些东西不是给他看的。我想象着偷偷摸摸地打电话，出了突发事件时临时改变安排，还有那些我们有机会聚在一起的日子，那些堕落的、可悲的下午，那时我跟一个男人在床上缠绵，在那么一段时间内来讲他似乎比我的丈夫出色——更让人激动？更有魅力？是更出色的情人？更有钱？我在那个旅馆房间等待的、那个最终袭击了我的男人是他吗？是不是他让我失去了过去，失去了未来？

我闭上了眼睛。一幕记忆闪过。一双手扯着我的头发，掐着我的喉咙。我的头在水里，喘着气，哭着。我记得我当时的念头。我想见我的儿子。最后一次。我想见见我的丈夫。我真不应该这样对待他，我真不应该为了这个男人背叛他。我将永远没有机会告诉他我很抱歉了。永远。

我睁开了眼睛，克莱尔捏着我的手。"你还好吗？"她说。

"告诉我。"我说。

"我不知道是不是——"

"拜托。"我说，"告诉我。是谁？"

她叹了一口气："你说你遇到了一个经常去那家咖啡馆的人。他很不错，你说。有魅力。你努力自控了，可是你情不自禁。"

"他叫什么名字？"我说，"他是谁？"

"我不知道。"

"你一定知道！"我说，"至少知道他的名字！是谁这样对我？"

她望着我的眼睛。"克丽丝，"她的声音平静，"你甚至连他的名字也从来没有告诉我。你只是说在一家咖啡馆遇见他的。我猜你不想让我知道任何细节，至少能不说就不说。"

我觉得另一种希望流走了，随着河水冲到了下游。我永远也不会知道是谁这样对我。

"事情是怎么样的？"

"我告诉你我觉得你在犯傻。要考虑到亚当，也要考虑本。我想你应该停手，不要再去见他。"

"可是我不听。"

"不。"她说，"刚开始你不听，我们吵过架。我告诉你你让我的处境很难堪，本也是我的朋友，你是在让我跟你一样对他撒谎。"

"出了什么事？持续了多长时间？"

她沉默着，然后说："我不知道。有一天——一定才刚刚过了几个星期——你宣布一切都结束了。你说你会告诉这个人行不通，你犯了一个错误。你说你很抱歉，你犯了傻。疯了。"

"我在撒谎？"

"我不知道。我不觉得。你和我不会对对方撒谎，我们不会。"她对着咖啡面上吹了一口气。"几个星期后他们在布赖顿发现了你。"她说，"我完全不知道那个时候出了什么事。"

也许正是这些话——"我不知道那个时候出了什么事"——激起了那个念头，我意识到我可能永远也不会知道自己是怎么会受到袭击的，可是一个声音突然从我身体里溜了出来。我努力想要压住它，却没有成功。那声音又像喘息又像号叫，是受痛的动物发出的哀鸣。托比从他的图画书上抬起头来。咖啡厅里的所有人都转头盯着我，盯着那个没有记忆的疯女人。克莱尔抓住了我的胳膊。

"克丽丝!"她说,"怎么了?"

现在我在抽泣,我的身体起伏着,喘着气,为所有失去的岁月哭泣,为了那些我还将继续失去的时光哭泣,那是从现在一直到死去的漫长时光。我在哭,因为不管对我讲述我的外遇、我的婚姻和我的儿子是多么艰难,明天她将不得不再讲一遍。不过,我哭主要是因为招来这一切的是我自己。

"对不起。"我说,"我很抱歉。"

克莱尔站起身,绕过桌子走过来。她在我身边蹲下,用两只胳膊搂着我的肩膀,我把头搁在她的肩膀上。"好啦,好啦。"她一边听我抽泣一边说,"没事了,克丽丝,亲爱的。我在这儿了。我在这儿。"

我们离开了咖啡馆。托比似乎不甘在人前示弱,在我情绪爆发以后他吵吵嚷嚷地闹了起来——把图画书扔到了门上,一起飞出去的还有一杯果汁。克莱尔把东西清理干净,说:"我要去透透气。我们走吗?"

现在我们坐在一张长凳上,它所在的地方可以俯视整个公园。我们的膝盖朝着对方,克莱尔用两只手合着我的手,抚摸着,仿佛它们有点凉。

"我——"我开口说,"我出轨过很多次吗?"

她摇摇头:"不。从来没有。在大学时我们玩得很疯,知道吧?但也不比大多数人更疯。一遇上本你就停手了,你对他一直很忠诚。"

我想知道咖啡馆里的那个男人有什么特别之处。克莱尔说过我告诉她他很不错。*有魅力*。就只是这样吗?难道我真的如此肤浅?

我的丈夫也当得上这两句评价,我想。如果当时我满足于自己拥有的,就好了。

"本知道我有外遇?"

254

"刚开始不知道。不。一直到在布赖顿找到你。对他来说是个晴天霹雳，对我们所有人都是。刚开始你看起来似乎连活都活不下去。后来本问我知不知道你为什么会在布赖顿，我告诉了他。我没有办法，我已经把知道的都告诉了警察。除了告诉本，我没有别的选择。"

内疚再次刺穿了我的身体，我想到我的丈夫——我儿子的父亲——试图查明他那垂死的妻子为什么会在远离家门的地方出现。我怎么能这样对他？

"不过他原谅了你。"克莱尔说，"他从未因此对你有成见，从来没有。他关心的只是你能否活下去、好起来。为了这些他可以放弃一切。一切。其他任何事情都不重要。"

我心中涌起一股对丈夫的爱。实实在在、心甘情愿。尽管发生了这一切，他仍然包容了我、照顾着我。

"你会跟他谈谈吗？"我说。她笑了。

"当然！不过为了什么？"

"他不告诉我真相。"我说，"或者说不是总说实话。他在试图保护我。他只告诉我他觉得我可以应付的东西、他觉得我希望听到的话。"

"本不会那样做的。"她说，"他爱你。他一直爱你。"

"嗯，他就是这么做的。"我说，"他不知道我知道这些。他不知道我把事情记下来了。除非我自己想得起来而且问他，不然他不告诉我亚当的事。他不告诉我他离开了我。他跟我说你在世界的另一边生活。他不认为我应付得来。他对我不抱希望了，克莱尔。不管他以前是什么样子，他已经对我不抱希望了。他不想我去看医生，因为他不认为我会好起来，可是我一直在看一个医生，克莱尔。一个姓纳什的医生，私下里。我甚至不能跟本说。"

克莱尔沉下了脸，露出失望的神色。对我失望，我想。"这可不

255

好。"她说，"你应该告诉他。他爱你、信任你。"

"我不能。几天前他才承认跟你仍然有联系，在那之前他一直说很多年没有跟你谈话了。"

她脸上不满的神色变了，我第一次看到她露出惊讶的表情。

"克丽丝！"

"是真的。"我说，"我知道他爱我，可是我需要他对我说实话，在一切事情上。我不知道我自己的过去。只有他能帮我，我需要他帮我。"

"那你只是应该和他谈谈。信任他。"

"可是我怎么能信任他呢？"我说，"在他跟我说了这么多谎话以后？我怎么做得到？"

她紧紧握住了我的双手："克丽丝，本爱你。你知道他爱你，他爱你超过了爱生命本身。他一直这样。"

"可是——"我开了口，可是她打断了我。

"你必须信任他。相信我，你可以理顺一切，但是你必须告诉他真相。告诉他纳什医生的事情，告诉他你在记日志。这是唯一的办法。"

在内心深处，我知道她说的都是对的，但我仍然无法说服自己将日志的事情告诉本。

"可是他也许会想读读我写了什么。"

她眯起了眼睛。"那里面没有什么你不愿意他看到的东西，对吧？"我没有回答，"到底有没有？克丽丝？"

我扭开了头。我们没有说话，接着她打开了她的包。

"克丽丝。"她说，"我要给你点东西。本在觉得需要离开你的时候把这个交给了我。"她拿出一个信封交给我。信封皱巴巴的，但还封着口。"他告诉我这封信解释了一切。"我盯着它。信封正面用大写字母写着我的名字。"他让我把信给你，如果我觉得你已经好转到可以读它的话。"我抬头看着她，一时间百感交集。激动，交织着恐惧。"我认为是时候让你看看了。"她说。

我从她手中接过信放进包里。尽管不知道原因，我却不想在这里读信，在克莱尔面前。也许我担心她可以从我脸上的神情猜出信件的内容，那信中的字句将不再为我所有。

"谢谢你。"我说。她没有笑。

"克丽丝。"她说。她低下了头，看着自己的手。"本告诉你我搬走了是有原因的。"我觉得这时我的世界开始改变，尽管我还不能确定它会变成何种面貌，"有些事我必须告诉你。关于我们失去联系的原因。"

那时我已经明白了。不用她再说什么，我明白了。拼图里缺失的那一块——本离开的原因，我最好的朋友从我生活中消失的原因，我的丈夫就此撒谎的原因。我是对的。一直都是。我是对的。

"是真的。"我说，"哦，上帝。没有错，你在跟本交往。你在跟我的丈夫上床。"

她抬起头，一脸震惊。"不！"她说，"没有！"

我突然无比确信。我想大喊骗人精！可是我没有。我正要再问她想告诉我什么，她从眼角抹去了一些东西。是一滴眼泪？我不知道。

"现在没有了。"她低声说，然后掉回目光看着她搁在腿上的双手，"不过曾经是的。"

在所有我预料将会体验的情绪里，解脱并非其中之一。不过真实的情形就是这样：我松了一口气。是因为她说了实话？是因为现在我可以解释一切，而这个解释我可以相信？我不太确定。但是我感觉不到本来可能出现的愤怒，也感觉不到痛苦。也许，发现心里有一丝隐隐的嫉妒让我感到了开心，因为这是我爱我丈夫的证据。也许我感到解脱只是因为本跟我一样有过背叛，现在我们平等了。我们都曾经无法坚持。

"告诉我。"我低声说。

她没有抬头。"我们一直都很亲密，"她轻声说，"我是说我们三个人。你，我，还有本。可是我和他之间从来没有什么。你一定要相信这一点。从来没有。"我告诉她继续说下去。"在你出事以后，只要能帮上忙我都会去试。你可以想象那段时间对他来说是多么艰难。不说其他的，只油盐酱醋的事就够他受了。必须有人照顾亚当……我尽量帮忙。我们待在一起的时间很多。但我们没有上床。那个时候没有。我发誓，克丽丝。"

"那是什么时候？"我说，"什么时候的事？"

"在你快要转到'韦林之家'之前。"她说，"那是你病得最严重的时候，亚当也不好管。情况非常糟糕。"她掉开了目光。"本在酗酒。不太严重，不过也不轻松。他应付不过来了。有天晚上我们看完你回来，我哄睡了亚当，本在客厅里哭。'我做不到。'他不停地说，'我坚持不下去了。我爱她，可是这太折磨人了。'"

风刮上了山峰。冰冷刺骨。我把外套裹在身上。"我坐在他的身旁。接着……"我可以猜出一切。放到肩膀上的手，然后是拥抱。在泪水中相互寻求的嘴唇。在某个时刻内疚和再不能任由事情继续下去的信念让了位，取而代之的是欲望，还有坚信他们停不下来的两个人。

然后呢？做爱。在沙发上？地板上？我不想知道。

"还有呢？"

"对不起。"她说，"我从来没有希望过发生这样的事情。可它还是发生了……我觉得非常糟糕。非常糟糕。我们两个都是。”

“多久？”

“什么？”

“持续了多长时间？”

她犹豫了一下，然后说：“我不知道。时间不长。几个星期。我们只……我们只上过几次床。感觉不对劲。事后我们都觉得很糟糕。”

“发生了什么？”我说，“是谁提出结束的？”

她耸了耸肩，接着小声说：“是我们两个人一起。我们谈了谈，不能再让它继续下去了。我认定这是我欠你的——也欠本的——从那以后要保持距离。我猜是因为内疚。”

我有了一个可怕的念头。

“他就是在那个时候决定离开我的？”

“克丽丝，不。”她急忙说，“不要这么想，他也觉得很糟糕。但他离开你并不是因为我。”

不，我想。*也许不是直接的导火索，可是你也许提醒了他失去了多少东西。*

我看着她。我仍然没有感觉到愤怒，我感觉不到。也许，如果她告诉我他们还在上床，我的感觉可能会有所不同。她告诉我的事情像是属于另外一个时段。史前时期。我难以相信这跟我有一丝一毫的关联。

克莱尔抬起了头：“刚开始我跟亚当有联系，可是后来本肯定是跟他说了发生的事，他说他再也不想见到我。他告诉我离他远一点儿，也离你远一点儿。可是我做不到，克丽丝。我真的做不到。本给了我那封信，叫我注意你的情况，所以我继续去看你，在‘韦林之家’。刚开始不到几个星期就去一次，后来每隔几个月去一次。可是那让你心烦意乱，让你非常难过。我知道我很自私，可是我不能把你扔在那儿，让你一个人孤零零的。我继续去探望，只是为了看看你是不是还好。"

"而且你会告诉本我怎么样了？"

"不，我们没有联系了。"

"这就是你最近不来看我的原因吗？不到我家去？是因为你不希望看到本？"

"不，几个月前我去'韦林之家'看望你，他们告诉我你搬走了，你回去跟本一起生活了。我知道本搬了家。我让他们给我你的地址，可是他们不同意。他们说那会违反保密原则。他们说会把我的号码给你，而且如果我想写信给你，他们会转交。"

"你写了？"

"我写给本了。我告诉他我很抱歉，我对发生的事情很遗憾。我求他让我看看你。"

"可是他告诉你不行？"

"不。你回的信，克丽丝。你说你感觉好多了，你说跟本在一起很开心。"她扭过头，目光越过了公园。"你说你不想见到我。你说有时候你的记忆会恢复，那种时候你就知道我曾经背叛过你。"她从眼角擦去了一滴眼泪。"你让我不要靠近你，永远也不要。你说最好是你永远地忘了我、我忘了你。"

我觉得自己的身体凉了起来。我试着想象在写这样一封信时感到的愤怒，可是与此同时我又意识到也许我根本没有感觉到愤怒。对我来说克莱尔这个人几乎并不存在，我们之间的友谊早就被我忘得一干二净。

"我很抱歉。"我说。我无法想象自己能够记起她对我的背叛。本肯定帮我写了那封信。

她露出了微笑："不，别道歉。你是对的。可是我一直希望你会改变主意。我想见你。我想告诉你真相，面对面地。"我一句话也没有说。"我很抱歉。"她接着说，"你会原谅我吗？"

我握住了她的手。我怎么会生她的气呢？生本的气？我的病给我们三个人套上了一副难以承受的枷锁。

"是的。"我说，"是的。我原谅你。"

不久后，我们动身离开。走到斜坡底的时候她转身面对着我。

"我会再见到你吗？"她说。

我笑了："希望如此！"

她看上去松了一口气："我很想念你，克丽丝。你一点儿也不知道。"

是真的，我确实不知道。不过有了她，有了这本日志，我有机会重建有价值的生活。我想到了包里的信。来自过去的消息。最后一块拼图。我需要的答案。

"我会打电话给你。"她说，"下周早些时候。好吗？"

"好的。"我说。她拥抱了我，我的声音淹没在她的波浪发丝里。她感觉像是我唯一的朋友，我唯一可以依靠的东西，跟我的丈夫一样。我的姐妹。我用力捏了捏她。"谢谢你告诉我真相。"我说，"谢谢你所做的一切。我爱你。"当我们放开手看着对方时两个人都在哭泣。

在家里，我坐下来读本的信。我感觉有些紧张——它会告诉我我需要知道的东西吗？我是不是终于会明白本为什么离开我？——可是与此

261

同时又很激动。我确信它会办到这些。我确信有了它，有了本和克莱尔，我将拥有我需要的一切。

亲爱的克丽丝，信上写道，这是我做过最困难的事。一开头我已经落入俗套，不过你知道我不是个作家——作家一直都是你！——因此我很抱歉，但我会尽我所能。

在读这封信之前你应该已经知道，我决定要离开你。我无法忍受写下这些话，甚至想也不能想，但我别无选择。我已经如此努力地想要找到另外一种方式，但我不能。相信我。

你一定要明白我爱你。我一直爱你。我会永远爱你。我不在乎发生过什么事情，或者为什么。这与报复无关，跟它一点儿也不沾边。我也没有遇上别人。当你处在昏迷中时，我意识到你早已和我融为一体——每次看着你，我都觉得自己奄奄一息。我意识到我不在乎那天晚上你在布赖顿做什么，不在乎你是去见谁，我只想让你回到我的身边。

然后你真的回来了，我非常高兴。你永远不会知道在他们告诉我你已经脱离危险、你不会死去的那天，我有多么高兴。你不会离开我，或者说我们。亚当还很小，可是我想他明白。

当我们意识到你不记得发生过什么的时候，我认为这是件好事。你能相信吗？现在我感到羞愧，但当时我认为这再好不过。可是接着我们意识到你把其他事情也忘了。随着时间的推移一点一点地忘掉。刚开始是你隔壁床病友的名字，为你进行治疗的医生护士的名字。但你变得越来越糟。你忘了你为什么会在医院，为什么不准你跟我一起回家。你确信医生们在你身上做实验。当我带你回家过周末时，你不认识我们住的街、我们的房子。你的表亲来看望你，结果你一点儿也不知道她是谁。我们带你回医院，你却完全不知道要去哪里。

我想就是在这个时候一切开始变得艰难起来的。你是如此爱亚当。我们到达医院时，那份爱会照亮你的眼睛，他会跑到你身边投进你的怀里，你会抱起他，而且马上知道他是谁。可是后来——对不起，克丽丝，但我必须告诉你这个——你开始相信亚当还是个婴儿的时候就已经离开了你。每当你见到他都觉得从他几个月大起这是你第一次跟他见面。我让他告诉你上一次见你是什么时候，他会说："昨天，妈咪。"或者"上个星期"，可是你不相信他。"你跟他说了什么？"你会说，"这是谎话。"你开始指责我让人把你关在这儿。你觉得别的女人在把亚当当成亲生儿子抚养，而你被关在医院里。

　　有一天我到了医院，你认不出我。你变得歇斯底里。在我不注意的时候你抓住了亚当向门跑去，我猜是为了救他，可是他开始尖叫。他不明白你为什么那么做。我带他回了家试着解释给他听，可是他不明白。他开始非常怕你。

　　这种情形持续了一段时间，但后来变得更糟了。有一天我打了电话到医院去，我问他们我和亚当都不在的时候你的情况怎么样。"说给我听. 就现在。"我说。他们说你平静，开心。你正坐在床位旁边的椅子上。"她在做什么？"我说。他们说你在跟一个病人说话，是你的一个朋友，有时候你们一起打牌。

　　"打牌？"我说。我无法相信。他们说你打牌打得很好。每天他们都得跟你解释规则，不过接着几乎所有人都打不过你。

　　"她开心吗？"我说。

　　"是的。"他们说，"是的。她总是很开心。"

　　"她记得我吗？"我说，"还有亚当？"

　　"除非你们在这儿，不然不记得。"他们说。

　　我想当时我就知道有一天我会不得不离开你。我给你找到了一个地方，在那儿你要住多久就能住多久。一个你可以开心过活的地方。因为没有我，没有亚当，你会很开心。你不会认识我们，因此你就不会想念我们。

我是如此爱你，克而丝。你一定要明白这一点。我爱你甚于一切。可是我必须让我们的儿子拥有生活，一个他应得的生活。很快他会长大，足以理解发生了什么。我不会骗他，克丽丝。我会解释我所作的选择。我会告诉他，尽管他可能非常想去看望你，但那会让他非常难过。也许他会恨我，怪我。我希望不会。但我希望他幸福，而且我希望你也开心。即使只有在没有我的时候，你才能找到快乐。

现在你到"韦林之家"已经有一段时间了。你不再惊慌。你有了惯例可循。这很好。因此我离开的时间到了。

我会把这封信给克莱尔。我会请她替我保管，等你好到可以读信、可以理解的时候转交给你。我不能自己留着，我会心心念念想着它，无法抗拒把它给你的念头——下周、下个月，甚至明年。太快了。

我无法掩饰我希望有一天我们可以再次在一起。等你恢复以后。我们三个人，一个家庭。我必须相信这可能发生。我必须，否则我会死于悲痛。

我没有抛弃你，克丽丝。我永远也不会抛弃你。我太爱你了。

相信我，这是正确的办法，我只能这么做。

不要恨我。我爱你。

本

现在我又读了一遍，叠起了信纸。信纸颇为整洁，似乎昨天才刚刚写成，可是装它的信封软塌塌的，边缘已经磨损，散发出一种甜香的味道，像是香水。是不是克莱尔随身携带着这封信，把它塞在包的角落里？或者更有可能的是她把信放在家里某个抽屉中，虽然不在视野里、却从未完全忘记？它一年又一年地等待着被打开的一天。在这一年又一年中，我不知道自己的丈夫是谁、甚至不知道自己是谁。在这一年又一年中，我一直无法弥合我们之间的鸿沟，因为那是一个我无法意识到的距离。

我把信封夹到日志里。记这篇日志的时候我在哭，可是我并非感觉不快。我理解发生的一切：他离开我的原因、他一直骗我的原因。

是因为他做到了一直骗我。他不告诉我我写过小说，因此我不会因为再不能写出第二部而绝望。他一直告诉我我最好的朋友搬走了、不让我得知他们两人背叛过我，因为他不相信我深爱他们两人到已经可以原谅他们的程度。他一直告诉我是一辆汽车撞了我、一切不过是事出意外，因此我就不用面对被袭击的事实，不用知道是一个蓄意的、充满仇恨的凶暴行为造成了这一切。他一直告诉我我们从未有过孩子，不仅是为了不让我得知我们的独生子已经死了，还是为了使我免于每天不得不经受丧子之痛的命运。他也没有告诉我他曾经多年苦苦地寻找一家团圆的办法，却不得不面对无果的事实，不得不独自带着我们的儿子离开，从而寻求幸福。

在写那封信的时候，他一定以为我们将会永远分离，可是他必定也希望并非如此，否则他为什么会写信呢？当他坐在那儿、坐在他的家

265

中——那也一度是我们共同的家——拿起笔试图向一个可能永远也理解不了这封信的人作出解释，告诉她为什么他别无选择而只能离开她的时候，他在想些什么呢？他说，"我不是个作家"，可是他的字字句句在我眼中都是如此动人，如此深刻。凑起来仿佛他在讲述别人的故事，可是在我的内心，在层层皮肉的深处，我知道并非如此。他讲的是我；同时也是在对着我讲。克丽丝·卢卡斯。他生病的妻子。

可是分离并非永远。他所希望的事情发生了。不知道为什么我的病情有所好转，或者是他发现跟我分离比他想象中更加艰难，所以他又回头来找我。

现在一切似乎都不一样了。比起今早醒来一眼看见的那个房间，比起四处找厨房、到处找水喝、拼命拼凑昨晚情形的时刻，眼前的房间似乎仍然是陌生的，然而一切不再充满痛苦和悲伤。周围的一切似乎不再标志着一种与我格格不入的生活。头顶时钟的滴答声不再仅仅标示着时间，它在跟我说话。*放轻松*，它说，*放轻松，安然迎接未来*。

过去我错了。我犯了一个错误，犯了一次又一次、一遍又一遍；谁数得清有多少次？我的丈夫承担着保护我的角色，没错，可他同时也是我的爱人。现在我发现我爱他。过去我一直爱着他，如果我必须每天从头学习爱他，那就这样吧。这就是我要做的。

本快要回来了——我已经能够感觉到他在靠近——当他到家后我会告诉他一切。我会告诉他我跟克莱尔见过面——还有纳什医生、甚至帕克斯顿医生——我已经读过他的信。我会告诉他我理解他当时为什么那么做、为什么离开我，而我原谅他了。我会告诉他我知道那次袭击，但我不再需要知道发生了什么事、不再关心是谁这样对我。

我还会告诉他我知道亚当。我知道他出了什么事，尽管想到要每天面对丧子之痛让我无比恐惧、全身冰凉，可是我必须这么做。这所房子

266

一定容得下有关他的回忆，我的心中一定要保留他的位置，不管那会带来多么巨大的痛苦。

我会告诉他这本日志的事，告诉他我终于能够将日子串起来、终于可以找回人生。如果他要看的话，我也会把日志给他。然后我可以继续用它书写自己的故事，记录自己的人生。从虚空中创造一个自己。

"我们之间再也没有秘密。"我要告诉我的丈夫，"一个也不要。我爱你，本，我会一直爱你。我们曾经亏欠过对方，但请原谅我。我很抱歉多年前为了别人离开了你，我很抱歉我们永远也不会知道我去那个旅馆房间要见谁，不会知道我发现了什么。可是请一定要明白现在我决心要弥补这一切。"

然后，当我们之间只剩下爱的时候，我们可以找出一个办法真正在一起。

我打过电话给纳什医生了。"我还想再见你一次。"我说，"我想让你看看我的日志。"我猜他听后有些惊讶，不过他同意了。"什么时候？"他说。

"下个星期。"我说，"下个星期过来拿吧。"

他说周二他会来拿。

BEFORE I
GO TO SLEEP

Chapter 3

回到此时此刻

今 天

　　我翻过一页，却看见一片空白。故事就在这儿结束。我已经读了好几个小时。

　　我发着抖，几乎无法呼吸。我觉得在刚刚过去的几小时里我不仅过完了整整一生，而且变成了另外一个人。我不再是今天早上跟纳什医生见面、坐下来读日志的那个人了。现在我有了一个过去，找到了自己。我知道自己拥有什么、失去过什么。我意识到自己在哭。

　　我合上日志，强迫自己冷静，现实世界重新在我眼前鲜明起来。我所在的房间里暮色正在降临，屋外街道上传来探钻声，脚边有个空空的咖啡杯。

　　我看着身旁的时钟，突然吃了一惊。到这时我才发现它正是日志里提到的那一块。我发现面前跟日志里提到的是同一个客厅、我是同一个人。到这时我才完完全全明白过来刚刚在读的原来是我自己的故事。

我拿着日志和咖啡杯进了厨房。在那里，在厨房的墙壁上，同一块白板在今天早上见过，上面用规整的大写字母列着跟今早同样的建议事项，我自己加上的一条也没有变：为今天晚上出门收拾行李？

我看着它。它让我感觉有些不对劲儿，可我说不清是为什么。

我想到了本。生活对他来说一定十分艰难：我永远不会知道醒来时身边躺着的是谁；永远无法确定我能够记起多少、我能够给他多少爱。

可是现在呢？现在我明白了。现在我所知道的足够让我们两个人重建生活。我不知道我是否已经按计划跟他谈过了。一定是谈过了，当时我那么确定那样做是正确的。可是日志里没有记录，实际上，我已经有一个星期没有写过一个字了。也许我把日志给了纳什医生，从那以后就再也没有机会记录。也许我感觉既然已经跟本共享了日志，也就没有必要再在里面记录了。

我翻回日志的扉页。就在那儿，用的是同样的蓝色墨水。五个潦草的字写在我的名字下方。不要相信本。

我拿出笔划掉了字迹。回到客厅后我看见了桌上的剪贴簿，里面仍然没有亚当的照片。今天早上他还是没有跟我提到他，他还是没有给我看金属盒里的东西。

我想到了我的小说《致早起的鸟儿》接着看了看手里的日志。一个念头不请自来。如果一切都是我编造的呢？

我站了起来。我需要证据。我要找到日志内容和现实生活之间的联系，证明我读到的过去不是凭空捏造的结果。

我把日志放进包里，走出了客厅。楼梯的尽头处立着大衣架，旁边摆着一双拖鞋。在楼上我能找到本的书房、找到文件柜吗？我会在底层抽屉里找到那个藏在毛巾下面的灰色金属盒吗？钥匙会在床边的最底下一个抽屉里吗？

如果一切都是真的，我会找到我的儿子吗？

我必须知道。我两步迈作一步上了楼梯。

办公室比我想象中要小，甚至比我预料的整洁一些，可是柜子的确在那儿，颜色是跟枪支一般的金属灰。

底层抽屉里是一条毛巾，下面盖着一个盒子。我抓住它，打算把它拿起来。这么做似乎有点傻，因为它要么是锁着的、要么就是空的。

都不是。在盒子里我找到了我的小说。不是纳什医生给我的那一本——封面上没有咖啡杯印，纸质看来很新。这一定是本一直留着的一本，等着我明白过来、再次拥有它的那一天。我很好奇纳什医生给我的那本上哪儿去了。

我把书拿了出来，书下面压着一张孤零零的照片。相片中是我和本，正对着镜头微笑，尽管我们脸上都露出悲伤的神情。看上去是最近的照片，我的脸跟镜子里看见的差不多，而本看起来也是早上离开家的模样。背景里有所房子，一条砾石车道，一盆盆艳丽的红色天竺葵，有人在后面写上了"韦林之家"。这张照片肯定是在他去接我、把我带回这里的那天照的。

不过只有这些，没有其他的照片。没有亚当的，甚至没有日记里记录着的、我以前在这儿发现过的那些照片。

肯定有个理由，我告诉自己。一定有。我翻看了桌子上堆着的文件：杂志、售卖电脑软件的目录、一份学校的时间表，上面用黄色笔标出了一些栏目。还有一封封着口的信——我一时冲动拿了它——可是没有亚当的照片。

我下楼给自己弄了杯喝的。开水，加上茶包。不要让水煮太长，不要用勺子的背面压茶包，不然的话会挤出太多丹宁酸，冲出来的茶会发苦。**为什么我记得这些却不记得分娩？**电话铃响了，在客厅的某个地方。我从包里拿出了手机——不是翻盖的那一只，而是我丈夫给的那只——接起了电话。是本。

"克丽丝？你没事吧？你在家吗？"

"是的。"我说，"是的。谢谢你。"

"今天你出过门吗？"他说。他的声音听起来很熟悉，却莫名有些冷冰冰的。我回想起我们的上一次谈话。我不记得那时他告诉我我跟纳什医生约过时间。也许他真的不知道，我想。也有可能他是在试探我，想知道我是否会告诉他。我想起了写在约会日程旁边的提示。**"不要告诉本。"**写这些东西的时候我肯定还不知道可以信任他。

现在我想相信他，我们之间再没有谎言。

"是的。"我说，"我去看了个医生。"他没有说话。"本？"我说。

"抱歉，是的。"他说，"我听见了。"我注意到他并不惊讶。这么说他早已经知道我在接受纳什医生的治疗。"我在下班回来的路上。"他说，"有点麻烦。听着，我只是要提醒你记得收拾好行李，我们要去……"

"当然。"我说，接着加了一句，"我很期待！"话出口以后，我意识到这是事实。出门对我们有好处，我想，离开家。对我们来说，这可以是另一个开始。

"我很快就会回家。"他说，"你能想办法把我们的行李收拾好吗？我回来以后会帮忙的，可是如果早点出发会好些。"

"我会试试。"我说。

"备用卧室里有两个包，在衣橱里。用它们装行李。"

"好的。"

"我爱你。"他说。然后，过了很长时间，在他已经挂了电话之后，我告诉他我也爱他。

⸜⸜⸜⸜⸜

我去了洗手间。我是一个女人，我告诉自己。一个成年人。我有一个丈夫。我爱的丈夫。我回想着日志里读到的东西，想着我们做爱，他和我上床。我没有写我很享受。

我能享受性爱吗？我意识到我甚至连这点都不知道。我冲了马桶，脱掉长裤、紧身裤、内裤，坐在浴缸边上。我的身体是如此陌生，我并不了解它。这个身体连我自己都不熟识，那我又怎么会乐意让它去迎合别人？

我锁上浴室的门，分开了两条腿。刚开始是微微一条缝，后来越张越开。我掀起衬衣往下看。我看见了在想起亚当那天见过的妊娠纹，还有蓬蓬的阴毛。我不知道自己是否剃过、不知道我是否选择不因自己或者丈夫的喜好改变它。也许这些事情已经不再重要了，现在不重要。

我把手合在耻骨的突起上，手指按住阴唇、轻轻地把它们分开。我用指尖拂着那个器官的顶端——那一定是我的阴蒂——按下去，轻轻挪动着手指，这些动作已经隐隐让我感觉有些兴奋，它预示着即将来临的感官之乐，而并非是确实的感受本身。

我想知道接下来会发生些什么事情。

两个包都在备用卧室里，在他告诉我的地方。两个包都致密结实，其中一个稍稍大一些。我拿着它们穿过房间进了卧室——今天早上我就是在这里醒过来的——把包放到床上。我打开顶层抽屉看见了自己的内衣，摆在他的内裤旁边。

我给我们两人都挑了衣服，找出了他的袜子、我的紧身衣。我想起在日志里写到的我们做爱的那一晚，意识到我肯定有双吊袜带放在房间里什么地方。现在要是能找到吊袜带随身带上的话倒是不错，我想。可能对我们两人都是好事。

我走到衣柜旁挑了一条长裙、一条短裙、几条长裤，一条仔裤。我注意到了柜底的鞋盒子——一定是以前藏日志用的——现在里面空荡荡的。我不知道出去度假时我们会是一对什么样的情侣：傍晚我们是会在饭店待着，还是会去舒适的酒吧轻轻松松地享受融融的红色火焰带来的暖意。我好奇我们是会选择步行以便去城市和周边各处探寻，还是搭上一辆出租车去游览经过仔细挑选的景点。至今为止，有些事情我还不了解。生命中余下的时间里，正是这些事情可以让我去探究、去享受。

我随意给我们两人都挑了些衣服，叠好放进了手提箱。这时我感觉身体一震，一股力量突然向我涌来，我闭上了眼睛。眼前是一幅图像，明亮，却闪烁着微光。刚开始景象并不清晰，仿佛它在摇摆不定，既遥不可及又无法看清，我尽力张开意识的双臂向它伸出手去。

我看见自己站在一个提包前面：一个有点磨损的软皮箱。我很兴奋。我觉得再次年轻起来，像一个要去度假的小孩，或者一个准备约会的少女：一心好奇着事情会怎么发展，究竟他会不会让我跟他回家，我们会不会上床。我感觉到了那种新奇、那种期待，可以品尝到它的滋味。我用舌头裹着这种感觉，细细地品尝着它，因为我知道它不会持续太久。我一个接一个地打开抽屉，挑着衬衫、长裤、内裤。令人兴奋的、性感的。那种你穿上只为了让人想脱下它的内裤。除了我正穿着

275

的平底鞋，我多带了一双高跟鞋，又拿出来，再放回去。我不喜欢高跟鞋，可是这个晚上跟幻想有关，跟打扮有关，跟成为不一样的我们有关。这些都弄完以后我才开始收拾实用的东西。我拿了一个亮红色皮革加衬洗漱包，放进香水、沐浴液、牙膏。今天晚上我想显得美丽些，为了我爱的男人，为了我曾经一度差点失去的男人。我又放了浴盐。橙花的。我意识到我正在回想起一个夜晚，那时我在收拾行装准备去布赖顿。

　　记忆消失了。我睁开了眼睛。那时我不知道我收拾行装去见的男人会把一切从我的身边夺走。

　　我继续为我还拥有的男人收拾行李。

　　我听见一辆车在屋外停了下来，引擎熄火了。一扇门打开了，然后关上。一把钥匙插进了锁孔。本。他来了。

　　我感觉到紧张、害怕。我跟他今天早上离开的不是同一个人；我已经知道了自己的故事，我已经发掘了我自己。他看到我会怎么想？会说什么？

　　我一定要问他是否知道我的日志、是否读过、有什么想法。

　　他一边关门一边大喊。"克丽丝！克丽丝！我回来了。"不过他的声音并不精神，听起来很疲倦。我也大喊回去，告诉他我在卧室里。

　　他踩上了最低一层台阶，楼梯嘎嘎吱吱地作响，他先脱了一只鞋，接着又是一只，这时我听见了呼气的声音。现在他会穿上拖鞋，然后他会来找我。现在我知晓他的日常习惯了，这让我感到一阵快乐——我的日志给我提供了答案，尽管我的记忆帮不上忙——可是当他一步一步地登上楼梯时，另外一种情绪攫住了我的心：恐惧。我想到了写在日志扉页上的东西：*不要相信本。*

　　他打开了卧室的门。"亲爱的！"他说。我没有动。我还坐在床边，身旁是打开的袋子。他站在门边，直到我站起来张开双臂他才走过来吻我。

"今天过得怎么样？"我说。

他脱下领带。"噢。"他说，"别谈这个。我们要去度假了！"

他开始解衬衫扣子。我本能地想要挪开目光，却一边拼命忍住一边提醒自己他是我的丈夫、我爱他。

"我收拾好包了。"我说，"希望给你带的东西没有问题。我不知道你想要带什么。"

他脱下长裤，对折起来挂在衣橱里："我敢肯定没有问题。"

"只不过我不知道我们要去哪里，所以我不知道该怎么收拾。"

他转过身，我不知道我是不是看见了他眼睛里一闪而过的恼意。"我先看一下，然后我们再把袋子放上车。没问题的，谢谢你开了个头。"他坐在梳妆台旁边的椅子上，穿上了一条退色的蓝色仔裤。我注意到仔裤正面有一条熨出来的清晰折痕，体内那个二十多岁的我几乎控制不住地觉得他很好笑。

"本，"我说，"你知道今天我去过哪里？"

他看着我。"是的。"他说，"我知道。"

"你知道纳什医生？"

他转身背对着我。"是的。"他说，"你告诉我了。"我能看见他在梳妆台旁的镜子里的倒影。我嫁的男人变出了三个影子。我爱的男人。"一切。"他说，"你全都告诉我了，我什么都知道。"

"你不介意吗？我去看他？"

他没有回头："我希望你原来在去看他之前就先告诉我。不过，不，我不介意。"

"我的日志呢？你知道我的日志吗？"

"是的。"他说，"你告诉我了，你说它起了作用。"

我有了一个念头："你读过吗？"

"没有。"他说，"你说那是个人的私密，我绝对不会看你私密的东西。"

"不过你明白我知道亚当？"

我看见他缩了一缩，仿佛我的话狠狠地击中了他。我有些惊讶，我原以为他会高兴的，为他不再需要一遍又一遍地告诉我亚当的死而高兴。

他看着我。

"是的。"他说。

"一张他的照片都没有。"我说。他问我是什么意思。"到处都是照片，可是没有一张是他的。"

他站起身向我走来，坐在我身旁的床上。他握住了我的手。我真希望他不再这么对待我：把我看得这么脆弱，好像一碰就会碎掉，好像真相会让我崩溃。

"我想给你个惊喜。"他说。他伸手到床底找出了一个相册。"我把它们放在这儿了。"

他把相册递给我。相册沉甸甸的，是黑色，本来是仿照黑色皮革风格进行的封面装订，可惜看起来并不像。我翻开封面，里面是一堆照片。

"我想把照片放好。"他说，"今天晚上作为礼物给你，可是时间不够了。我很抱歉。"

我一张张地看着这些照片，它们乱成了一团。照片里有婴儿日寸期的亚当，小男孩亚当。这些一定是原来放在金属盒子里的相片。有一张引起了我的注意。这张照片里的亚当是个年轻人，坐在一个女人身边。

"他的女朋友？"我问。

"其中一个女朋友。"本说，"他和这一个在一起的时间最长。"

她很漂亮，金发碧眼，头发剪得短短的。她让我想起了克莱尔。照片中的亚当直视着镜头，笑着，她微微扭头望着他，脸上又是幸福又有些不满。他们之间充满了心照不宣的气氛，仿佛他们跟镜头后面的那个人——不管他是谁——正在一起分享一个好笑的笑话。他们很开心，想到这个我也开心了起来。"她叫什么名字？"

"海伦，她叫海伦。"

我心里一寒，意识到我想到她的时候使用的是过去时，下意识地觉得她也死了。一个念头冒了出来；如果死的人是她呢，但我接着压下了这个念头，不让它生根发芽。

"他死的时候他们还在一起吗？"

"是的。"他说，"当时他们在考虑订婚。"

她看上去如此年轻，一脸跃跃欲试的表情，她的眼睛折射着五光十色的未来，生活对她来说充满了可能性。她还不知道即将要面对的、难以承受的痛苦。

"我想见见她。"我说。本从我手里拿走了照片，他叹了口气。

"我们没有联系了。"他说。

"为什么？"我说。我已经在脑子里计划好了，我们可以互相安慰。我们会分享一些东西，一种共识，一份深深埋藏在我们所有人心中的爱，即使不是为了对方，也至少是为了我们都失去了的东西。

"吵过架。"他说，"一些难以处理的事情。"

我看着他，我可以看出他并不想告诉我。那个写信给我的男人，相信我、照顾我的男人，因深爱我而离开我却又回来找我的男人，似乎已经消失了。

"吵过架？"

"吵过架。"他说。

"是在亚当死前还是之后？"

"都有。"

寻求支柱的幻想破灭了，取而代之的是一种心烦意乱的感觉。如果亚当和我也曾经吵过架怎么办？他一定会站在他的女朋友一边，而不是选择他的母亲吧？

"亚当和我关系亲密吗？"我说。

"噢，是的。"本说，"直到你不得不去医院，直到你失去了记忆。当然那以后你们也很亲密，是你能做到的最亲密的程度。"

他的话像一记重拳一样击中了我。我意识到在他的母亲患上失忆症时亚当还只是一个蹒跚学步的婴儿，理所当然我从来不认识我儿子的未婚妻，每天我见到他都像第一次见面。

我合上了相册。

"我们能带上这本相册吗？"我说，"我想待会再仔细看看。"

我们喝了点东西，我把行装收拾起来，本在厨房里冲了些茶，然后我们钻进了车里。我查看过确实带了手提袋，日志还装在里面。本往我给他准备的包里加了几件东西，还带上了另外一个包——是他今早上班带着的皮革挎包——加上从衣橱深处找出的两双徒步靴。他把这些东西塞到行李箱的时候我站在门边，然后等着他检查确保门都已经关好、窗户已经全部锁上。我在问他路上要花多少时间。

他耸了耸肩膀。"看路况。"他说，"出了伦敦很快就到了。"

明明是拒绝回答，表面上却回答了问题。我好奇他是不是一直都是这样。我想知道是否多年以来反复告诉我同样的事情已经消磨了他的耐心，让他厌倦到再也提不起精神告诉我任何事情了。

不过他是一个谨慎的司机，至少我可以看出这点。他慢慢地往前开，不时查一查镜子，稍有风吹草动就立刻慢下来。

我想知道亚当开不开车。我猜他在部队一定要开车，可是休假的时候他开车吗？他会来接我——他那个生病的母亲——带我出游、带我去他觉得我会喜欢的地方吗？还是他认定这么做毫无意义，无论当时我有多么开心，一觉之后都会像房顶的积雪一般消融在暖和的天气里呢？

我们在高速公路上，驱车出城。开始下雨了。巨大的雨滴狠狠地拍打在挡风玻璃上，先是定定地凝住一会儿，然后飞快地沿着玻璃滑下。远方夕阳正在落山，它慢慢地沉入云下，将水泥森林的城市涂上柔和的橙色光芒。景色美丽而震撼，我却在其中挣扎。我如此渴望我的儿子不再只是抽象的存在，可是没有实实在在的关于他的记忆，我做不到。我一次又一次地绕回了那个事实：我不记得他，因此他和本没有存在过一样。

我闭上了眼睛。我回想起今天下午读过的关于儿子的事情，一副图像突然在面前炸开——蹒跚学步的亚当沿着小道推着蓝色的三轮车。可是即使为之惊叹不已，我也知道这副图像不是真的。我知道我不是在回想发生过的事情，我是想起了今天下午读日志时自己在脑海中造出的景象，而那一幕又是对较早的记忆的追忆。大多数人可以借由对回忆的回忆追溯到多年以前，追溯过几十年，但对我来说，只有几个小时。

既然无法想起我的儿子，我退而求其次做了另外一件事，只有它能够安抚我躁动不安的心灵。我什么也不想。完全空白。

汽油味，又浓又甜。我的脖子有点痛。我睁开了眼睛。在眼前我看见湿漉漉的挡风玻璃被我呼出的气罩上了一层雾，透过玻璃可以看见远处的灯光模模糊糊的，看不太清楚。我意识到我一直在打瞌睡。我靠在玻璃上，头很别扭地歪着。车里安安静静的，引擎已经熄火。我转过头。

本在那儿，坐在我的旁边。他醒着，目光透过车窗落在前方。他没有动，甚至似乎没有注意到我已经醒了，而是继续盯着前面，他的脸上没有什么表情，在黑暗中分不清是喜是怒。我扭头去看他在看什么。

在挡风玻璃上飞溅的雨水前，是汽车的前盖，再往前是一道低矮的木头栅栏。在我们身后的街灯发出的光亮里，栅栏隐约露出模糊的轮廓。我看不清栅栏后面的东西，只看见一片广阔而神秘的黑暗，月亮悬在当空，那是一轮低垂的满月。

"我爱海。"他说话的时候没有看我，我意识到我们停在了一个悬崖上，已经远远驶到了海岸线。

"你不喜欢吗？"他转向我。他的眼睛似乎无比悲伤。"你爱大海，是吧，克丽丝？"他说。

"是的。"我说，"我爱海。"他说话的感觉仿佛他不知道我的回答，仿佛以前我们从来没有到过海边，仿佛我们从来没有一起度过假。恐惧在我心里烧了起来，可是我在跟它抗争。我努力要留在这儿，留在现在，跟我的丈夫在一起。我努力回想今天下午从日志里了解到的一切："你是知道的，亲爱的。"

他叹了一口气："我知道。以前你一直是的，可是现在我不再确定了。你变了。自从出了事以后，这些年来你变了。有时候我不知道你是谁，每天我醒来不知道你会变成什么样。"

我沉默着。我想不出什么可说的。我们都知道如果我试图为自己辩解、告诉他他错了的话是毫无意义的；我们都知道没有人比我更了解每一天我跟另一天有多么不一样。

"对不起。"我说。

他看着我："哦，没关系。你不需要道歉。我知道那不是你的错，这一切都不是你的错。我猜，我有点不公平，只为自己考虑。"

他扭头望着车窗外的大海。远处有孤零零的一盏灯。浪里的一艘船，在黑沉沉的海面上亮出一点儿光。本说话了："我们会没事的，对吧，克丽丝？"

"当然。"我说，"我们一定会的。这对我们是一个新的开始。现在我有了我的日志，纳什医生会帮我。我越来越好了，本。我知道我在好转。我想我要重新开始写作，没有理由不这样做。我会没事的。不管怎么样现在我联系上了克莱尔，她可以帮我。"我有了一个主意。"我们三个人可以聚一聚，你不觉得吗？像以前一样！像在大学里的时候！我们三个人。还有她的丈夫，我想——我想她说过有个丈夫。我们可以一起待着，会没事的。"我的心思停留在日志中提到的他说过的谎上，停留在我多次无法相信他的事实上，可是我赶开了这些念头。我提醒自己一切都已经解决了，现在轮到我坚强了，积极起来。"只要我们承诺永远对彼此坦诚。"我说，"那么一切都会好起来的。"

他转头面对着我："你的确爱我，对吗？"

"当然，我当然爱你。"

"你原谅我吗？原谅我离开过你？我不想那样做的。我别无选择。我很抱歉。"

我握住了他的手。它既温暖又冰冷，稍微有点湿。我想要用两只手握着它，可是他既不迎合也不抗拒，相反他的手毫无生气地放在膝盖上。我捏了捏它，直到那时他似乎才注意到我在握着他的手。

"本，我能理解，我原谅你。"我看着他的眼睛。它们也显得死气沉沉的，仿佛它们已经见过无数恐怖的景象，已经再也承受不住了。

"我爱你，本。"我说。

他的声音变成了耳语："吻我。"

我照做了，接着，当我抽回身体时他低声说："再来一次。再吻我一次。"

我又吻了他。可是，即使他接着又提出了同样的要求，我却无法第三次吻他。我们凝视着窗外的海，看着水面倒映的月光，看着汽车挡风玻璃上的雨滴反射着一旁经过的车灯的光亮。只有我们两个人，手握着手。两个人在一起。

我们在那儿坐了很久，感觉像有几个小时。本在我的身边，凝望着大海。他的目光在水面上逡巡，仿佛在寻找着什么，像要在黑暗中寻找答案。他不说话。我不知道他为什么会带我们两人到这儿来、他希望找到什么。

"今天真的是我们的纪念日？"我说。没有回答。他似乎没有听到我说话，因此我又说了一遍。

"是的。"他轻声说。

"我们的结婚纪念日？"

"不。"他说，"是纪念我们相遇的夜晚。"

我想问他我们是否应该庆祝，还想告诉他这不像庆祝，反而似乎有些让人痛苦。

我们身后熙熙攘攘的街道已经安静下来，月亮高高地爬上了天空。我开始担心我们会一整夜待在外面看海，周围却哗哗地下着雨。我假装打了个哈欠。

"我困了。"我说，"我们可以去酒店吗？"

他看了看自己的手表。"好的。"他说，"当然，抱歉。好的。"他发动了汽车："我们现在就去。"

我松了一口气。我既渴望睡觉，又害怕它。

我们沿着一个村庄的边缘前进，海岸公路时升时降。前方一个大一些的城镇亮着盏盏灯火，光亮越来越接近，透过湿漉漉的玻璃渐渐变得清晰。道路变得热闹起来，出现了停泊着船只的港湾、商店和夜总会，接着我们进到了城里。在我们的右边，每一栋建筑似乎都是一间酒店，风刮着空着广告位的白色招牌。街上人来人往；要么是时间没有我原来以为的那么晚，要么这就是那种日夜尽欢的城市。

我看着窗外的海。伸进水面的码头上涌满了灯光，一端有个游乐场。我可以看见一个圆顶建筑、过山车、一部螺旋滑梯。我几乎可以听见游客们发出的惊叫声——在沥青一般黑沉沉的海面上，他们被甩起来转着圈。

我的心中莫名其妙地涌上一阵不安。

"我们现在在哪里？"我说。码头入口处写着一些字，明亮的白色灯光把它们衬托得格外鲜明，可是隔着布满雨水的挡风玻璃我没有办法看清楚。

"我们到了。"我们开上了一条小街，停在一座房屋前面，本说。大门的檐篷上有字：丽晶旅馆。

旅馆前有一道阶梯通向大门，一堵装饰得很华丽的围墙把旅店和街道隔开。门边是一个裂开的小花盆，过去里面肯定种过灌木，但现在是空荡荡的。一种强烈的惊恐紧紧地攫住了我的心。

"我们以前来过这儿吗？"我说。他摇摇头。"你确定吗？这儿看起来很眼熟。"

"我确定。"他说，"我们可能在附近什么地方待过一次，你也许是想起了那次。"

我努力放轻松。我们下了车。旅馆旁边有个酒吧，透过酒吧的大玻璃窗户我可以看见一群群酒客和位于酒吧深处的舞池，那里传来阵阵强劲的音乐节拍，却被玻璃挡住了。"我们去登记入住，然后我会回来拿行李。好吧？"本说。

我紧紧地把大衣裹在身上。晚风很凉，大雨滂沱。我赶紧跑上了台阶，打开前门。玻璃上贴着一块告示。**暂无空房**。我穿过房间进了大厅。

"你已经订好房间了？"当本赶来时，我说。我们站在一条走廊里。再往里有一扇门半开着，门后传来了电视机的声音，它的音量开得很大，与隔壁的音乐互不相让。旅馆没有前台，不过一张小桌子上放着一个电铃，旁边的提示指点我们摁铃招呼服务。

"是的，当然。"本说，"别担心。"他按了按铃。

有好一阵子没有反应，接着一个年轻男人从屋子后面的某个房间里走过来了。他又高又笨拙，我注意到尽管他穿的衬衣跟他的体格比起来大得惊人，他却没有把衬衫塞进长裤里。他跟我们打了招呼，仿佛他一直在等我们，不过态度并不热情。我等着他和本办好手续。

显然这家旅店有过比现在辉煌的日子。地毯上有些地方已经磨薄，门口附近的画也已经磨损、被人涂过。休息室对面的是另外一扇门，上面写着餐厅。再往里走是几扇门，我想在门后可能就是厨房和旅馆管理员的私人房间。

"现在我带你去房间，好吗？"办完手续后高个子男人说。我意识到他是在跟我说话；本已经在往外走，大概是去拿行李。

"好的。"我说，"谢谢你。"

他递给我一把钥匙，我们走上了楼梯。在楼梯的第一个平台处是几个房间，可是我们绕过它们又上了一段楼梯。我们爬得越高房子似乎缩得越小，天花板变矮了，墙壁也向我们合拢过来。我们又经过了一间卧室，站到了最后一段台阶的起端，这些楼梯通向的一定是屋子的最高处。

"你的房间在那儿。"他说，"那里只有一个房间。"

我谢了他，他转身下楼，我上楼向我们的房间走去。

我打开了门。房间很黑，尽管在屋子的顶部，却比我预想的要大。我可以看到对面的一扇窗，窗户后亮着一盏昏暗的灰色灯，映照出了家具的轮廓：一张梳妆台，一张床，一张桌子和一把扶手椅。隔壁酒吧的音乐一下下敲击着，不再清晰，变成了沉重的、闷闷的低音。

我一动不动地站着。恐惧再次笼罩了我，跟在旅馆外遇到的恐惧是同一种感觉，但不知道为什么更加糟糕。我的身体凉了起来。有什么不对劲，但我说不清楚。我深深地吸了一口气，却觉得难以呼吸。我觉得自己仿佛快要淹死了。

我闭上了眼睛，仿佛希望再睁开的时候房间看起来会变个样，可是事情并非如此。我心中充满了恐惧，不知道如果打开灯的话会发生些什么，仿佛这个简单的动作会带来灾难，毁灭一切。

如果我扔下笼罩在黑暗中的屋子转身下楼的话会怎么样呢？我可以平静地经过那个高个子男人，穿过走廊，如果有必要的话再经过本，走出去，走出这家酒店。

不过毫无疑问地，他们会认为我疯了。他们会找到我，把我带回来。那我会怎么跟他们说？那个什么也不记得的女人有种她不喜欢的感觉，感到了一些蛛丝马迹？他们会觉得我很可笑。

我跟我的丈夫在一起，我到这里是为了跟他和解。待在本的身边我很安全。

于是我开了灯。

灯光耀眼，我努力让眼睛去适应环境，接着看见了屋子。并不起眼。没有什么可害怕的。地毯是蘑菇灰色，窗帘和壁纸都是花朵样式，不过不般配。梳妆台上有三面镜子，一幅画着鸟的画已经退了色，挂在梳妆台上。一张藤条扶手椅的垫子上却又是另外一种花朵样式。床上罩着橙色的床罩，上面有菱形花样。

对于准备度假的人们来说，我看得出订到这样一种房间会让他们失望，可是虽然本给我们预定了这个房，我却没有感觉到失望。熊熊的恐惧已经烧光了，变成了担心。

我关上门，努力让自己冷静下来。我在犯傻。妄想。我必须忙起来，做点事情。

屋里感觉有些冷，一丝微风吹拂着窗帘。窗户是开着的，我走过去关上了它。关窗户之前我向屋外望了望。我们的屋子很高；街灯远远地在我们的脚下；海鸥静静地伫立在街灯上。我的目光越过窗外的屋顶，看见了悬在天空的冷月、远处的大海。我可以辨认出码头、螺旋滑梯、闪烁的灯光。

然后我看见了它们。那些字，在码头的入口处。

布赖顿码头。

尽管夜晚寒冷，尽管身体发着抖，我感觉眉毛上结起了一滴汗。现在讲得通了。本带我来了这儿，布赖顿，灾难在我身上发生的地方。但是为什么呢？难道他以为回到夺去我的生活的地方我会更有可能记起发生了什么？他是否认为我会想起是谁这样对我？

我记得读到过纳什医生曾经建议我来这里，我告诉他不行。

从楼梯上传来了脚步声、说话声。高个子男人一定正把本带到这儿，到我们的房间里来。他们会一起搬行李、把它抬上楼梯，绕过难走的平台。他很快就会到这儿。

我应该告诉他什么？说他错了，带我到这儿来不会有什么帮助？说我想回家？

我向门口走去。我会帮忙把行李搬进来、打开，然后我们会睡上一觉，然后明天——

我突然想了起来。明天我又会什么都不知道了。本放在他的皮包里的一定是这些东西。照片、剪贴簿。他会用带来的东西又一次解释他是谁、我们在哪里。

我想知道自己是否带了日志，接着想起来曾经拿了它放在包里。我努力让自己平静下来。今晚我会把它放在枕头下面，那样明天我就会找到它、读它。一切都会好起来的。

我能听出本在平台上。他在跟高个子男人说话，讨论如何安排早餐。"我们很可能想在房间里吃。"我听见他说。一只海鸥在窗外发出了鸣叫，吓了我一跳。

我向门口走去，然后看见了它。在我的右手边。那是个卫生间，开着门。一个浴缸，一个马桶，一个水池。不过吸引我注意的是地板，它让我满心恐惧。地板上铺着瓷砖，图案很少见：黑色和白色成对角线交替着，让人发狂。

我张开了嘴，我感觉自己的身体在变冷。我想我听见自己喊出了声。

那时我明白了。我认出了那个图案。

我认出的不仅仅是布赖顿。

以前我曾经来过这里。这个房间。

门开了。本进来的时候我没有说话，但我的脑子里思绪飞奔。这是我受袭的那个房间吗？他为什么不告诉我我们会来这里呢？前一阵子他甚至根本不想告诉我我被袭击的事，怎么突然就转变态度带我到了事发的房间呢？

我可以看到高个男人就站在门外，我想叫他，让他留下来，可是他转身离开了，本关上了门。现在只剩下我们两个人了。

他看着我。"你没事吧，亲爱的？"他说。我点点头说没事，可是感觉这个词仿佛是被我挤出来的，我感觉体内有一股股恨意在翻涌。

他握住了我的胳膊。他勒得有点太紧了；再紧一点儿的话我就会开口说几句，如果再松一点儿的话我怀疑我都不会注意到。"你确定吗？"

"是的。"我说。他为什么要这么做？他一定知道我们在哪里、这意味着什么。他一定一直在计划这一切。"是的，我没事。我只是觉得有点累。"

接着我突然有了一个念头。纳什医生。一定跟他有关。否则为什么本——这么多年来他本来早就可以这么做却一直没有——现在决定把我带到这儿来呢？

他们一定联系过了。也许在我把和纳什医生的会面告诉本以后，他打过电话给他。也许上周某个时候——我对上周的情况一无所知——他们安排了这一切。

"你为什么不躺下？"本说。

我听见自己说话了。"我想我会的。"我转身面对着床。也许他们

290

一直有接触？纳什医生说的可能都不是真的。我想象着他在跟我说完再见以后拨打着本的号码，告诉他我的进展情况。

"好姑娘。"本说，"我本来想带香槟来的，我想现在去拿点来。有家商店，我想。不是很远。"他笑了："然后我就回来找你。"

我转身面对着他，他吻了我。在这个地方，他的吻逗留着。他用嘴唇轻拂着我的唇，把他的手埋进我的头发里，抚摸着我的后背。我努力抵抗着逃开的冲动。他的手又往下挪了，沿着我的后背放到了臀上。我拼命咽了一口唾沫。

我谁也不能相信。不能相信我的丈夫，不能相信那个一直声称是在帮助我的人。他们两个人一直在共同密谋着这一天，他们显然已经认定当这一天到来时我要面对发生在过去的恐怖事件。

他们怎么敢？他们怎么敢？

"好的。"我说。我稍稍掉开了头，轻轻地推了推他，让他放我走。

他转过身离开了房间。"我把门锁上。"他说着关上了门。"小心不为过……"我听到门外传来钥匙在锁孔里转动的声音，开始恐慌起来。难道他真的打算去买香槟？还是去跟纳什医生见面？我不敢相信他瞒着我把我带到了这个房间里：又是一个谎言。我听见他下了楼梯。

我绞着双手坐在床边上。我无法让思绪冷静下来，没有办法停留在任何一个念头上。恰恰相反，我感觉念头纷杂，仿佛在没有记忆的思维中每一个想法都有太多成长迁徙的空间，在阵阵火花雨中跟其他的想法碰撞，再旋转着拉开距离。

我站了起来。我感觉很愤怒。想到他会回来倒上香槟，跟我一起上床睡觉，我就无法面对。我也不能忍受想到他的皮肤贴着我的皮肤，不能忍受夜里他的手会放在我身上抚摸我、压着我，促使我迎合他。我怎么做得到呢，在没有自我的时候？

我愿意做任何事，我想。任何事，除了那些。

我不能待在这儿，在这个毁了我的生活、夺走了我的一切的地方。我试着算出自己还有多少时间。10分钟？5分钟？我走到本的包旁边，打开了它。我不知道自己为什么这么做；我没有在想为什么或者怎么做，想的只是我必须行动起来，趁本不在的时候，在他回到这里、事情再次改变之前。也许我打算找到车钥匙，弄开门下楼去，走到下着雨的街道上，找到车。尽管我甚至不敢肯定自己会开车，也许我打算试一试，钻进车里把车开得远远的，远远的。

或者我是打算找到一张亚当的照片；我知道它们在包里。我会只拿上一张，然后离开房间，逃跑。我会跑啊跑，然后，到了再也跑不动的时候我会打电话给克莱尔，或者任何一个人，我会告诉他们我再也受不了了，求他们帮帮我。

我把手深深地伸进了包里。我摸到了金属，还有塑料。软软的东西。然后是一个信封。我把它拿了出来，心想里面可能放了照片，却发现这是我在家里的办公室里发现的那一封。我一定是在收拾行李的时候把它放进了本的包里，本来是打算提醒他这封信还没有开过。我翻过信，看见封面上写着"私人信件"的字样，想也没想就开了封取出了信纸。

纸。一页又一页纸。我认得它。淡淡的蓝线，红色的边。这些纸跟我日志里的一模一样，我一直在记的那一本。

然后我认出了自己的笔迹，开始明白过来。

我没有看到完整的故事。故事还有一些缺失的片段。许多页。

我在我的包里找到了日志。以前我没有注意到，可是在最后一页写有字的纸张后面，一整块日志被撕掉了。在靠近书脊的地方，那些日志页被整齐地切掉了，用一把手术刀或者一片刮胡刀片。

被本切掉了。

我坐在地板上，日志在我的面前散落着。这是我生命中缺失了的一个星期。我读了我的故事里余下的部分。

第一条记录标着日期。11 月 23 日，星期五，上面写着。是我跟克莱尔见面的那天。我一定是在晚上写的这条记录，在跟本谈过以后。也许我们终于还是进行了那场我所期待的对话。我坐在这儿，日志写道，在浴室的地板上，据称我每天早上在这所屋子里醒来已经有好几年了。我的面前摆着这本日志，手里拿着笔。我在写，因为这是我唯一能想到的事情。

我的周围到处是一团团纸巾，湿漉漉的，浸透了眼泪和血。眨眼时我的视野变成了红色。血滴进了我的眼睛里，都来不及把它擦干净。

照镜子的时候我可以看见我眼睛上的皮肤割伤了，嘴唇也是一样。吞咽的时候我尝到血液的金属味。

我想睡觉。在某个地方找到一个安全的地方，闭上眼睛，休息，像一只动物。

这就是我的本质。一只动物。活在一个个断裂的时间里，活在断开的一天天里，努力想要使所在的世界变得合理。

我的心跳加快了。我又回头读了这一段，眼神一遍又一遍地被一个词吸引：血。出了什么事情？

我读得快了些，我的思绪磕磕绊绊地追随着日志里的词语，从一行到下一行。我不知道本什么时候会回来，也不能冒风险让他在我读完之前拿走这些日志。现在可能是我唯一的机会。

我认定最好是吃过晚饭以后跟他谈。我们是在休息室吃的——香肠和土豆泥，我们的碟子放在膝盖上——当我们两人都吃完以后我问他可不可以把电视关掉。他似乎不太情愿。"我要和你谈谈。"我说。

屋子里感觉太安静了，只有时钟的滴答声和远处城市发出的嗡嗡声。还有我的声音，听起来又空又虚。

"亲爱的。"本说着把碟子放在我们中间的咖啡桌上。碟子边上放着一块嚼了一半的肉块，浅浅的肉汁里漂着豌豆。"一切都还好吗？"

"是的。"我说，"一切都好。"我不知道怎么说下去。他看着我，眼睛睁得很大，等着。"你爱我没错，对吧？"我说。我感觉自己几乎是在收集证明，免得以后遇上异见。

"是的。"他说，"当然了。这是怎么了？出了什么事？"

"本。"我说，"我也爱你，而且我理解你以前做那些事情的原因，可是我知道你一直在对我撒谎。"

几乎是在这句话说完的一刹那我就后悔了。我看见他畏缩了。他看着我，嘴唇动了动似乎要说话，眼睛里露出了受伤的神情。

"你是什么意思？"他说，"亲爱的——"

现在我不得不继续说下去，我已经一脚蹚进的河流让人无路可逃。

"我知道你是为了保护我才这么做的，把事情瞒着我，可是不能再这么下去了。我要知道。"

"你是什么意思？"他说，"我没有骗你。"

我感到一阵怒火。"本。"我说，"我知道亚当。"

他随即变了脸色。我看见他在咽唾沫，扭开了头，面向着房间的角落。他从套衫的袖子上掸掉了什么东西："什么？"

"亚当。"我说，"我知道我们有个儿子。"

我有点期待他会问我是怎么知道的，可是随即意识到这次谈话没有什么特别之处。我们以前就这么做过，在我看到我的小说那天，在其他我记起亚当的日子里。

我看见他马上要说话，但我不希望听到更多谎言。

"我知道他死在阿富汗了。"我说。

他闭上了嘴，又张开，模样几乎有些可笑。

"你是怎么知道的？"

"你告诉我的。"我说，"在几个星期前。当时你在吃饼干，我在浴室里。我下了楼告诉你我想起了我们有个儿子，甚至想起了他的名字，然后我们坐了下来，你告诉我他是怎么被杀的。你给我看了一些从楼上找出来的照片，我和他的照片，还有他写的信。一封是写给圣诞老人的——"悲伤再次淹没了我，我闭上了嘴。

本盯着我："你想起来的？怎么——？"

"我一直在把事情记下来，已经记了几个星期。所有我记得的事情。"

"记在哪里？"他说。他已经抬高了嗓门，仿佛是在发火，尽管我不明白他为什么生气。"你把东西记在哪里？我不明白，克丽丝。你把东西记在哪里了？"

"我一直留着一个笔记本。"

"一个笔记本？"他说到笔记本的样子让人觉得它十分微不足道，仿佛我一直在用它来写购物清单或记电话号码。

"一本日志。"我说。

他在椅子上向前挪了挪，似乎要站起来："一本日志？记了多久？"

"我不太清楚。几个星期？"

"我能看看吗？"

295

我感觉暴躁、恼火，下定决心不给他看。"不。"我说，"现在还不行。"

他非常愤怒。"日志在哪里？给我看。"

"本，那是私人的东西。"

他抓住这个词向我开火："'私人'？你是什么意思，'私人'？"

"我是说它是私密的，你看的话我会觉得不舒服。"

"为什么不行？"他说，"你写我了吗？"

"当然写了。"

"写了什么？你记了些什么？"

怎么回答呢？我想到了对他的种种背叛。我对纳什医生说过的话、对他的绮念；我对丈夫的种种不相信以及我认定他做得出的那些事情。我想到了我讲过的谎话、我去见纳什医生的那些日子——还有克莱尔——于是我一个字也没有对他说。

"很多东西，本，我写了很多东西。"

"可是为什么呢？你为什么一直在记这些东西呢？"

我简直不敢相信他竟然问出了这个问题。"我想弄明白我自己的生活。"我说，"我希望能够把日子一天一天地串起来，像你一样，像所有人都能做到的那样。"

"可是为什么呢？难道你不开心吗？难道你不再爱我了吗？难道你不想跟我一起在这里吗？"

他的这个问题让我吃了一惊。为什么他会认为理解我支离破碎的生活意味着我想要改变它呢？

"我不知道。"我说，"什么叫开心？我想，醒来的时候我很开心，尽管早上的这种感觉是不是靠得住我不太确定。可是当我照镜子发现自己比原本预料的老了20岁，我长出了灰头发，眼睛一圈有了皱纹时，我不开心：当我发现这许多年都已经被从身边夺走、已经白白地流逝，我不开心；所以我想很多时候我不开心。不，但这不是你的错。我和你在一起很开心。我爱你，我需要你。"

他走过来坐在我的身边，声音软了下来。"对不起。"他说，"就因为那场车祸，一切都毁了，我痛恨这个。"

我发现心中又升起了怒意，但我牢牢地抓住了它。我没有权利生他的气。他不知道我了解到了什么、不清楚的又是什么。

"本。"我说，"我知道发生了什么，我知道那不是一场车祸，我知道有人袭击了我。"

他没有动。他看着我，眼睛里一片空洞。我以为他没有听见我说的话。接着他说："什么袭击？"

我提高了音量。"本！"我说，"别再这么做了！"我忍不住了。我已经告诉了他我一直在记日志，告诉了他我在把自己的故事一片片地拼凑起来，可是尽管很明显我已经知道了真相，他却仍然眼睁睁地准备对我说谎。"别他妈的继续骗我！我知道从来没有车祸这回事，我知道出了什么事。隐瞒真相装成别的样子一点儿用也没有。拒绝承认对我们没有好处。你一定不能再骗我了！"

他站了起来。他看上去非常高大，高高地凌驾于我之上，挡住了我的视线。

"是谁告诉你的？"他说，"是谁？是克莱尔那个贱人吗？她他妈的那张臭嘴怎么就这么大呢，跟你说了这么多谎话？她怎么就到处插话呢，也不管别人乐不乐意？"

"本——"我开口说。

"她一直恨我。为了离间我们，她什么都干得出来。不管什么！她在骗你，亲爱的，她在骗你！"

"不是克莱尔。"我说。我低下了头："是别人。"

"是谁？"他喊道，"谁？"

"我在看一个医生。"我低声说，"我们一直在交流。他告诉我的。"

他一动也不动，只有右手拇指还在左手的指关节上慢慢地画着圈。我能够感觉到他的体温，听到他缓慢地吸气、停顿、吐气。当开口说话时他的声音压得很低，我花了好一番力气才听清楚。

"你是什么意思？一个医生？"

"他姓纳什。很明显他几个星期前联系上了我。"虽然话正从我的嘴里说出来，我却仍然感觉不是在讲自己的故事，而是在说别人。

"他跟你说了些什么？"

我努力回想着。我记下了我们第一次谈话的内容了吗？

"我不知道。"我说，"我想我没有记下他说的话。"

"他劝你把事情记下来了？"

"是的。"

"为什么？"他说。

"我想好起来，本。"

"有作用吗？你们做了些什么？他给你吃药了吗？"

"不。"我说，"我们一直在作测试，一些练习。我做了一次扫描——"

拇指不再动了。他转身面对着我。

"一次扫描？"他的声音又大了些。

"是的。核磁共振成像，他说可能有帮助。在我刚刚生病的时候医院还没有真正开始使用这项技术，或者当时技术还没有这么先进——"

"在哪里？你一直在哪里作这些测试？告诉我！"

我开始觉得困惑。"在他的诊所里。"我说，"在伦敦，扫描也是在那儿。我记不清楚了。"

"你是怎么到那儿的？像你这样的一个人怎么会到得了医生的诊所呢？"他的话是从嗓子里挤出来的，口气变得非常急迫，"怎么去的？"

我努力用镇定的口气讲话。"他一直来这里接我。"我说，"开车送我——"

他的脸上闪过失望的神色，接着变成了愤怒。这次谈话跟我计划的完全不一样. 我从来没有打算让它变得这么沉重。

我必须努力把事情跟他解释清楚。"本——"我开始说。

接下来发生的事情出乎我的意料。本的喉咙里发出一阵源自身体深处的、沉闷的呻吟，呻吟的声势越来越大，很快他再也承受不住，吐出了一声可怕的吼叫，像是指甲刮在玻璃上一样.

"本！"我说，"怎么了？"

他转过身——摇摇晃晃地——把脸从我的面前扭开。我担心他是什么病发作了。我站起来伸出手让他来握。"本！"我又说了一遍，可是他不理睬，自己站稳了。当他向我转过身来时，他的脸通红，大睁着眼睛。我发现他的两个嘴角积着唾沫，看上去仿佛他戴上了什么奇形怪状的面具. 面目完全扭曲了。

"你他妈的蠢贱人。"他说着向我走来，我朝后缩。他的脸离我的脸只有几英寸："这事已经有多久了？"

"我——"

"告诉我！告诉我，你个婊子，多久？"

"什么事也没有！"我说。我的心中涌起了恐惧，慢慢地打了个转，又沉了下去。"什么都没有！"我又说了一遍。我可以闻到他嘴里的味道。肉和洋葱。唾沫飞溅到我的脸上、嘴唇上。我可以尝到他那热烘烘、湿漉漉的愤怒。

"你在跟他上床，不要骗我。"

我的腿抵上了沙发的边缘，我拼命地沿着沙发挪动，躲开他。可是他抓住了我的肩膀晃起来。"你一直就这样。"他说，"满嘴谎话的蠢婊子。我不知道以前我怎么会觉得你跟我不一样。你都做了些什么？嗯，趁我上班的时候偷偷溜出去？或者你让他到这儿来？还是你们把车停在没人的地方，就在车里干？"

我感觉到他的两只手紧紧地抓着我，手指和指甲竟然穿过衬衫嵌进了我的皮肤。

"你弄痛我了！"我喊道，心里希望能让他从愤怒中清醒过来，"本！住手！"

他不再晃我，微微地松了手。这个抓着我的肩膀、脸上又是愤怒又是仇恨的男人跟那个写信让克莱尔转交给我的人似乎完全不可能是同一个人。我们怎么会变得如此互不信任？要经历多少误解才会从那时的情深义重变成现在的隔阂重重？

"我没有跟他上床。"我说，"他在帮我，好让我可以过上正常人的生活。在这里，和你在一起生活，难道你不希望这样吗？"

他的眼神开始在房间里飞快地四处躲闪。"本？"我又说了一遍，"说话！"他凝住了。"难道你不希望我好起来吗？难道这不正是你一直想要的、一直希望的吗？"他摇起头来。"我知道你是这么希望的。"我说，"我知道这是你一直想要的。"热泪沿着我的脸颊流了下来，可在泪水中我还在说话，交织着一声声的抽泣。他仍然抱着我，不过现在动作很轻，我把双手放在了他的手上。

"我跟克莱尔见面了。"我说，"她给了我你写的信。我已经读了，本，在过了这么多年以后，我读过信了。"

纸面上有一块污渍。墨水，混着一团星星形状的水。写这些的时候

300

我一定在哭。我接着读下去。

我不知道当时我以为接下来会怎么样，也许我认为他会投进我的怀抱，因为宽慰而轻轻地抽泣，我们会站在那儿静静地抱着对方，直到我们两人都放松下来，直到感觉到我们再次心心相通。然后我们会坐下，从头到尾地把事情说清楚。也许我会上楼拿出克莱尔给我的信，我们会一起读．从此开始慢慢地在坦诚之上重建我们的生活。

可是，在接下来的一瞬间里似乎一切都没有动、一切都没有出声。没有呼吸声，没有路上的车流声。我甚至没有听见时钟滴答作响的声音。仿佛生命处在暂停期间，在两种状态之间的巅峰上徘徊。

接着僵局被打破了。本从我身边退开。我以为他要吻我，可是我的眼角却掠过一片模糊的影子，我的头上受了狠狠的一击，被打得扭到了一边。疼痛从下巴弥漫开。我倒了下去，沙发向我迎过来，我的后脑勺挨上了什么又硬又尖的东西。我大喊起来。又来了一击，接着又是一次。我闭上了眼睛等待着下一击——却什么也没有。相反，我听到脚步声渐渐远去，一扇门砰地关上。

我睁开眼睛，愤怒地喘息着。地毯从我的身边往外延伸，现在它变成了纵行的。离着我的头不远处是一个打碎的碟子，肉汁渗到了地板上，被地毯吸了进去。豌豆被踩进了小垫子的纹路里，还有一根嚼了一半的香肠。房间门开了，又啪的一声关上。脚步声下了楼梯。本走了。

我吐了一口气，闭上眼睛，我不能入睡，我想，一定不能。

我又睁开了眼睛。黑暗在远处旋转，传来一股肉的味道。我吞了口唾沫，尝到了血味。

我做了些什么？我做了些什么？

我确定他已经离开了，接着来到楼上找到了我的日志。血从我裂开的嘴唇往地毯上滴。我不知道刚刚发生了什么。我不知道我的丈夫在哪里，不知道他是否会回来，不知道我想不想他回来。

可是我需要他回来，没有他我活不下去。

我很怕。我想见克莱尔。

我放下日志，手伸向了额头。一碰就痛。今天早上看见的淤痕，我用化妆品盖上的那一块。本打过我。我又回头看日期：11 月 23 日，星期五。是一周前的事情。一个星期过去了，这个星期里我一直相信一切都会好的。

我站起来照镜子，它还在那儿，一个淡蓝色的伤痕，证明我写的是真的。我不知道为了解释自己的伤我是怎么骗自己的或者他是怎么骗我的。

不过现在我知道真相了。我看着手里的日志，突然有了一个念头。他想让我找到这些日志。他知道即使今天我读了这些，明天我还是会忘得一干二净的。

突然我听见他上楼梯的声音，这时我才几乎第一次清楚地意识到我在这儿，在这家酒店房间里。跟本在一起，跟打了我的男人在一起。我听到他的钥匙在锁孔里转动。

我必须知道当时发生了什么，于是我站了起来，把日志推到枕头下面，躺到床上，当他走进房间后我闭上了眼睛。

"你还好吗，亲爱的？"他说，"你醒了？"

我睁开眼睛。他站在门口，手里攥着一只酒瓶。"我只找得到 Cava 起泡酒。"他说，"可以吗？"

他把酒放在梳妆台上，吻了我。"我去洗个澡。"他低声说，然后走进浴室打开水龙头。

他关上门以后我拿出了日志。我没有太多时间——毫无疑问他用不了5分钟就会洗完——所以我必须能读多快就读多快。我的眼睛扫过纸面，并没有一个一个字地全部看清楚，但已经够了。

那是几个小时以前的事情了。我在空荡荡的房子里，一直坐在黑漆漆的走廊上，一只手上拿着一张纸，另一只手上拿着一部手机。纸上有一个被弄花了的号码。没有人接电话，只有铃声没完没了地响着。我不知道她是否关掉了答录机，还是机器已经录不下了。我又试了一次，再一次。以前我遇到过这种情况。我的时间在轮回。克莱尔帮不上我了。

我看了看自己的包，找到了纳什医生给我的那部手机。已经很晚了，我想。他不会还在上班。他会跟他的女朋友在一起，度过他们两人的傍晚时光，做两个正常人做的事情，不管是什么。我不知道两个正常人在一起的情形是什么样的。

他家的电话号码记在我的日志的扉页上。那个号码一直响着，接着陷入了沉默。没有答录机的声音告诉我出了错，也没有请我留言。我又试了一遍，还是一样。他的办公室号码是我剩下的唯一选择了。

我坐了一会儿，感觉很无助。望着门口，有点希望能看到本黑乎乎的影子映在磨砂玻璃上，往锁孔里插进一把钥匙；我又有点儿害怕看见这一切。

最后我再也等不下去了。我上楼脱了衣服，钻进被窝写了这篇日志。屋里还是空荡荡的。我会马上合上日志把它藏起来，然后关掉灯睡觉。

接着我会忘记一切，这本日志会变成唯一留下的东西。

我担心地把目光挪向下一页，心里害怕会看见一片空白，可是事实并非如此。

11月26日，星期一。日志开头写着。上周五他打了我。两天过去

303

了，我什么也没有写。这两天我是不是都相信一切还好？

我的脸上有淤伤，还痛。这么说前两天我该看得出有什么事不对劲吧？

今天他说我是摔的。经典的老一套，可是我相信他了。为什么不呢？他已经不得不解释我是谁、他又是谁、我怎么会在一栋陌生的屋子里醒来而且比自以为的年纪老上几十岁，那对于他所说的我的眼睛青肿、嘴唇裂了缝的理由，我为什么要怀疑？

所以我继续过日子。他去上班时我给了他一个道别吻，我清理了早餐留下的东西，洗了个澡。

接着我来到这儿，发现了这本日志，发现了真相。

日志出现了间隔。我发现自己没有提起纳什医生。他不管我了吗？我不用他帮助就找到了这本日志？

还是我不再把它藏起来了？我继续读下去。

过了一会儿我打电话给克莱尔。本给我的手机用不了——我想可能是没电了——因此我用了纳什医生给我的那一部。没有人接电话，我在客厅里坐下。我放松不了。我拿起几本杂志，又放下；打开电视盯着屏幕看了半个小时，甚至根本没有注意到放的是什么。我盯着日志，却无法集中精神，无法写字。我又试着给她打了好几次电话，次次都听到答录机让我留言。直到过了午饭时间她才回了电话。

"克丽丝。"她说，"你还好吗？"从电话里我听得出托比在旁边玩。

"我没事。"我说，尽管事实并非如此。

"我正要给你打电话。"她说，"我感觉糟透了，今天还只不过是星期一！"

星期一。日期对我来说毫无意义：每一天都没有留下痕迹，跟之前的一天没有任何区别。

304

"我必须跟你见面。"我说，"你能过来吗？"

她听上去有些惊讶："到你家去？"

"是的。"我说，"拜托！我想跟你谈谈。"

"你没事吧，克丽丝？你读信了没有？"

我深吸了一口气．把声音压低成了耳语："本打了我。"我听到她吃惊地喘了一口气。

"什么？"

"前些天的晚上，我身上有伤，他告诉我是摔的，可是我记下来是他打了我。"

"克丽丝，本绝对不会打你，永远也不。他绝对做不出来这种事。"

疑惑淹没了我。难道这一切都是我凭空捏造的吗？

"可是我记在日志里了。"我说。

有一会儿她什么也没说．接着是："可是你为什么会觉得他打了你？"

我把手放到脸上，摸到眼睛周围肿起了一圈。我心中闪过一丝愤怒，很显然她不相信我。

我回想着我记下的日志："我告诉他我一直在记日记。我说我跟你见过面，还有纳什医生。我告诉他我知道亚当的事。我告诉他你给我了他写的那封信，我已经读了。然后他打了我。"

"他就那样打了你？"

我想着他用来骂我的那些话，他对我的种种指责。"他说我是个婊子。"我觉得嗓子里涌上了一声抽泣："他——他说我跟纳什医生上过床，我说我没有，接着——"

"接着怎么样？"

"接着他打了我。"

305

一阵沉默. 然后克莱尔说："以前他打过你吗？"

我不可能知道。也许他打过？有可能我们之间一直存在家庭暴力现象。我的脑海中闪过参加游行的克莱尔和我，手持自制的标语牌——"女性的权利：对家庭暴力说不。"我记得以前我一直看不起遭遇丈夫暴力以后却不采取措施的女人。她们是软弱的，我想。软弱，而且愚蠢。

有没有可能我已经陷入了跟她们相同的困境？

"我不知道。"我说。

"很难想象本会伤害什么人，不过我猜也不是不可能的。天啊！他甚至曾经让我觉得内疚。你还记得吗？"

"不。"我说，"我不记得，我什么也不记得了。"

"见鬼。"她说，"我很抱歉，我忘了，只是太难想象了。正是他让我相信，作为生命，鱼跟有脚的动物一样享有同样的权利。他甚至连一只蜘蛛都不会弄死！"

风一阵阵刮着房间的窗帘。我听见远处有辆火车的声音。从码头传来尖叫声，楼下的街道上有人在喊"他妈的！"然后我听见了玻璃破碎的声音。我不想接着看下去，但我知道必须这么做。

我感觉到一阵寒意："本吃素？"

"纯素食主义者。"她笑出了声，"不要告诉我你不知道？"

我想到了他打我的那天晚上。一块肉，我在日志里写道。浅浅的肉汁里漂着的豌豆。

我走到窗边。"本吃肉……"我的语速很慢，"他不是素食主义者……反正现在不是。也许他变了？"

又是一阵长长的沉默。

"克莱尔？"她什么也没有说，"克莱尔？你还在吗？"

"好吧。"她说，现在她听起来很愤怒，"我马上给他打电话，我要把这些事情弄清楚，他在哪儿？"

我不假思索地回答："他在学校，我猜。他说要到 5 点才回来。"

"在学校？"她说，"你是说大学？他现在在教书吗？"

恐惧在我心里一阵阵地翻涌。"不。"我说，"他在附近一家中学上班，我记不起名字。"

"他在那儿做什么？"

"当老师。他是化学部的头儿，我想他是这么说的。"我对于不知道自己的丈夫靠什么谋生、想不起来他是怎么赚钱让我们在这所房子里生活下去感觉颇为内疚，"我不记得了。"

我抬起头看见面前的窗户玻璃上倒映着自己肿胀的脸。内疚感立刻消失了。

"什么学校？"她问道。

"我不知道。"我说，"我想他没有告诉过我。"

"什么？从来没有吗？"

"今天早上没有。"我说，"对我来说这就跟从来没有说过一样。"

"我很抱歉，克丽丝。我不是想让你难过。只是，嗯——"我感觉出她中途改变了主意，把一句话吞了下去，"你能找到学校的名字吗？"

我想到了二楼的办公室。"我想可以，怎么了？"

"我想跟本谈谈，确保今天下午我来的时候他已经到家了。我可不希望白来一趟！"

我注意到她在努力用一副幽默的口气说话，不过我没有这么说出来。我感觉乱了套，想不出怎样才是最好的办法，想不出自己该怎么做，所以我决定听我朋友的。"我去看看。"我说。

我上了楼。办公室很整洁，桌上摆着一堆堆文件。我很快找到了一些带信头的纸：一封关于家长会的信，日期已经过了。

"圣安妮学校。"我说，"你要号码吗？"她说她会自己找。

"我会给你回电话的。"她说，"好吗？"

恐慌再次席卷过来。"你要跟他说什么？"我说。

"我要把事情弄清楚。"她说，"相信我，克丽丝，事情一定能说清楚的，好吧？"

"好的。"我说完结束了通话。我坐下来，两条腿仍在发抖。如果我的第一直觉是正确的怎么办？如果克莱尔和本还在上床怎么办？也许现在她正在给他打电话，以便警告他。"她起疑心了，"她也许会说，"要小心。"

我想起了早前在日志里读到的内容。纳什医生曾经说我一度有过妄想的症状。"声称医生们合谋对付你"，他说，"有虚构的倾向，编造事情。"

如果又是妄想症发作怎么办？如果是我编造了这一切怎么办？我日志里所记录的可能都是幻想的结果——天方夜谭。

我想到了纳什医生在病房里跟我说的话，想到了本在信里提过的内容：偶尔你会变得暴力。我意识到引发周五晚上那一架的人可能是我。我攻击本了吗？也许他还手了，接着在楼上的浴室里，我拿起一支笔用编造的情节解释了一切。

如果这整本日志意味的是我的情况越来越差怎么办？还有多久我回"韦林之家"的时间就真的该到了？

我遍体生寒，突然间确信这就是纳什医生想带我回"韦林之家"的原因。让我做好准备回那里去。

我只能等着克莱尔给我回电话。

又是一处间断。现在就是这种情况吗？本正试图把我带回"韦林之

308

家"？我望了望浴室的门。我不会让他这么做的。

还有最后一条记录，是同一天晚些时候写的。11月26日，星期一。我在日志里加了时间。下午6点55分。

克莱尔不到半个小时就给我打了回来。现在我的思绪摇摆不定，一会儿晃到这边，一会儿晃到那边。我知道该怎么做。我不知道该怎么做。我知道该怎么做。不过除此之外还有一个念头。我突然不寒而栗，意识到了真相：我处在危险之中。

我翻到日志的扉页，打算写上"不要相信本"，却发现那些话已经在那儿了。

我不记得写过那些话。不过话说回来，我什么都不记得。

日志出现了间隔，接着又继续下去。

她在电话中听起来有点犹豫。

"克丽丝。"她说，"听着。"

她的语气把我吓坏了。我坐了下来："怎么了？"

"今天早上我打电话给本了，打到了学校。"

我有种无法抗拒的感觉，觉得自己被漫漫无边的水面围困着，身不由己："他怎么说？"

"我没有跟他说话，我只是想确定他在那里工作。"

"为什么？"我说，"难道你不相信他吗？"

"他在其他事情上也说谎了。"

我不得不同意。"可是为什么你觉得他会伪造工作地点呢？"我说。

"我只是奇怪他会在学校里工作。你知道他受的是建筑师专业训练吗？上次我跟他联系的时候他正准备自己开业，我只是觉得他在中学上班有点儿古怪。"

"他们怎么说？"

"他们说不能打扰他，他正忙着上课。"我感觉松了一口气，至少在这点上他没有说谎。

"他肯定是改变了主意。"我说，"对他的职业规划。"

"克丽丝，我告诉他们我想给他寄些文件，寄一封信。我问了他的正式头衔。"

"结果呢？"我说。

"他不是化学部的头儿，也不是科学部的头儿，什么部的头儿都不是。他们说他是个实验室助理。"

我感觉自己的身体猛地一抽。也许我抽了一口气；我不记得了。

"你确定吗？"我说。我的思绪飞转着为这个新发现的谎话找理由。有可能是因为他感觉很难堪吗？担心如果我知道他从一个成功的建筑师沦落成当地一所学校的实验室助理会有些想法？难道他真的认为我有那么肤浅，会以他谋生的方式来判定爱他多少吗？

一切全讲得通了。

"哦，上帝。"我说，"这是我的错！"

"不！"她说，"这不是你的错！"

"是我的错！"我说，"一定是因为照顾我、必须每天应付我的压力太大。他一定是崩溃了。也许连他自己都不知道什么是真的什么是假的了。"我哭了起来，"一切一定让人难以承受。"我说，"他还不得不自己扛着所有的悲伤，每天都扛着。"

电话筒沉默着，接着克莱尔说："悲伤？什么悲伤？"

"亚当。"我说。不得不说出他的名字让我感觉痛楚。

"亚当怎么了？"

这时我突然间明白过来，恍然大悟。哦，上帝，我想，她不知道，本没有告诉她。

310

"他死了。"我说。

她吸了一口气："死了？什么时候？怎么死的？"

"我不知道具体什么时候。"我说，"我想本告诉我是去年。他在一场战争中被杀了。"

"战争？什么战争？"

"阿富汗战争。"

接着她说了一句奇怪的话："克而丝，他在阿富汗做什么？"她的声音很奇怪，听起来几乎有些开心。

"他在军队里。"我说。可是即使话从嘴里说出来，我也开始怀疑它的真实性，仿佛我终于开始面对某些我心里一直都清楚的东西。

我听见克莱尔从鼻子里哼了一声，仿佛她觉得很好笑。"克丽丝。"她说，"克丽丝，亲爱的。亚当没有参军，他从来没有去过阿富汗。他住在伯明翰，跟一个叫海伦的女人一起，工作跟电脑有关。他一直没有原谅我，但我还是偶尔给他打电话。可能他宁愿我不打吧，不过我是他的教母，记得吗？"过了一会儿，我才反应过来为什么她说这些话时仍然用的是现在时，不过尽管我已经想通了，她却还是把话说了出来。

"上周我们见面后我给他打了电话。"她几乎是在哈哈大笑，"当时他不在，不过我跟海伦谈了谈。她说会让他给我回电话，亚当没有死。"

我没有再读下去。我觉得轻飘飘、空洞洞的。我觉得自己可能会向后倒下去，不然的话会飘起来。我能相信这些话吗？我想相信吗？我靠在梳妆台上稳住身体继续往下读，只模模糊糊地明白我没有再听见本的淋浴声了。

我一定是绊了一跤，抓住椅子稳住了身体。"他还活着？"我的胃里翻江倒海. 我记得一阵反胃涌上了嗓子眼儿, 不得不拼命把它咽下去. "他真的还活着? "

"是的。"她说, "是的! "

"可是"我说。"可是——我看到了一份报纸, 一份剪报, 上面说他被杀了。"

"那不可能是真的, 克丽丝。"她说, "不可能, 他还活着。"

我开口说话, 可是一时间所有的一切都在这时向我涌来, 所有情感互相交织在一起。喜悦, 我记得其中有喜悦。因为知道亚当还活着, 我的舌头上体会到了十足的快乐的滋味, 可是混杂其中的也有恐惧带来的又酸又苦的味道。我想到了我的淤伤, 想到了要打出这样的伤本一定用上了多大的力道。也许他的暴力不仅仅体现在身体上, 也许在有些日子里他告诉我我的儿子死了, 这样他便可以看见我因此痛苦并借以取乐。是不是在其他的一些日子里, 在一些我记起怀孕或生子的日子里, 他会直截了当地告诉我亚当已经搬走, 现在在城市的另一端生活?

如果是真的话, 为什么我从来没有记下他曾经说过其中任何一句真话?

我的脑海中涌入了许多图像: 一幅幅想象的画面中亚当现在的模样、我可能已经错过的一幕又一幕, 但没有一张停留下来。每张图像都从我的眼前闪过, 接着就消失了。我唯一能够想到的是他还活着。活着。我的儿子没有死。我可以见到他。

"他在哪儿? "我说, "他在哪儿? 我想见他! "

"克丽丝。"克莱尔说, "冷静。"

"可是——"

"克丽丝! "她打断我, "我马上去你那儿。待在那里别动。"

"克莱尔！告诉我他在哪儿！"

"我真的担心你，克丽丝。请——"

"可是——"

她提高了青量。"克丽丝，冷静下来！"她说，接着一个念头穿透了我脑海中重重困惑的迷雾：我在发狂。我吸了口气努力平静下来，这时克莱尔开始讲话了。

"亚当住在伯明翰。"她说。

"可是他一定知道我在哪里。"我说，"他为什么不来见我？"

"克丽丝……"她说。

"为什么？他为什么不来看我？他和本合不来吗？所以他才不待在家里？"

"克丽丝。"她的声音很温柔，"伯明翰离这儿挺远的，他很忙……"

"你是说——"

"也许他不能经常到伦敦来？"

"可是——"

"克丽丝，你以为亚当不来看你，但我不相信。也许他的确来看望过你，在他能办到的时候。"

我陷入了沉默，一切全乱套了，不过她是对的。我的日志只记了几个星期的时间，在那之前可能发生过任何事情。

"我要见他。"我说，"我想见他，你觉得能安排一下吗？"

"我没有看出不行的理由。不过如果本真的告诉你他已经死了，那我们应该先和他谈一谈。"

当然，我想。不过他会怎么说？他还认为我仍然相信他的谎话。

"他很快就到家了。"我说，"你还来吗？你会帮我把事情理顺吗？"

"当然。"她说，"当然，我不知道发生了什么事情，不过我们会和

313

本谈谈，我保证，我现在就来。"

"现在？就现在吗？"

"是的，我很担心，克丽丝，有什么地方不对劲儿。"

她的语气让我困扰，可是与此同时也松了一口气。一想到可能马上能够见到我的儿子，我感觉兴奋起来。我想看看他，想见到他的照片，就现在。我记得我们几乎没有什么他的照片，有的那些都被锁了起来。一个念头冒了出来。

"克莱尔。"我说，"我们遭过火灾吗？"

她听起来有些困惑："火灾？"

"是的，我们几乎没有几张亚当的照片，而且一张婚礼照片也没有。本说在火灾里烧光了。"

"火灾？"她说，"什么火灾？"

"本说在我们的老房子里有过一次火灾，我们丢了很多东西。"

"什么时候？"

"我不知道，很多年前。"

"你也没有亚当的照片？"

我觉得自己越来越恼怒了："我们有一些，不过不多。除了他婴儿时期的和幼童期的照片，其他时候的几乎没有，而且没有度假照，甚至没有我们的蜜月照，也没有一张圣诞节照片，像这样的都没有。"

"克而丝。"她说。她的声音平静，字斟句酌。我想我察觉到了某种东西，一种新的情绪——恐惧。"把本的模样讲给我听。"

"什么？"

"给我形容他的模样。本，他长什么样子？"

"火灾呢？"我说，"告诉我。"

"没有什么火灾。"她说。

"可是我的日志里说我记得这件事。"我说，"一个平底锅。电话响了……"

"一定是你想象的。"她说。

"可是——"

我感觉到了她的焦虑："克丽丝！没有什么火灾，很多年前也都没有，有的话本会告诉我的。现在，讲讲本的模样吧。他是什么样子？他个子高吗？"

"不特别高。"

"黑头发？"

我的脑子变成了一片空白。"是的。不，我不知道，他的头发开始发灰了。他有大肚腩，我想，也许没有。"我站了起来，"我要看看他的照片。"

我回到了楼上。照片在那儿，钉在镜子周围，我和我的丈夫幸福地在一起。

"他的头发看起来像是褐色。"我说。我听见一辆车停在了屋外。

"你确定吗？"

"是的。"我说。引擎熄了火，车门重重地关上，传来"哔"一声响亮的锁车声。我放低了声音："我想本到家了。"

"见鬼。"克莱尔说，"快，他有一道疤吗？"

"一道疤？"我说，"在哪儿？"

"在他的脸上，克丽丝。一道疤，穿过一边脸。他出过意外，攀岩。"

我飞快地扫视着照片，目光落在我和我丈夫穿着晨袍坐在早餐桌边的那一张上。相片里他笑得很开心，可是除了隐隐的胡楂儿外，他的脸上没有一点儿疤痕。恐惧的浪头猛地拍在我身上。

我听见前门打开了。一个人在说话："克丽丝！亲爱的！我回来了！"

"不。"我说，"不，他没有疤。"

电话里传来一个声音像喘气，又像叹息。

"那个跟你住在一起的男人，"克莱尔说，"我不知道是谁，但他不是本。"

恐惧迎面而来。我听到冲马桶的声音，却不得不继续读下去。

我不知道接下来发生了什么，我不能拼凑起当时的情形。克莱尔开始说话，几乎是在喊。"他妈的！"她说了一遍又一遍。我的脑子因为恐慌而乱成了一团。我听到大门关上了，门锁发出咔哒一声。

"我在洗手间里。"我对着我曾经当做是自己丈夫的人喊道。我的声音听起来很沙哑、绝望。"再过一分钟我就下来。"

"我这就过来。"克莱尔说，"我要把你从那儿弄出去。"

"没事吧，亲爱的？"那个不是本的人喊道。我听到楼梯上响起了他的脚步声，才发现我没有锁上浴室的门。我压低了声音。

"他在这儿。"我说，"明天来吧，在他上班的时候，我会收拾好我的东西，我会给你打电话。"

"见鬼。"她说，"好吧。不过要记在你的日志里，一有机会就要记下来，别忘了。"

我想到了我的日志，它藏在衣橱里。我必须保持冷静，我想。我必须假装一切都好，至少要一直等到我能拿到日志写下我身处的危险境地的时候。

"救救我。"我说，"救救我。"

他推开浴室门时，我结束了通话。

316

日志在这里结束。我疯狂地翻着其余的日志，但上面一个字也没有，只印着淡淡的蓝线。日志在等待着后续的、我的故事。可是没有后续了。本找到了日志，拿掉了这些页，克莱尔没有来找我。当纳什医生来取日志的时候——在星期二——当时我根本不知道有什么不对劲。

突然间我恍然大悟，明白过来为什么厨房里的白板让我感到不安。是笔迹。整洁匀称的大写字母，跟克莱尔给我的那封信上潦草的笔迹完全不同。在内心深处，我在那时已经知道它们不是出自同一个人之手了。

我抬起了头，本，或是那个装成本的男人，已经洗完澡出来了。他正站在门口，穿着刚才的衣服，望着我。我不知道他在那儿已经待了多久，看着我读日志。除了一种空洞洞的表情，他的眼睛里什么也没有，仿佛他对看见的东西几乎不感兴趣，仿佛那跟他无关似的。

我听见了自己的喘气声，手里的日志页掉了，散落在地板上。

"你！"我说，"你是谁！"他什么也没有说。他望着我面前的纸页。"回答我！"我说。我有权问出这句话，可是我的声音却毫无气势。

我的头脑乱转着，努力要弄明白他会是谁。某个从"韦林之家"来的人？一个病人？一切完全说不通。另一个念头冒上来又随之消失，我感到一阵恐慌。

这时他抬起头来看着我。"我是本。"他说得很慢，仿佛是在努力让我明白再清楚不过的事实，"本，你的丈夫。"

我沿着地板朝后退，一边从他身边退开，一边努力记住我刚刚读到的、了解到的事实。

"不。"我说。接着再次高声说了一遍，"不！"

他向前走过来："我是，克丽丝。你知道我是的。"

恐惧攫住了我，它把我举了起来，一动不动地握着我，接着猛地把我扔回恐怖之中。克莱尔的话再次在我耳边响起，*那不是本*。接下来，一件奇怪的事情发生了，我意识到我回想起的不是在日志中读到她说那些话的情景，我想起的是这件事本身。我可以回忆起她声音里流露出的恐慌、在告诉我她发现的事情之前她说那句"他妈的"的口气，还有她反复说"那不是本"。

我是在回忆。

"你不是。"我说，"你不是本，克莱尔告诉我了！你是谁？"

"还记得那些照片吗，克丽丝？浴室镜子旁边的照片？瞧，我带它们来了，带给你看的。"

他向我走了一步，伸手去拿床边地板上放着的他的包。他取出了一些皱巴巴的照片。"看！"他说。我摇摇头，他拿起第一张——一边拿一边自己扫了相片一眼——递过来给我。

"是我们俩。"他说，"看，我和你。"照片里我们坐在小船上，在一条河——或运河——里。我们的身后是昏暗浑浊的河水，河面上模模糊糊地露出芦苇丛。我们看上去都颇为年轻，现在已经松垮垮的皮肤在相片里显得还挺紧致，眼睛上没有皱纹，因为开心而睁得大大的。

"你难道看不见吗？"他说，"你看！这是我们。我和你，在很多年前，我们在一起已经很多年了，克丽丝，很多很多年了。"

我全神贯注地看着那张照片。一幅幅画面来到了我的眼前，我们两个人，在一个阳光明媚的下午，我们雇了一条船，我不知道是在哪里。

他又举起了一张照片。这张里的我们老多了，看上去是最近照的。我们站在一间教堂外面。天阴沉沉的，他一身西装革履，正在跟一个也穿西服的男人握手。我戴着一顶帽子，不过它似乎有些不听话；我拉着它，仿佛风会把它吹走，我没有正视镜头。

　　"这不过是几个星期前的事。"他说，"有朋友请我们去参加他们女儿的婚礼，你还记得吗？"

　　"不。"我愤怒地说，"不，我不记得！"

　　"那天天气晴朗。"他说着拿回照片自己看着，"十分美好——"

　　我记起在日志里读到当我告诉克莱尔我找到了一段剪报证明亚当的死时，她说的那些话。那不可能是真的。

　　"拿一张亚当的照片给我看。"我说，"只要给我看一张他的照片。"

　　"亚当死了。"他说，"战死沙场，死得高贵，死得英雄——"

　　我大喊起来："你还是应该有他的照片！给我看看！"

　　他拿出了亚当和海伦的合影，我见过的那张，怒火在我胸中烧了起来。"给我看一张亚当和你在一起的照片，只要一张，你肯定有些吧？如果你是他父亲的话？"

　　他一张张找过手里的照片，我以为他会拿出一张他们两人的合影来，可是他没有。他的两只手无力地垂在身边。"我身上没有带。"他说，"一定是在家里。"

　　"你不是他的父亲，对吧？"我说，"父亲怎么会没有和儿子的合影呢？"他的眼睛眯了起来，仿佛非常愤怒，但我停不下来。"什么样的父亲会告诉他的妻子他们的儿子死了，可是实际上他却活得好好的？承认吧！你不是亚当的父亲！本才是。"这个名字出口的时候我的眼前出现了一幅图像。一个戴黑框窄眼镜、黑头发的男人，本。我又说了一遍他的名字，仿佛要把他的形象烙在我的脑海里。"本。"

319

这个名字对站在我面前的男人起了效果。他说了些话，可是太小声我没有听清，因此我让他再说一遍。"你不需要亚当。"他说。

"什么？"我说，于是他看着我的眼睛又说了一遍，口气更坚决了。

"你不需要亚当，现在你有我，我们在一起。你不需要亚当，你也不需要本。"

他的话一出口，我觉得体内所有的力量都消失了，与此同时他似乎重获了力量。他露出了一个微笑。

"别难过。"他口气欢快地说，"有什么关系？我爱你。重要的只是这个。对吧？我爱你，而你也爱我。"

他蹲了下来，向我伸出了双手。他在微笑，仿佛我是一只动物，他正试着把我哄出藏身的洞。

"来。"他说，"到我这儿来。"

我又向后挪去，撞到了一块坚实的东西，感觉后背抵上了热烘烘的暖气片。我意识到我在房间尽头的窗户下面，他慢慢地向前走。

"你是谁？"我又说了一遍，努力让自己的声音保持平静镇定，"你想要什么？"

他不再动了，他蹲在我的面前，如果他伸出手的话可以摸到我的脚、我的膝盖。如果他再靠拢一点儿，我也许能踢到他，如果有必要的话。尽管我不确定我踢得到，而且——无论如何——我还光着一双脚。

"我想要什么？"他说，"我什么也不想要，我只是希望我们快乐，克丽丝，像我们过去那样，你还记得吗？"

又是这个词。记得。有一瞬间我想也许他在说反话。

"我不知道你是谁。"我近乎歇斯底里地说，"我怎么记得起来？我以前从来没有见过你！"

他的微笑消失了。我看见他的脸痛苦地垮了下来。有一阵我们之间的局面似乎难以分辨，仿佛力量正从他的一边挪到我的一边，中间又有一瞬间在我们之间达到了平衡。

他又有了生气。"可是你爱我。"他说，"我读到了，在你的日志里，你说你爱我。我知道你希望我们在一起。你为什么记不起来这个呢？"

"我的日志！"我说。我知道他一定知道它——否则他怎么会拿掉关键的几页？——可是现在我意识到他读我的日志已经有一段时间了，至少是从一个星期前我第一次告诉他日志的事开始："你读我的日志有多久了？"

他似乎没有听见我的话。他提高了音量，仿佛满心胜利的喜悦。"告诉我你不爱我。"他说。我一句话也没有说。"看见了吗？你说不出来，对吧？你说不出来，因为你爱我。你一直都爱我，克丽丝，一直。"

他的身体晃了回去，我们俩坐在地板上，面对面。"我记得我们相遇的时候。"他说。我想起了他告诉过我的经过——大学图书馆里打翻的咖啡——不知道这次会来个什么故事。

"你在忙什么东西。你每天去同一家咖啡馆，总是坐在靠窗的同一个座位。有时你会带着一个孩子，不过通常不带。你面前打开一个笔记本坐着，要么写字要么有时候只是看着窗外。我想，你看起来真美。每天我都从你的身边经过，在赶公车的路上；而我开始期待下班走路回家，那时我能看你一眼。我试着猜你可能会作什么样的打扮，头发会是扎起来还是散开，你是否会吃个小吃，像是一块蛋糕或一个三明治。有时候你面前有一整块烤饼，有时候只有一碟子面包屑，有时候甚至什么都没有，只有茶。"

他哈哈大笑起来，悲伤地摇着头，我记起克莱尔告诉我的咖啡厅，心里明白过来他正在告诉我真相。"我每天都会分毫不差地在同一时间经过那家咖啡馆。"他说，"不管有多努力，我却就是猜不出你决定什么时候吃你的小食。刚开始我想你也许是根据这天是星期几来决定的，可是根据星期几似乎并无规律可循，后来我想也许跟日期有关，但似乎也行不通。我开始好奇你是在什么时候点的小食。我想，也许跟你进咖啡馆的时间有关，因此我开始提早下班跑去咖啡馆，好让自己有机会看到你到达。然后，有一天，你不在那儿。我等啊等，直到看见你穿过街道走来。你推着一辆婴儿车，走到咖啡馆门口的时候似乎遇到了些麻烦，进不去了。你看上去那么无助，进退不得，所以我不假思索地上前给你开了门。你微笑着看着我，说：'太感谢你了。'你看起来真美，克丽丝。我想吻你，就在彼时彼刻，但我不能，而且为了不让你觉得我跑这么一大截路只是为了来帮你，我也进了咖啡馆，站在你身后排队。在我们等着点东西的时候，你跟我搭话了。'今天人挺多，是吧？'你说，我回答说'是的'，尽管对于那个时间段来说那天咖啡馆里并不是特别拥挤。我只是不想断了话题。我点了喝的，要了跟你一样的蛋糕，我不知道是否该问你能不能坐在你旁边，可是等到我拿到自己的茶时你正在跟别人说话，大概是咖啡馆的店主吧，我想。于是我自己一个人坐到了角落里。

　　从那以后我几乎每天都去那家咖啡馆。在开过一次头以后，再接着做什么事总是容易多了。有时候我会等你来，或者确保我进去的时候你已经在那里了，不过有时无论怎样我只想到那里去。之后你注意到了我，我知道你注意到了。你开始和我打招呼，或者说两句天气。后来有一次我有事耽误了，当我到咖啡馆，端着茶和烤饼从你身边经过时你竟然说：'今天你来晚了！'，这时你发现咖啡馆里已经没有空余的桌子，便指着你对面的椅子说，'你为什么不坐这儿呢？'那天你没有带孩子来，于是我说：'你真的不介意吗？不会打扰你？'然后我感觉这么说很不好，我害怕你会说是的，其实再转念一想的确会打扰你。可是你没有，你说：'不！一点儿也不打搅！说实话反正最近也不太顺利。我很高兴能分一分心！'也正是这样，我才知道你希望我跟你说话，而不只是默默地吃我的蛋糕喝我的饮料。你还记得吗？"

我摇了摇头。我决定让他说下去，我想要了解他要说的一切。

"所以我坐了下来，我们聊起了天。你告诉我你是个作家，你说你已经出了一本书，可是第二本写得不太顺利。我问你写的是什么，你却不告诉我。'是本小说。'然后你又说，'按打算应该是。'你突然显得很伤心，所以我提出再给你买一杯咖啡。你说主意不错，不过你身上没有钱给我买一杯了。'我来这儿的时候没有带钱包。'你说，'我只带了够买一杯饮料和小食的钱，这样我就没办法胡吃海喝了！'我觉得那样说有点怪，你看起来不像需要担心吃得太多的样子，你总是那么苗条，但不管怎样我很开心，因为这意味着你一定喜欢跟我说话，而且你还欠了我一杯咖啡，所以我们一定还得再见面。我说帮你付咖啡钱一点儿问题没有，不还我饮料也没有关系，我又给我们两个人买了些茶。从那以后我们开始经常碰面。"

我渐渐地看清了一切。尽管我没有记忆，可不知道什么原因我知道这种事是怎么发生的。偶然的相遇，互请饮料。受到与一个陌生人交谈——或倾诉——的吸引力：陌生人不评价，不偏袒任何一方，因为他做不到。一步步敞开心扉，最后变成……什么？

我已经见过我们两人的合影，在多年前照的。我们看上去很开心。那些知心话把我们带到了哪里是显而易见的。再说，他颇有魅力。不像电影明星一般英俊，但比大多数人好看，不难看出吸引我的是什么。到了某个阶段，我一定一边坐在咖啡馆里试图写作一边开始焦急地扫视着门口；在去咖啡馆之前仔细寻思该穿什么衣服、要不要洒上少许香水。接着，有一天我们中的某人一定提议去散散步或去酒吧，甚至可能去看场电影，而我们的友谊随即越过了一条界线改变了性质，变成了要危险得多的东西。

我闭上眼睛试着想象那一幕，这时我开始回想了起来。我们两人，在床上，全身赤裸着。精液在我的肚子上、头发上慢慢变干，我转向他，而他大笑起来，又亲吻了我。"迈克！"我在说，"住手！你必须马上离开。本今天晚点会回来，我要去接亚当。住手！"可是他不听。他探过身来，蓄着胡须的脸贴着我的脸，我们又接了吻，忘掉了一切，忘掉了我的丈夫和我的孩子。我的心往下一沉，感觉一阵头晕目眩，这时我意识到以前自己记起过这一天。当我站在曾经跟丈夫同住的老房子的厨房里，我记起的不是我的丈夫，而是我的情人。我趁丈夫上班时与之偷情的男人。那正是当天他必须要离开的原因，不只是为了赶火车——是因为我嫁的男人要回家了。

我睁开了眼睛。我回到了酒店房间里，他还在我的面前蜷着。

"迈克。"我说，"你的名字叫迈克。"

"你记得！"他很开心，"克丽丝！你记得！"

我的心中洋溢着仇恨。"我记得你的名字。"我说，"其他什么也不记得。只是你的名字。"

"你不记得我们原来有多么相爱？"

"不。"我说，"我认为我从来没有爱过你，不然的话我一定能记得更多。"

我说这些话是为了让他难过，可是他的反应让我吃了一惊："不过你不记得本，对吧？你肯定没有爱过他，亚当也是。"

"你真恶心。"我说，"你他妈的怎么敢这么说？我当然爱他！他曾经是我的儿子！"

"现在也是，是你的儿子。可是如果他现在走进来，你不会认出他来。你会吗？你认为这是爱吗？他在哪儿？本又在哪儿？他们离开你了，克丽丝，他们两个人。我是唯一一个一直爱着你的人，即使是在你离开我的时候。"

我终于恍然大悟——否则他怎么会知道这个房间，知道那么多我的过去？

"噢，我的上帝。"我说，"是你！是你对我做了这一切！是你袭击了我！"

他走到我的面前，用双臂圈着我，仿佛要拥抱我，开始抚摸我的头发。"克丽丝，亲爱的。"他低声喃喃地说，"不要这么说，不要去想它，它只会让你难过。"

我拼命地把他从身边推开，可是他很强壮，他抱得更紧了。

"放开我！"我说，"快放开我！"我的话淹没在他衬衫的褶皱里。

"我亲爱的。"他说。他开始晃着我，仿佛在安抚一个婴儿："我的至爱，我的甜心，亲爱的，你原本绝不应该离开我的，难道你不明白吗？如果你不离开，这一切都不会发生。"

记忆又回来了。我们坐在一辆车里，在一个夜晚。我在哭，他注视着窗外，一句话也不说。"说几句吧。"我说，"随便什么，迈克？"

"你不是真那么想的。"他说，"你不能。"

"我很抱歉，我爱本，我们之间有问题，是的，但我爱他。他是我命中注定的那个人。我很抱歉。"

我清楚自己正试图把事情说得简单些，这样他才会理解。在跟迈克共度的几个月里，我已经认识到这样最好。复杂的事情会让他困惑，他

325

喜欢有序、规范，有精切的比率、有可以预测的结果。再说，我不想陷入细节的纠缠。

"是因为我去了你家，对不对？对不起，克丽丝。我不会再那么做了，我保证。我只是想见你，我想向你的丈夫解释——"

我打断了他："是本。你可以说他的名字，他叫本。"

"本。"他说道，似乎第一次尝试从嘴里吐出这个名字，却发现并不舒服，"我想向他解释清楚。我想告诉他真相。"

"什么真相？"

"你不再爱他了，现在你爱的是我，你想跟我在一起。这就是我想说的。"

我叹了口气："你难道不明白，即使你说的是真的——事实还不是这样——要跟他说这些的人也不应该是你吗？应该是我。你无权突然跑到我家去。"

我一边说话一边想当时能够逃脱真是好运。本在洗澡，亚当正在餐厅里玩，于是我有机会在他们两人注意到迈克的到来之前把他劝回了家，正是在那天晚上我下定决心必须结束这场外遇。

"我得走了。"我说着打开车门，迈上了砾石地面，"我很抱歉。"

他探身过来看着我，他看上去是那么有魅力，我想，如果他毛病不是这么严重，我的婚姻可能真的会有麻烦。"我会再见到你吗？"他说。

"不。"我回答说，"一切都结束了。"

然而，在经过这么多年以后，我们到了此时此刻的境况。他又抱着我，我清楚过来：不管我有多么害怕他，也根本不为过。我发出了尖叫。

"亲爱的，"他说，"冷静。"他把手按在我的嘴上，我喊得更大声了。"冷静！会有人听见的！"我的头朝后仰去，撞上了身后的暖气片。隔壁酒吧的音乐节拍毫无变化——现在只怕是更大声了。*他们不会，我想，他们永远也听不见我的声音。*我又喊起来。

"住嘴！"他说。他打了我，不然便是使劲晃了我，我开始恐慌。"住手！"我的头又撞上了温暖的金属片，我吓得说不出话，我抽泣了起来。

"放开我。"我恳求着，"求你了——"他稍稍松开了手，不过我仍然无法挣脱他。"你是怎么找到我的？过了这么些年？你是怎么找到我的？"

"找到你？"他说，"我从未失去过你。"我的思绪飞奔着，无法理解他的话。"我一直注意着你，自始至终，我都在保护着你。"

"你去探望我了？去了哪些地方？医院，'韦林之家'？"我说，"可是——？"

他叹了一口气："不是总去，他们不让我去。不过有时候我会告诉他们我是去探望别人的，或者告诉他们说我是个志愿者。只是为了见你，确保你没有事。在你最后待的地方比较容易，那么多窗户……"

我感觉到身上起了一阵寒意："你监视我？"

"我必须知道你还好，克丽丝，我必须保护你。"

"所以你又回来找我了？是这回事吗？你在这里做的——在这个房间里做的——还不够吗？"

"当我发现那个浑蛋离开了你以后，我只是不能就这样把你扔在那个地方。我知道你会想和我在一起，我知道这样对你最好。我不得不等上一段时间，等到我确信再也没有试图拦住我的人，不过除了我谁又会来照看你呢？"

"他们就让我跟你走了？"我说，"毫无疑问他们不会让我跟一个陌生人走的！"

我想知道他说了什么谎骗得他们让他带我离开，接着记起了我在日志中读到过纳什医生曾经告诉我"韦林之家"的女职员说过的话：*她知道你回去跟本一起生活以后非常开心。*一幕图像随之浮现了，一幕回忆。我的手握在迈克手中，而他在签署一份表格。办公桌后面的女人冲着我微笑。"我们会想念你的，克丽丝。"她说，"不过你在家里会很快乐。"她看着迈克："跟你的丈夫在一起。"

我追随着她的目光，我不认得那个牵着我的手的人，但我知道他是我嫁的男人。他一定是，他已经告诉我他是的。

"噢，我的天哪！"旅馆房间里的我说，"你冒充本有多久了？"

他貌似一副惊讶的表情："冒充？"

"是的。"我说，"冒充我的丈夫。"

他看上去一脸迷茫。我不知道他是否已经忘记他不是本。接着他的脸沉了下来，样子很难过。

"你以为我想这么做吗？我不得不这样。这是唯一的办法。"

他的手臂稍稍放松了一些，这时一件奇怪的事情发生了。我的脑子不再飞转，而且尽管仍然害怕，我的心里却涌进了一股奇怪的平静感，一个念头没头没脑地冒了出来。*我要打他，我要逃掉，我必须逃走。*

"迈克？"我说，"我理解，我明白，那一定很不容易。"

他抬起头看着我："你真的理解？"

"是的，当然。我很感谢你来找我，给了我一个家，一直照顾我。"

"真的？"

"是的。如果你不来的话我会在哪里？我连想都不敢想。"我感觉到

328

他的态度软了下去。我胳膊和肩膀上的力道轻了，与之相伴的是微妙地——但明确无误地——在上面轻抚的感觉，这种感觉比刚才的暴力更让我反感，不过我明白它对逃跑更有利。因为逃跑是我唯一能够想到的事，我要逃。我是多么愚蠢，现在我在想，在他洗澡的时候竟然坐在地板上读他从我这里偷去的日志。我为什么不带上日志离开呢？接着我想起来，直到读到日志结尾的那一刻我才真正明白自己的处境是多么的危险。那个小小的声音又回来了。我要逃跑。我有个记不起但见过面的儿子。我要逃。我扭过头面对着他，摸了摸他的手背，那只手放在我的肩膀上。

"为什么不放开我，然后我们可以谈谈该怎么办？"

"不过克莱尔怎么办？"他说，"她知道我不是本。你告诉她了。"

"她不会记得的。"我铤而走险地说了一句。

他哈哈大笑起来，声音哽咽而空洞。"你总是像对一个傻子一样对我。我不傻，知道吗？我知道会出什么事！你告诉她了，你毁了一切！"

"不。"我急匆匆地说，"我可以给她打电话，我可以告诉她我弄错了，当时我忘了你是谁。我可以告诉她我原以为你是本，可是我错了。"

我几乎相信他觉得这行得通，可是他说："她不会相信你的。"

"她会的。"我说，尽管我知道她不会，"我保证。"

"那当时你为什么一定要打电话给她呢？"他的脸上笼罩着怒意，握着我的两只手开始收紧，"为什么？为什么克丽丝？我们原本过得不错，一直到那个时候，过得都不错。"他开始摇晃着我。"为什么？"他喊道，"为什么？"

"本，"我说，"你弄痛我了。"

然后他打了我。我听见他的手扇在我脸上的声音，随之感觉到一阵突如其来的疼痛。我的头扭了过去，我的下颚裂开了，痛苦地撞上了上颚。

　　"你他妈的敢再叫我那个名字试试。"他吐了一口唾沫。

　　"迈克。"我急匆匆地说，仿佛能够抹掉我的错误，"迈克——"

　　他不理我。

　　"我烦透了当本了。"他说，"从现在开始你可以叫我迈克。好吧? 迈克。这就是我们回到这里的原因，这样我们才能抛下过去的一切。你在你的日志里写，只要想得起多年以前在这儿发生过什么，你就能找回回忆。嗯，我们现在在这儿了。我办到了，克丽丝。记起来! "

　　我不敢相信："你希望我记起来吗? "

　　"是啊! 当然了! 我爱你克丽丝。我要你记起来你有多么爱我。我希望我们能够再在一起，好好的。我们原本就应该那样。"他停了下来，声音低成了耳语，"我不想再当本了。"

　　"可是——"

　　他回头看着我："明天我们回家以后，你可以叫我迈克。"他又晃着我，他的脸离我的脸只有几英寸，"好吗? "我闻得到他呼吸里传出的酸味，还有另外一种味道。我不知道他是否喝过酒。"我们会没事的，对吧，克丽丝? 我们会向前看。"

　　"向前看? "我说。我的头很痛，鼻子里涌出了什么东西。是血，我想，尽管我不能肯定，我无法再保持冷静了。我提高了音量，声嘶力竭地喊着："你想要我回家? 向前看? 你他妈的绝对是疯了吧? "他伸手死死地盖住我的嘴，我发现他松开了我的胳膊。我猛地向他打去，打到了他一侧的脸，尽管并不重。不过这个动作让他大吃一惊。他向后跌倒，放开了我的另一只胳膊。

我跌跌撞撞地站稳。"贱人！"他喊。可是我向前迈了一步，越过他向门口走去。

我走出了三步，在他抓住我的脚踝前。我向下倒地，头撞在梳妆台下的一张凳子上。我很幸运；凳子上有衬垫，缓冲了我下跌的势头，可是我落地时扭到了自己。疼痛猛然爬上了我的后背，冲上了脖子，我担心自己摔断了什么东西。我向门口爬去，但他仍抓着我的脚踝。他咆哮着把我朝后拖，接着他的身体山一样地压到了我身上，他的嘴唇离我的耳朵只有几英寸。

"迈克。"我抽泣着，"迈克——"

我的前面是亚当和海伦的合影，躺在他扔下照片的地方。即使在种种混乱中我仍然想知道这张照片是如何到他手上的，接着我反应了过来。亚当把照片寄到"韦林之家"给我，迈克去接我时拿到了这一张以及其他所有照片。

"你这个蠢婊子。"他对着我的耳朵喷着唾沫，他的一只手勒着我的喉咙，另一只手拽着我的一把头发。他把我的头向后扯，拉起了我的脖子："你怎么一定要这么干呢？"

"我很抱歉。"我抽泣着说。我动不了。我的一只手被自己的身体压着，另一只手夹在我的后背和他的腿之间。

"你以为你能去哪里，嗯？"他说。现在他在咆哮，像一只动物。他身上洋溢着一种类似仇恨的东西。

"我很抱歉。"我又一次说，因为这是我唯一能想到的话，"我很抱歉。"我记得这些话总能起作用的日子，只要说出它们就够了，它们可以让我摆脱一切麻烦。

"别再说你他妈的很抱歉。"他说。我的头猛地向后一扯，接着又猛然向前冲。我的额头、鼻子和嘴巴全贴在了铺着地毯的地板上。有一阵令人作呕的嘎吱声，还有陈年的烟味。我大喊起来。我的嘴里有血。我咬到了舌头。"你觉得能跑到哪儿去？你开不了车，你不认识任何人，大多数时间你甚至不知道你是谁。你无处可去，根本没有。你太可悲了。"

我哭了起来，因为他说的是对的。我很可悲。克莱尔一直没来，我没有朋友。我只有孤零零的一个人，完全依靠着一个这样对待我的人，而且，明天早上如果我还活着的话，我会连这些都忘光。

*如果我还活着的话。*这句话在我体内回荡着，这时我才意识到这个男人能做出什么样的事来，而这一次，我可能不会活着走出这间屋子。恐惧狠狠地击中了我，可是接着我又听到那个小小的声音。*你不会死在这里。不会死在他身边。不是现在。怎么都行，就是这样不行。*

我忍着痛拱起背，费力地抽出了我的胳膊。我突然向前冲去，抓住了凳子腿。凳子很沉，我身体摆的角度也不对，但我艰难地扭过身把它举过头顶，按我预测中迈克的头所在的位置砸了下去。凳子落下砸中了某件东西，同时发出了让人心安的碎裂声，我听见耳边传来抽气的声音。他放开了我的头发。

我回头张望。他摇摇晃晃地朝后退，手捂着前额。血从他的指间流了下来。他抬头望着我，一脸不解。

后来回想起来我会觉得当时我早该再打他的。用那张高凳，或者空手。用什么都行。我早该确保他再不能作恶，确保我可以逃掉，逃下楼，甚至逃到可以拉开旅馆门大声呼救。

可是我没有。我挺直了腰，看着面前地板上的他。无论我现在怎么做他都已经赢了，我想。他永远都赢了。他已经夺走了我的一切，甚至夺去了让我清楚记住他对我犯下的这一切的能力。我转过身向门口走去。

他咆哮了一声向我扑来，整个身体都撞在我身上。我们两个人扭成一团猛地撞在梳妆台上，跌跌撞撞地冲向门口。"克丽丝！"他说，"克丽丝！不要离开我！"

我伸出了手。只要我能够打开大门，那么即使隔壁酒吧还在吵闹，也一定会有人听见我们的声音来帮忙的对吧？

他抓住了我的手腕，像一只奇形怪状的双头怪物，我们两人一点点地向前挪动着，我拖着他。"克丽丝！我爱你！"他说。他在哀号，这种腔调再加上他那些荒谬的话，刺激着我继续往前。我快到了，很快我就能走到门口。

这时事情发生了。我记起了那天晚上，在许多年以前。我在这个房间里，站在同样的位置，向同一扇门伸出了一只手。很可笑地，那时候我正在欢笑着。墙壁反射着蜡烛发出的柔和的橙色——我到达时房间里已经布置着点燃的蜡烛——空气里略有一丝玫瑰和非洲菊散发出的隐隐甜香，花束放在床上。"我会在7点左右上楼来，亲爱的。"花束上别着的纸条写着。尽管我好奇了几秒钟本在楼下做什么，却也为在他到来前有几分钟独处的时间感到高兴。我有机会理清思路，好好反思我曾经离失去他有多近、结束跟迈克的外遇是多么让人松了一口气，我又是多么幸运能和本一起重新开始新的生活。我怎么会曾经希望跟迈克在一起呢？迈克永远也做不到本做的一切：在海边的一家旅馆里定下了惊喜之夜，以此向我表达他有多么爱我，而且尽管我们最近有所分歧，这一点却从未更改。迈克对爱的寻求是秘而不宣的，我已经发现。在他身边一切都是考验，感情必须经过考量，给予与收获两相比照，然而二者的失衡往往令他失望。

我摸着门的把手，扭开它，把门拉开。本已经把亚当留给祖父母带了。我们面前是整整一个周末，无牵无挂的一个周末，只有我们两个人。

"亲爱的。"我刚刚开口要说，可是那个词卡在了嗓子里。站在那里的不是本，是迈克。即使我口口声声问他他觉得自己在做什么，他有什么权利骗我来这儿，到这个房间来，他觉得可以达到什么目的——他却从我的身边冲了过去，进了房间。我在想：*你这鬼鬼祟祟的浑蛋。你怎么敢冒充我的丈夫。你还有没有一点儿自尊？*

我想到了家中的本和亚当。现在本会奇怪我在哪里。也许他很快就会叫警察。我是多么愚蠢，跟任何人都没有打声招呼就上了火车来到这儿。蠢到相信一张打字机打出的纸条——即使上面洒了我最喜爱的香水——会来自我的丈夫。

迈克说话了："如果早知道是来见我的话，你会来吗？"

我大笑起来："当然不会！一切已经结束了。我已经告诉过你了。"

我望着那些鲜花，看着他还握在手里的那瓶香槟。一切都透露出浪漫和诱惑的气息。"上帝啊！"我说，"你真的以为你可以把我骗到这儿来，给我些花和一瓶香槟，然后就万事大吉？这样我就会扑进你的怀抱，一切都会回到过去？你疯了，迈克。疯了。我现在就走，回到我的丈夫和我的儿子身边。"

我不想再回忆了。我想一定是在那时他第一次打了我，可是之后发生的事情我不知道，不清楚从那时是怎么到了医院的。现在我又到了这里，同一间房。我们绕了一个大圈，尽管对我来说中间的所有日子都被夺走了，好像我从未离开过这里。

我够不着房间的门。他正在站起来。我大喊起来："救命啊！救命！"

"安静！"他说，"闭嘴！"

我喊得更大声了，他把我反身转过来向后推。我倒下了，天花板和他的脸在我眼前滑倒，好像垂落的窗帘。我的脑袋撞在一件硬邦邦的东西上。我意识到他已经把我推进了浴室。我扭过头看见铺着瓷砖的地面从身边伸展开，看见了马桶底和浴缸的边。地上有一块压碎的肥皂，黏糊糊的。"迈克！"我说，"不要……"但他蹲在了我身上，双手掐着我的喉咙。

"闭嘴！"他一遍又一遍地说，尽管我现在什么也没有说，只是在哭。我喘着气呼吸，眼睛和嘴巴湿漉漉的，布满鲜血和泪水，其他的我再也顾不上了。

"迈克——"我喘了一口气。我无法呼吸。他的手掐在我的喉咙上，我无法呼吸。记忆涌了回来。我记得他把我的头按进水里。我记得醒来躺在一张白色的床上，身穿医院的病号服，本坐在我的旁边，真正的本，我嫁的那个人。我记得一个女警问我答不上来的问题。一个穿淡蓝色睡衣的人坐在我的病床边上，一边跟我一起笑一边告诉我我每天都像从未见过他一样跟他打招呼。一个长着金黄色头发、缺了一颗牙的小男孩叫我"妈咪"。画面一个接着一个。它们淹没了我，带来了巨大的冲击。我摇了摇头，努力保持清醒，可是迈克的手勒得更紧了。他的头在我的头部上方，勒着我的喉咙时眼睛一眨不眨，露出狂暴的眼神。我能记起在这个房间里曾经发生过同样的情形。我闭上了眼睛。"你怎么敢？"他在说，我不清楚说话的是哪个迈克；是此时此刻的迈克，还是只存在于我的记忆里的那一个。"你怎么敢？"他又说了一遍，"你怎么敢带走我的孩子？"

正是在那时我想了起来。多年前当他袭击我时，我正怀着孩子。不是迈克的，是本的。那个孩子本该开启我们新的生活的。

我和孩子都没有能够幸存。

我一定是昏了过去。再次清醒时我坐在一张椅子上。我的手动不了，嘴里感觉毛茸茸的。我睁开了眼睛。屋子很暗，只有月光从拉开的窗帘淌进来，还有黄色路灯的反光。迈克坐在我对面的床边上，手里拿着一件东西。

我想要说话，却说不出来。我意识到嘴里塞着什么东西。一只袜子，也许是。系得牢牢的、好好的，这时我意识到我的两只手腕被绑在了一起，脚踝也是。

这正是他一直以来想要的东西，我想。不作声不能动的我。我挣扎着，他注意到我已经醒了过来。他抬起头，脸上是痛苦和悲伤的表情，凝视着我的眼睛。我只感觉到了仇恨。

"你醒了。"我不知道他是否打算说些别的，或者他是否能说出些别的来，"我没有这么打算过。我以为我们到这儿或许可以帮你记起来，记起我们曾经一度多么快乐。那以后我们可以谈谈，然后我可以解释多年前在这里发生的一切。我从未打算那么做，克丽丝。我只是非常生气，有些时候。我忍不住。我很抱歉。我从来没有想过伤害你，从来没有。我毁了这一切。"

他低下头看着自己的腿。有那么多我曾经想知道的事，可是我非常疲惫，而且也已经来不及了。我感觉似乎可以闭上眼睛，让自己陷入遗忘，抹去所有的一切。

可是今晚我不希望入睡。如果我别无选择，明天我不愿意醒来。

"是在你告诉我你怀了孩子的时候。"他没有抬起头。恰恰相反，他对着自己衣服上的褶皱轻声说着话，我不得不全神贯注才能听清楚他在说什么。"我从来没有想过我会有孩子，从来没有。他们都说——"他犹豫着，似乎改变了主意，认定有些事最好还是不要告诉别人，"你说孩子不是我的。但我知道是的。一想到你仍然要离开我、把孩子从我的身边带走、我可能再也见不到他了，我简直受不了，我受不了，克丽丝。"

我仍然不知道他想从我身上得到什么。

"你以为我不后悔吗？为我所做的一切？我每天都在后悔。我看着你是如此迷茫、如此不开心。有时候我躺在那儿，在床上。我看见你醒过来。你看着我，我明白你不知道我是谁，这时我能感觉到失望和羞愧。它从你身上一波波地传来，很伤人，因为我心里清楚如果有选择的话，现在的你绝对不会再跟我同床。接着你起床去洗手间，我知道几分钟后你会回来，你会变得非常困惑，非常不开心，非常痛苦。"

他顿了一下："现在我知道即使是这样的生活也快结束了。我读过你的日志。我知道你的医生现在已经明白了真相，或者他很快就会明白。还有克莱尔。我知道他们会来找我的。"他抬起了头："他们会千方百计地把你从我的身边带走。本不想要你，可我想。我想照顾你。拜托，克丽丝，请记住你是多么爱我，然后你可以告诉他们你想和我在一起。"他指着散落在地板上的、我日志的最后几页，"你可以告诉他们你原谅我了，原谅我做了这些，然后我们可以在一起。"

我摇了摇头。我不敢相信他希望我记起来，他希望我知道他的所作所为。

他露出了微笑。"知道吧，有时候我觉得如果那天晚上你死了，可能更好。对我们两人都更好些。"他望着窗外，"我会跟着你去，克丽丝，如果那是你想要的。"他又低下了目光："会很容易的。你可以先走。我答应你会跟着来。你相信我，对吧？"

他望着我，满眼期待。"你会喜欢吗？"他说，"不会痛的。"

我摇摇头，努力想要说话，却说不出来。我的眼睛火辣辣地痛，几乎不能呼吸。

"不喜欢？"他看上去有些失望，"不。我猜不管什么样的生命，总比没有好。好极了，你也许是对的。"我哭了起来。他摇摇头："克丽丝，会没事的。你看到了吗？这本日志是问题所在。"他举起了我的日志。"我们本来很开心，在你开始写这本东西之前。反正能有多开心就有多开心。那么开心已经够了，对吧？我们应该毁了它，那么也许你可以告诉他们你弄错了，我们可以回到原来的样子，至少能得到一小段时间。"

他站起来，把金属垃圾桶从梳妆台下滑过来，取出里面空空的夹层扔掉。"那就简单了。"他把垃圾桶放在地上、搁在他的两腿之间，"简单。"他把我的日志放进垃圾桶，拾起地板上的散页也扔了进去。"我们必须毁了它。"他说，"全部，一次全部了结。"

他从口袋里掏出一盒火柴，点燃一根，从垃圾桶里拿了一页。

我惊恐地望着他。我想要说"不！"可是发出的只是低沉的呜呜声。他看也不看我就点着了那一页，随即丢进垃圾桶。

"不！"我又喊了一次，不过这一次却是脑海中无声的尖叫。我望着自己的过去一页页烧成灰烬，我的记忆变成了焦炭。我的日志、本写给我的信，所有的一切。没有那本日志，我什么也不是，而他赢了。

接下来我做的事情不在计划之中，那是一种本能。我向垃圾桶扑了过去。由于双手绑着，我收势不住，扭成一团倒在了地上，同时听见哗啦一声。手臂上传来一阵疼痛，我以为自己会晕过去，但没有。垃圾桶翻在地上，燃烧着的纸片洒了遍地。

迈克叫喊起来——发出了一声尖叫——跪倒在地板上，不停地拍打

338

着地面，试图扑灭火苗。我发现一片烧着的碎纸落到了床底，迈克没有注意到。火舌渐渐舔上了床单的边缘，可是我既不能动也叫不出声，于是我只能直直地躺着，望着火势在床单上蔓延开。床单开始冒烟，我闭上了眼睛。房间会烧起来，我想，迈克会烧起来，我会烧起来，没有人会真正知晓这里发生的故事，在这个房间发生过的故事，正如没有人会真正知晓多年前此地发生的故事一样，历史将成为灰烬，被种种猜测取代。

我咳嗽着，一阵狠命的干呕被塞在喉咙里的袜子堵住。我开始窒息。我想到了我的儿子。现在我再也见不到他了，但至少死前我知道自己有个儿子，而且他活得好好的，开开心心，这已经足以让我快乐。我想到了本。我嫁的、却又忘记了的男人。我希望见见他。我希望告诉他，经过诸般波折以后，此刻我能够记起他。我记得在屋顶派对上遇到他，他在一座俯视全城的山上向我求婚；我还记得在曼彻斯特教堂里举行的婚礼，在雨中拍摄的结婚照。

而且，没错，我记得我爱他。我知道我真的爱他，我会一直爱他。

一切渐渐沉入了黑暗之中。我无法呼吸。我可以听见火舌劈啪作响，感觉到火焰烧灼着我的嘴唇和眼睛。

我永远也遇不到幸福的结局，现在我知道了。不过这没有关系。

没有关系。

我躺着。我已经睡过一觉，但时间不长。我能想得起我是谁、到过哪里。我能听得到声音，嘈杂的车流声，还有一个既不升也不降、一直平平稳稳的警报声。我的嘴里有什么东西——我想到了一只团起来的袜子——但我发现自己可以呼吸。我害怕得不敢睁开眼睛，不知道会看到些什么景象。

但我必须睁开。我别无选择，只能面对既成的现实。

光线很足。我看见低矮的天花板上有一根荧光管，与之并行的是两根金属条。两侧的墙壁靠得都不远，硬邦邦的，上面的金属和塑胶闪闪发光。我辨认得出抽屉和架子，上面摆着瓶子和盒子，另外还有一闪一闪的机器。一切都在动，在微微地震荡，我意识到正躺着的这张床也是一样。

我的身后伸出一张男人的脸，在我头上。他穿着一件绿色衬衫。我不认识他。

"她醒了。"他说，接着眼前出现了更多的面孔。我飞快地扫视着他们。迈克不在其中，我稍稍放松了些。

"克丽丝。"有人说，"克丽丝，是我。"这是个女人的声音，我认得它。"我们在去医院的路上。你断了锁骨，不过会没事的。一切都会好起来的。他死了。迈克死了。他再也不能伤害你了。"

这时我看见了说话的人。她微笑着，握着我的手。是克莱尔。跟那天我看见的克莱尔一模一样，不是我刚睡醒时可能会期待见到的年轻时候的克莱尔。我注意到她戴着上次戴过的那对耳环。

"克莱尔？"我说，但她截住了我的话。

"不要说话。"她说，"尽量放松。"她握住我的手，俯身向前摸了摸我的头发，在我耳边低声说了几句，但我没有听清。听起来似乎是，*我很抱歉*。

"我记得了。"我说，"我记起来了。"

她露出了微笑，然后她向后退开，一个年轻男人换到了她的位置。

他的脸型瘦窄，戴着一副宽边眼镜。有一会儿我以为他是本，然后反应过来现在的本跟我该是同样年纪。

"妈妈！"他说，"妈妈！"

他与海伦的合影中那副模样相比一丝不差，我意识到我还记得他。

"亚当？"我说。他拥抱我时话语哽在了我的喉咙里。

"妈妈。"他说，"爸爸正在赶来，他快要到了。"

我把他拉到身边，呼吸着带有我儿子气息的空气，我非常高兴。

我无法再等下去，时间已经到了，我必须睡觉。我有个单独的房间，因此对我来说没有必要遵守医院严格的规程，但我实在精疲力竭，眼睛已经开始合上了。到时间了。

我已经跟本说过话，跟那个我真正嫁的男人。似乎我们谈了几个小时，虽然实际上也许只有几分钟。他告诉我警察一通知他，他就乘飞机赶来了。

"警察？"

"是的。"他说，"当他们发现跟你一起住的人与'韦林之家'认定的身份不符，他们便开始找我。不清楚是怎么找到的，我猜他们有我的旧地址，应该是从那里开始着手的。"

"那你在哪儿？"

他把眼镜往鼻梁上推了推。"我已经在意大利待了几个月。"他说，"在那里工作。"他顿了一下。"我原本以为你一切都好。"他握着我的手，"我很抱歉……"

"你不可能知道会出什么事。"我说。

他扭开了头："我离开了你，克丽丝。"

"我知道。我什么都知道。克莱尔告诉我了。我读了你的信。"

"我以为这是最好的办法。"他说，"真的。我以为这样事情会有所改善。帮得上你，帮得上亚当。我试图开始新的生活。真的。"他犹豫了一下。"我以为只有离婚才能办到这一点。我以为这样我才能解脱。但亚当不理解，即使我告诉他你根本不会知道，你甚至不记得嫁给了我。"

"结果呢？"我说，"离婚让你开始新生活了吗？"

他转身对着我："我不会骗你，克丽丝。我有过别的女人，不是很多，但有些。那是一段漫长的时间，许多许多年了。刚开始没有什么认真的关系，但几年前我遇到了一个人，跟她同居了。不过——"

"不过？"

"嗯，结束了。她说我不爱她，说我一直爱着你……"

"她说得对吗？"

他没有回答，因为害怕听到他的答案，我说："那现在怎么样？明天怎么样？你要把我送回'韦林之家'吗？"

他抬头望着我。

"不。"他说，"她是对的，我一直爱着你。我不会再让你回那里去。明天，我要带你回家。"

现在我正望着他。他坐在我旁边的一张椅子上，尽管已经打起了呼噜，头也别扭地歪着，他却仍然握着我的手。我只能辨认出他的眼镜，还有脸上的那道疤痕。我的儿子出了房间打电话给他的女朋友，对着他还没有出生的女儿低声道晚安；我最好的朋友在室外停车场里，抽着香烟。不管怎么样，我的身边都是我爱的人。

早些时候我跟纳什医生谈过。他说我离开"韦林之家"的时间约在四个月前，那时迈克开始去中心探望不久，自称是本。我自己办理了出院手续，签署了所有文件。我是自愿离开的。虽然工作人员觉得该尝试阻拦我，却没有办法。离开时我随身带走了为数不多的照片和私人物品。

"所以迈克才会有这些照片吗？"我说，"我和亚当的照片，所以他才会有亚当写给圣诞老人的信和他的出生证明？"

"是的。"纳什医生说，"这些是你在'韦林之家'时自带的照片，离开时也拿走了。迈克一定是在某个时候销毁了你跟本的所有合影，说不定是在你离开"韦林之家"前——护理中心的工作人员变动频繁，他们并不清楚你的丈夫真正长什么样子。"

"可是他怎么能拿到这些照片呢？"

"照片在你房间一个抽屉的相册里。一旦开始探望你之后，他要接近照片是很容易的。他甚至有可能在里面混进几张他自己的照片。他肯定有一些你们的合影，在你们……嗯，在多年前你们交往的时候照的。'韦林之家'的工作人员确信来探望你的男人跟相册照片里的是同一个人。"

"这么说我把属于自己的照片带回了迈克家，他把它们藏进了一个金属盒？接着他编了一个火灾的故事来解释为什么照片的数目这么少？"

"是的。"他说。他看上去又疲惫又内疚。不知道他是否因为发生的事而有些自责，我希望他没有。他帮了我，毕竟。他曾经解救过我。我希望他仍然能够写完论文，在会议上宣讲我的病例。我希望他为我做的这一切得到认可。毕竟，如果没有他，我——

我不愿意去想没有他我会陷入什么处境。

"你们是怎么找到我的？"我说。他解释说我跟克莱尔谈过后她担心得不得了，但她要等到第二天我打电话过去。"迈克一定是当天晚上从你的日志里拿走了几页，因此星期二你把日志给我时并没有察觉到有任何异样，我也没有。到了时间你没有打电话，克莱尔便试图打给你，但她只有我给你的那部手机的号码，而那部手机也被迈克拿走了。今天早上我打那个号码你没有接的时候我原本该知道事情有问题的，可是……"他摇了摇头。

"没关系。"我说，"说下去……"

"有理由猜测，他从上周起已经开始在读你的日志，说不定更早。刚开始克莱尔无法联系上亚当，也没有本的号码，于是她打电话去了'韦林之家'。那边只有一个联系电话，他们以为是本的，但实际上是迈克的。克莱尔没有我的电话号码，甚至连我的名字也不知道。她打电话给了迈克所在的学校，说服他们把他的地址和电话号码给了她，可是两样都是假的。她简直是进了一个死胡同。"

我想着那个人发现了我的日志，每天读着它。他为什么不毁掉它呢？

因为我写下了我爱他。因为他希望我继续相信这一点。

或者有可能我把他看得太好了。也许他只是想让我亲眼看到它烧成灰烬。

"克莱尔没有叫警察？"

"她报警了。"纳什点点头。"不过等到他们真把这当回事的时候，时间已经过去了几天。在此期间她联系上了亚当，他告诉她本已经在国外待了一段日子，而据亚当所知你还在'韦林之家'里。于是亚当联系了'韦林之家'，尽管他们拒绝给他你的地址，不过到最后工作人员还是软了下来，把我的号码给了亚当。他们一定觉得这是一个不错的折中之法，因为我是个医生。今天下午克莱尔才找到我。"

"今天下午？"

"是的。克莱尔说服我有些事情不对劲儿，当然看到亚当还活着也证实了这一点。我们到了你家，但那时你们已经出发去布赖顿了。"

"你们怎么知道我在那儿？"

"今天早上你跟我说本——对不起，是迈克——告诉你，你们要去度周末。你说他告诉你要去海边。克莱尔刚刚把发生的事情告诉我，我猜他是带你去了那儿。"

我往后仰倒。我觉得精疲力竭，只想睡觉，可我不敢睡。我怕我会忘记。

"可是你告诉我亚当死了。"我说，"在停车场的时候你说他被杀了。还有火灾，你告诉我有过一次火灾。"

他露出了微笑，神情有些悲伤。"因为你是这么跟我说的。"我告诉他我不明白。"在我们认识后几个星期，有一天你告诉我亚当死了。显然迈克是这么告诉你的，而你相信了并告诉了我。当你在停车场问我的时候，我把我相信的真相告诉了你。火灾也是一样。我相信曾经有过火灾，因为你是这么说的。"

"但我记得亚当的葬礼。"我说，"他的棺木……"

他笑了，脸上是悲伤的神色。"是你的想象……"

"可我见到了照片。"我说，"那个人——"我发现要把迈克的名字说出口很难，"他给我看了我和他的合影，还有我们两人的结婚照。我发现了一张墓碑的照片，上面有亚当的名字——"

"那些一定是他伪造的。"他说。

"伪造的？"

"是的。在电脑上。现在要伪造照片真是太容易了。他一定已经猜到你起了疑心，所以把照片放在了你会找到的地方。也有可能你们两

345

人的合影也有一些是伪造的。"

我想到了日志中多次记录到迈克在他的办公室里工作。难道这就是他一直在做的？他对我的背叛真是彻头彻尾。

"你还好吗？"纳什医生说。

我笑了。"是的，"我说，"我想是的。"我望着他，发现自己可以想出他穿另外一套西装、头发更短些的模样。

"我能记住事情了。"我说。

他的表情没有变。"什么样的事？"他说。

"我记得你留另外一种发型的样子。"我说，"我还认得本。还有亚当和克莱尔，在救护车上。我记得那天跟她见面，我们去了亚历山天宫的咖啡厅，喝了咖啡。她有个儿子，叫托比。"

他露出了笑容，但那是伤心的笑容。

"今天你读过日志吗？"他说。

"是的。"我说，"可是难道你看不出来吗？我能记起我没有写下的事情。我记得她戴的耳环，跟她现在戴的一模一样。我问过她。她说我是对的。我能记起托比身穿一件蓝色风雪衣，袜子上有些卡通图，我记得他很不开心，因为他想要苹果汁，可是咖啡厅只有橙汁和黑加仑。你难道看不出来吗？这些事情我虽然没有写下来，但我还记得。"

他显得开心了些，但仍然一副谨慎的模样。

"帕克斯顿医生的确说过他找不到导致你失忆的明显的器质性原因。似乎有可能，你的失忆至少部分——跟生理原因一样——应该归结于你的经历所造成的情绪创伤。我想另外一次创伤有可能抵消其作用，至少在一定程度上。"

我向着他没有说出来的话奔了去。"所以我可能有希望康复？"我说。

他目不转睛地望着我。我感觉他在权衡该说什么、我能受得了多少真话。

"不得不说这不太可能。"他说，"过去短短几个星期改善了许多，但记忆并没有完全恢复。不过有可能。"

我感到心中涌上一股喜悦："难道我记起一个星期前发生的事情还不够证明记忆已经恢复了吗？我又可以形成新的记忆了？还能留住它们？"

他欲言又止："是的，可以证明。可是克丽丝，我希望你做好心理准备，效果可能并不持久，要到明天我们才会知道。"

"等到我醒过来？"

"是的。完全有可能今晚一觉过去，你今天所有的回忆都会被通通抹掉。所有新的记忆和所有旧的记忆。"

"有可能跟我今天早上醒来时一模一样？"

"是的。"他说，"有可能。"

一觉醒来便会忘记亚当和本似乎让人无法想象，感觉仿佛成为一具行尸走肉。

"可是——"我开口说。

"记日志，克丽丝。"他说，"你还带着吗？"

我摇了摇头："他把日志烧了，所以才起了火。"

纳什医生流露出失望的神色。"太可惜了。"他说，"不过这没有关系。克丽丝，你会没事的。你可以开始记另外一本。爱你的人回到你身边了。"

"我也想回到他们身边。"我说，"我希望回到他们身边。"

我们又谈了一小会儿，他希望让我和家人多待一会儿。我明白他只是希望我做好最坏的打算——如果我明早醒来完全不知道自己是谁、不知道坐在我身边的人是谁、不知道那个自称我儿子的人是谁的话——可是我必须相信他错了。我的记忆又回来了，我确信。

我望着熟睡的丈夫，他在昏暗的房间中隐隐约约现出了轮廓。我记得我们相遇在派对的那个晚上，我和克莱尔在屋顶上看烟花的那一晚。我记得在维罗纳度假时他求我嫁给他，记得我在说"我愿意"时心中涌起的激动。还有我们的婚礼、我们的婚姻、我们的生活，我记得这一切，我露出了微笑。

"我爱你。"我悄声说。我闭上眼睛，沉入了梦乡。